COLLECTION CRIME PARFAIT
Dirigée par Jean Marcilly

Dans la même collection

Roger Peyrefitte, *La Soutane rouge.*
Guy des Cars, *Le Faiseur de morts.*
Suzanne Prou, *Les Amis de M. Paul.*
Jean Lartéguy, *L'Or de Baal.*
René Barjavel, *La Peau de César.*
Pascal Lainé, *Plutôt deux fois qu'une.*
Pierre-Jean Rémy, *Le Vicomte épinglé.*

# LE PRESIDENT

## *DU MÊME AUTEUR*

*Albin Michel*

Moi, Antoine de Tounens, roi de Patagonie
(Grand prix du roman de L'Académie française, 1981)

Les Yeux d'Irène

*Robert Laffont*

Le Camp des saints
La Hache des steppes
Le Jeu du roi
Septentrion
Les Hussards
Le Tam-Tam de Jonathan
Secouons le cocotier
Bleu caraïbe et citrons verts

*René Julliard*

Le Vent des pins
Les Veuves de Santiago

*Flammarion*

Les Peaux-Rouges aujourd'hui

JEAN RASPAIL

# Le Président

MERCURE DE FRANCE

MCMLXXXV

ISBN 2-7152-1359-X.

26, rue de Condé, 75006 Paris.
*Imprimé en France*

L'auteur remercie M. Erik Arnoult, chargé de mission à la présidence de la République, et le général Hérisson, commandant militaire de l'Elysée, de lui avoir facilité la visite des lieux, MM. Michel Schiffres et Michel Sarazin dont l'excellent livre *L'Elysée de Mitterrand ou les secrets de la maison du Prince* lui a ouvert bien des horizons, ainsi que M. Philippe Sauzay, ancien secrétaire général adjoint de la présidence de la République de M. Giscard d'Estaing, pour la pertinence de ses conseils.

La France n'a compté à sa tête que des présidents de la République irréprochables.

C'est l'évidence...

Qu'on ne cherche dans ce roman ni clef ni ressemblance.

J.R.

# TRENTE JANVIER

Flottant au-dessus du paysage désespérément plat, la manche à air du petit terrain d'atterrissage s'agitait comme un serpent fou. Tony Rosette sauta de sa Range-Rover rouge, releva le col de son blouson et huma le vent en connaisseur. Ce n'était pas la tempête, seulement un jour épouvantablement normal. Le Fokker bimensuel des *Aerolinas del Sur*, nom pompeux pour une compagnie qui ne comptait que ce seul appareil, ne se ferait peut-être pas trop attendre.

— Je t'offre une bière ? dit Tony, s'adressant à un métis engoncé dans une peau de mouton et qui répondait au nom de Rafaél.

— Si vous le permettez, je préférerais la boire chez Ketty.

— Évidemment...

Des nuages noirs passèrent en trombe, venant du Horn et de Magellan. La température baissa de vingt degrés pour remonter d'un coup dès la réapparition du soleil. Sous les rafales, des tourbillons de sable gris s'élevaient en flèche dans le ciel puis filaient à toute allure vers le nord. Deux mille kilomètres plus loin, ils cesseraient leur vol et se répandraient en fine pellicule sur les avenues, les toits, les eucalyptus centenaires et les automobiles immaculées de la vieille capitale coloniale, Pedroquarto, endormie dans sa quiétude et cuvant sa richesse préservée. Là-bas, les maîtresses de maison quarténiennes houspilleraient leurs domestiques pour que soit restaurée au plus tôt la propreté quasi suisse de leurs villas à péristyle, les sentinelles de garde dans les jardins du palais épousseteraient d'un revers de main leur uniforme vert feldgrau tandis que l'immortel général Grosswerner, président de la République et patriarche respecté de tous les Quarténiens, songerait une fois de plus que depuis quarante-cinq ans qu'il tenait les rênes du pouvoir d'un poing ferme et démocratique, il n'avait encore jamais mis les pieds sur ces lointains plateaux du Sud qui ne se rappelaient à son souvenir que par ce sacré sable gris qui s'infiltrait jusque dans ses manchettes, un vote tous les cinq ans de 99,99 % en sa faveur — moyenne nationale battue — et des milliers de balles de la meilleure laine du monde qui concouraient pour une large part à la prospérité du pays. A la vérité, aucun de ses compatriotes sensés ne s'aventurait jamais dans le grand Sud. Pourquoi quitter les plages tièdes et odorantes de Pedroquarto, l'eau translucide et bleue de l'océan, les terrains de polo, les piscines, les promenades ombragées, et cette douceur de vivre où chacun se tenait à sa place de la base au sommet de la société sans ce mélange des genres qui fait la perdition des nations civilisées ?

Aussi bien, du grand Sud, personne jamais n'arrivait, hormis quelques riches *estancieros* et éleveurs de moutons, aussi sauvages que discrets. Étrangement vêtus de noir sous le soleil, ils ne quittaient leur club de polo et la compagnie de leur banquier que pour celle des filles du *Mouton à cinq pattes* et repartaient sans un sourire pour la ville, sans un mot à quiconque, aussi vite qu'ils étaient venus, pressés de retrouver la solitude et le vent.

Tony se dirigea vers une baraque basse en planches devant laquelle étaient stationnées trois autres Range-Rover, celles des éleveurs de la région réunis comme chaque quinzaine pour l'arrivée de l'avion. Leurs valets — mot impropre pour désigner ces hommes à tout faire qui suivent comme leur ombre les maîtres d'estancia — avaient dû filer aussi chez Ketty.

La baraque était propre et fraîchement repeinte. Tony y veillait personnellement. Sur le toit incliné face au vent dominant, fait de tôle ondulée, on pouvait lire en lettres rouges énormes le nom de la localité : *Coronel-Cornichon*[1]. Inattendu sous ces latitudes hispaniques, ce Cornichon n'était pas l'effet du hasard. Il a son importance. Nous y reviendrons. L'inscription se répétait au pochoir sur le mur de la baraque : *Republica del Saraguay — Provincia del Sur — Aeropuerto Coronel-Cornichon.*

*Coronel-Cornichon*, c'était également sept autres bâtiments de bois disposés le long de la route en bordure de la piste : l'église et son clocher miniature abritant un carillon de poupée, un garage avec pompe à essence, un magasin fourre-tout à l'enseigne d'*Universal Alamacén* où l'on vendait des clous et du riz, de la bière en boîte et du tabac, une petite école,

1. *Coronel* : colonel, en espagnol.

un dispensaire, un hôtel-bar ouvert à d'improbables visiteurs de passage mais où, les jours de paye, tous les *péones* de la région surgissaient des quatre coins de l'horizon pour se disputer les faveurs de la patronne montante, la célèbre Ketty ; enfin, signalé au respect de ces populations frustes par une antenne de radio et le drapeau national claquant au vent au sommet de son mât blanc, le poste des carabiniers — un lieutenant et trois hommes — du *distrito Coronel-Cornichon*.

Ce drapeau ne ressemblait à rien de connu. Sa puissante originalité n'est pas étrangère aux événements que nous avons entrepris de raconter. On l'eût dit jailli tout armé des phantasmes d'un vexillologue dément, violet et orangé, semé de soleil d'or, de pics neigeux, de navires aux voiles déployées, de guanacos et de nandous stylisés, d'éclairs de tonnerre, de nuées noires, de vagues écumantes et de tout un appareil guerrier de canons, de fusils, de trompettes, de sabres entrecroisés et de torpilleurs crachant le feu. Ce drapeau-là, mirobolant, avait dû gagner toutes les batailles à lui seul, semant l'effroi dans les rangs ennemis, mais personne ne s'en souvenait plus. Voilà quatre-vingts ans au moins que la vaillante petite armée du Saraguay n'avait point combattu et se contentait de défiler martialement au pas de l'oie dans les avenues de Pedroquarto.

Tony avait de l'affection pour ce drapeau. Presque de la tendresse. Une tendresse amusée, ironique et reconnaissante à la fois. Pressé de fuir la France en 1945, lorsqu'il avait vingt ans, à la suite de péripéties que l'on saura mais qui ne sont rien moins qu'estimables, c'est sur la bonne mine extravagante de ce drapeau, choisi entre cent, à la lettre D, sur la double page en couleur du Larousse, qu'il avait résolu de s'expatrier au Saraguay sans rien connaître de ce pays et jusqu'à en ignorer l'existence. Depuis, il ne manquait jamais de lui adresser au passage un petit salut goguenard et complice en soulevant de quelques centimètres déférents son chapeau de cuir à larges bords. Il n'omettait pas non plus — c'est justement ce qu'il fit en poussant la porte du baraquement — d'avoir une pensée joyeuse à l'intention de ce nom cocasse qui s'étalait le plus sérieusement du monde sur le mur et le toit de l'*aeropuerto Coronel-Cornichon*, s'en délectant comme d'une bonne blague dont on ne se lasse jamais.

Une idée de Tony Rosette, cette cucurbitacée promue et galonnée...

Une idée vieille de vingt ans, du temps où, fortune faite, il avait acheté cet immense domaine pour y couler le reste de ses jours loin de tout et des autres. Mais une histoire, aussi, qui remontait à son enfance, à deux petits garçons blonds de quatre ans, parfaitement identiques...

Ils s'appelaient Antoine et Alexandre. De leurs grands yeux bleus ils se guettaient et s'épiaient, chacun assis sur un genou de leur père qui les enveloppait de ses bras et prenait un malin plaisir à retarder le début de l'histoire qu'il leur racontait chaque soir en rentrant. Une histoire tout à fait merveilleuse et folle, inventée au fur et à mesure, où le brave colonel Cornichon, le plus maladroit et le plus étourdi de tous les chefs de guerre, à la tête d'une armée de pingouins équipés de balais et casqués de casseroles, entreprenait la conquête du fabuleux Monomotapa où l'attendait en roulant des yeux furibonds le terrible roi Bamboula-Bamboula I^er^. Il n'arrivait que des malheurs à ce pauvre colonel Cornichon ! Il confondait le sud et le nord, la droite et la gauche, l'ortie et la salade, le piment rouge et la carotte. Un jour, il perdait toute sa flotte en pleine mer parce qu'il l'avait fait construire en sucre. Une autre fois, ayant oublié que les pingouins, avec leurs bras atrophiés, font de très mauvais chauffeurs, il avait acheté des camions pour transporter son armée et tout s'était terminé par un affreux carambolage. Alors, face au désastre, et chaque histoire se terminait ainsi, le colonel, qui ne perdait jamais courage, son képi trop grand lui tombant sur le nez, hélait son armée déconfite : « Ah ! Ah ! Je vous fiche mon billet ! moi, colonel Cornichon, on verra ce qu'on verra la prochaine fois ! » Antoine riait de bonheur, et Alexandre... riait aussi. Que pouvait faire d'autre Alexandre sans se trahir ?

Car Alexandre — Antoine s'en souvenait comme d'hier —, épouvantablement sérieux, intelligent, doué, mais tout imbu de lui-même, était déjà rongé d'envie, d'orgueil, de méchanceté et d'ambition à quatre ans. Il n'avait que mépris pour les futilités de la vie, au point d'être obligé de se forcer à en rire, mais d'un rire *naturel*, afin de se mettre au diapason de ces deux imbéciles, le grand et le petit, qui s'amusaient tellement de cette histoire grotesque et qui, visiblement, s'aimaient tant. C'est ainsi qu'Alexandre s'était mis à haïr Antoine. Peut-être le haïssait-il déjà dans le ventre de leur mère... Une haine silencieuse que personne ne pouvait déceler. Dans l'art de la dissimulation, Alexandre avait toujours montré de prodigieuses dispositions qui égaraient tous ceux qui l'approchaient, à l'exception de son frère Antoine. Ils avaient cependant joué le rôle que l'on attendait d'eux, celui de jumeaux inséparables, mais l'un savait que l'autre avait le cœur étouffé de haine, tandis que l'autre savait que son jumeau le savait. Quand ils eurent vingt ans, cela n'empêcha pas le drame. Terrifiante magie de la gémellité...

Le colonel Cornichon disparut de leur univers d'enfant à la mort de leur père — ils avaient alors cinq ans —, tué dans un accident d'automobile, et Alexandre, aussitôt, l'effaça hargneusement de sa mémoire. Tony, lui, ne l'oublia jamais. Dans les périodes cruciales de son existence, quand tout semblait s'écrouler, c'est toujours la même réplique qui surgissait de ses souvenirs et volait à son secours : « Ah ! Ah ! Je vous fiche mon billet ! moi, colonel Cornichon, on verra ce qu'on verra la prochaine fois ! » La prochaine fois, Tony gagnait ! Combien de situations désespérées n'avait-il pas redressées de cette façon... Aussi, lorsqu'en échange de l'autorisation d'acheter dix mille hectares vierges, de s'y installer et de les baptiser d'un nom de son choix, le gouvernement du général Grosswerner lui avait demandé de construire à ses frais la piste d'atterrissage et les bâtiments nécessaires au courant de la vie et à l'exercice de l'autorité, il n'avait pas lésiné ! C'était l'occasion ou jamais de payer sa dette au colonel des pingouins. Ainsi était apparu à l'extrémité méridionale de la carte du Saraguay un petit rond avec un point dedans, signe topographique d'un chef-lieu de district, accompagné de ce nom ronflant : *Coronel-Cornichon* ! Cela n'avait étonné personne. Aucun bureau de la capitale n'avait émis la moindre réserve. Au Saraguay, on ne doute pas des héros. Comme toute l'Amérique latine, le Saraguay est semé de localités dédiées à d'obscurs *libertadores* qui ne doivent leur gloire et leur promotion qu'à l'imagination populaire : *General-San-Cristobal, Coronel-Bustamente-de-La-Fuente*... A l'inauguration, Pedroquarto avait dépêché un petit colonel surmonté d'une immense casquette et doué d'une voix de champ de bataille : « *Arriba Saraguay ! Arriba general Grosswerner, presidente de la Republica ! Arriba Coronel-Cornichon, nueva capital de distrito* ! » Fermez le ban...

Vingt ans après la consécration du héros, Tony Rosette en riait encore.

A l'intérieur du bâtiment, ils étaient six accoudés au bar, éclusant dignement des chopes de bière sous le portrait du général Grosswerner en uniforme de parade, sabre à glands d'or au côté. Illic, l'épicier yougoslave, un géant, qui avait la concession du bar, les servait en veste blanche immaculée. C'était une de leurs exigences. Être snob au bout du monde, loin de tout, quoi de plus réjouissant ! Ainsi réunis, à eux sept, en comptant Tony, ils formaient l'oligarchie toute puissante d'un territoire — le *distrito* — aussi étendu qu'un département français et peuplé seulement de deux cents âmes simples dévouées à cent mille moutons.

Quatre d'entre eux passaient pour millionnaires en dollars, tous quatre *estancieros*, régnant chacun sur des milliers d'hectares. Il y avait George Niven, un anglais, si ancré sur ses terres qu'on ne se souvenait pas qu'il les eût jamais quittées. Pour traiter ses affaires à Pedroquarto, il expédiait ses intendants et aucun ne l'avait trompé. Au reste, il eût été imprudent d'escroquer l'un des *estancieros*. La confiance faisait partie des usages, tout comme la veste blanche d'Illic. George Niven vivait seul. Il affichait son célibat comme un Anglais peut s'en montrer capable, c'est-à-dire chastement et dans la plus grande indifférence aux égarements du sexe.

On ne pouvait en dire autant du second, car Diego Almagro changeait souvent de maîtresse. Comme il était fort riche et encore séduisant, elles lui arrivaient toutes chaudes de soleil par avion mais ne tenaient jamais au-delà d'une ou deux rotations des *Aerolinas del Sur*. Apaisé pour un certain temps, Diego retournait à sa seule passion, l'histoire du Horn et du détroit de Magellan. Enfermé dans sa bibliothèque tapissée de centaines de volumes et jamais aussi heureux que lorsque la tempête se déchaînait au dehors, il y consacrait le plus clair de ses journées et une bonne partie de ses nuits.

Un seul était marié, le troisième, Ugo de Hohenlo, héritier de barons prussiens émigrés au Saraguay, mais on voyait fort peu Mme de Hohenlo qui vivait à Pedroquarto. De sa villa de quarante-deux pièces, elle donnait le ton à la bonne société, évitait d'entreprendre plus d'une ou deux fois par an, suivie d'un amoncellement de malles et de fourrures, un voyage qui lui apparaissait aussi monotone et hasardeux qu'une expédition antarctique, et vieillissait amoureusement dans les bras de son chauffeur.

Quand à Tony Rosette, il était lui aussi célibataire. Méfiant et circonspect sur le chapitre des femmes, il consommait avec sagesse les jeunes métisses de son estancia. Il ne s'y attachait pas. Homme de cœur, généreux, amical, affectueux, on sentait bien que cette absence de sentiments procédait d'une volonté délibérée de sa part. On ne lui avait jamais connu d'épouse, de famille. Aucune liaison dans la capitale où il ne faisait que de très rares sauts pour rencontrer son fondé de pouvoir. Son passé amoureux ressemblait à un désert dont il ne parlait jamais, comme si une blessure secrète et mal cicatrisée en eût risqué de se rouvrir. Les femmes comptaient donc peu dans leur vie, mais cela leur convenait. Quand ils se retrouvaient chez l'un ou chez l'autre après de longues randonnées sur des pistes boueuses, enfouis dans de profonds fauteuils autour d'un feu d'enfer, en smoking, un verre de vieux cognac à la main, ils étaient capables de passer ensemble d'interminables et merveilleuses soirées qui étaient des fêtes de l'amitié où ne s'échangeaient pas cent mots. Rien de triste là-dedans. Rien de mélancolique. On leur eût posé la question qu'ils auraient à l'unisson simplement répondu que oui, ainsi, ils vivaient heureux. Les uns comme les autres, ils en avaient probablement payé le prix, encore qu'aucun n'imaginait les hauteurs exorbitantes où s'était élevée la rançon que Tony avait dû verser à la vie. Quand ils l'apprirent — nous approchons de ce moment —, ils firent bloc. Tous pour un ! Un pour tous !

C'était si vrai qu'un de ces soirs bénis où l'amitié réchauffait leurs veines du même sang, le plus taciturne des quatre, George Niven, avait rompu le silence : « Nous sommes, *my friends*, les quatre mousquetaires... » Epuisé d'avoir tant parlé, il n'en avait pas dit plus. L'idée leur avait paru plaisante, quoique fort éloignée de leur existence sans surprise : on peut vivre au bout du monde de la façon la plus plan-plan qui soit. Ils s'étaient amusés un moment à chercher des ressemblances. Qui était Athos ? Diego, peut-être, avec ses affectations de grand d'Espagne. Et Porthos ? Pour le poids, la taille, l'appétit, le rôle revenait à Hohenlo. Aramis ? Plutôt George Niven, en raison de sa discrétion. D'Artagnan ? Tony avait fait non de la tête, en riant. Décidément, ça ne collait pas. Trop vieux, assagis, revenus de tout, de piètres mousquetaires ! Même pas *Vingt ans après*, ni même *dix ans plus tard*, qui est, comme chacun le sait, le sous-titre du *Vicomte de Bragelonne*, encore que la surprise, justement, devait leur venir de ce côté... Ils avaient donc cessé le jeu.

Avec ses trois derniers représentants, l'oligarchie plongeait ses rameaux dans la fonction publique : le béaba du pouvoir. La République du Saraguay payait chichement les serviteurs de l'État et leur laissait le soin de se prémunir ailleurs contre les rigueurs de la pauvreté, cela faisait partie de leur vocation. Il en résultait un système de prévarication officielle qui ne différait en rien de ceux qui régissent souterrainement nos pays mais avait au moins le mérite de contenter chacun et d'être admis de tous, au grand jour. Au surplus, parfaitement rôdé du haut en bas de la société, c'était un correctif puissant des inégalités et le meilleur rempart contre les révolutions. L'honneur et la fidélité en découlaient naturellement, comme aux temps féodaux. Saraguay, sage pays... Sagement, donc, selon l'usage, des quatre *estancieros* du district dépendaient en toute honnêteté et apaisement de conscience les trois représentants de l'État. Deux d'entre eux portaient l'uniforme élégant des carabiniers du Saraguay, corps d'élite : tunique gris souris cintrée à la taille, col officier soutaché d'or et boutonné jusqu'au menton, à l'allemande. Le premier, lieutenant Angelo Costoni, commandant de poste, détenait les pouvoirs civils et militaires. Fier jeune homme, à la fois hautain et sociable, épris de grands espaces, en attendant de l'avancement et sans démériter, il arrondissait son compte en banque. On l'appréciait et il parlait d'égal à égal.

Plus timide était le jeune médecin militaire, lieutenant de carabiniers lui aussi, chargé du dispensaire. Encombré d'un nom basque de quatorze syllabes, imprononçable, même par lui-même — il lui arrivait fréquemment de bégayer —, tout le monde l'appelait Don Juan, puisque Juan était son prénom. On avait de l'amitié pour lui et quand on l'interrogeait il se révélait de bon conseil.

Le septième et dernier personnage comptait moins. L'homme n'était pas en cause, en dépit de sa triste figure, mais la fonction qu'il occupait — instituteur — n'inspirait qu'une confiance limitée aux quatre propriétaires du district, peu soucieux de voir les enfants de leurs serviteurs se mettre à lire et à écrire, fléau qui a déjà entraîné, comme on le sait, la disparition de bien des sociétés équilibrées. Au moins les dégâts étaient-ils limités, grâce à Tony Rosette, lequel avait pris soin d'établir le village, et l'école, au lieu géométrique du plus grand éloignement par rapport aux quatre estancias. Aux enfants qui s'obstinaient, Alberto Garcia, le maître d'école — on l'appelait Garcia, tout court —, qui savait de quel côté sa tartine était beurrée, faisait apprendre par cœur et réciter, debout, les bras croisés, des chapitres entiers de morale civique où il était question de devoirs et de respect. On lui faisait confiance, puisque la confiance était la règle, on le traitait sur le même pied de cordialité que les deux officiers, on l'arrosait convenablement aux fins de mois, ce qui lui permettait d'entretenir dans un lointain village du Nord une vieille mère veuve, pauvre et malade, et un frère aîné en fauteuil à roulettes, mais rien de tout cela ne prévalait contre certaines réticences qu'il devinait. Les soirs de déprime, il en souffrait. Il lui arrivait même de surprendre dans les obscurs replis de son cœur quelque chose qui ressemblait à de la haine et qu'il se reprochait. Il céda son tabouret de bar à Tony Rosette qui venait d'entrer.

— Mais non, mais non, Garcia. Vous savez que je préfère rester debout. Une bière pour moi, Illic. Ou plutôt non, champagne. Qui attend-on, ce matin ? Le *padre* ?

Ce *padre* pointait sa mine sournoise trois ou quatre fois par an dans le grand Sud. Il logeait chez Garcia, à l'école. Son prédécesseur, un vieux franciscain, partageait son temps entre les quatre estancias du district où il était reçu en ami. L'autre avait changé la coutume, déclarant qu'il n'était pas le domestique des maîtres mais le serviteur des humbles. Cela avait fait hausser les épaules.

— Pas avant deux mois, dit Garcia en baissant les yeux.

Il y eut un soupir de soulagement et le cercle d'amitié se referma, Garcia compris.

— Madame de Hohenlo, peut-être ? demanda Tony.

— Non plus, dit Ugo. Linda m'a appelé hier soir pour savoir le temps qu'il faisait.

— Et que lui avez-vous répondu ?

— É-pou-van-table ! N'est-ce pas la vérité ?

Dehors le vent avait redoublé de violence. Les tôles du toit vibraient, les murs tremblaient. On entendait grincer lugubrement l'éolienne, à l'autre bout du village, devenue folle au sommet de son pylône. Le soleil s'était à nouveau caché, remplacé par une pluie de grésil qui martelait l'unique fenêtre du bar. George Niven se pencha vers la vitre en affectant une mine gourmande.

— Mais il fait un temps positivement superbe !

— Po, po, positivement, ajouta Don Juan.

Entre eux ils n'avaient plus besoin de l'exprimer : c'était exactement le temps qu'ils aimaient. Une muraille de pluie et de vent charriant des flots d'air glacé qui mieux qu'une frontière hermétiquement fermée les débarrassait des importuns. Cet air-là donnait soif. Une seconde bouteille y passa, à la santé d'*el viento*, le vent, roi du grand Sud.

— Et vous, Diego, quelle surprise nous réservez-vous ?

Almagro agita les mains en signe de protestation.

— Aucune ! Aucune ! Me prenez-vous pour un jeune homme ? N'avez-vous pas d'amitié pour moi ? Êtes-vous donc si impatient de me voir user mes dernières forces ? A dire le vrai, j'ai la tête ailleurs. Deux caisses de livres, directement de Londres. L'édition originale rarissime du voyage du commodore Byron et des monceaux d'autres merveilles. Pourquoi irais-je m'encombrer d'une femme en ce moment, je vous le demande ?

— Ce sera donc un avion sans surprise, dit Tony. Nous n'attendons personne.

— Personne, en effet, ajouta gravement le lieutenant Costoni sur le ton de quelqu'un qui prépare un effet. Si toutefois vous appelez personne un colonel de carabiniers de l'état-major particulier du général Grosswerner, flanqué d'un aide de camp et d'un commissaire principal de la police d'État, chef du service de sécurité de la Présidence...

Un ange passa...

— Angelo, dit enfin Hohenlo, vous plaisantez ! Le général Grosswerner fréquente de temps en temps les petits bridges privés de Linda. La dernière fois que je l'y ai rencontré, il y a six mois, il ne savait plus où se trouvait *Coronel-Cornichon*, ni même si un tel patelin existait. Ne nous racontez pas qu'il a subitement décidé de nous gratifier d'une visite que tous ces gens viennent préparer ? Ici ! Dans ce trou ! Ce doit être une idée de Linda, elle adore jouer un rôle... Dieu du ciel, imaginez cela ! Linda en première dame du district, faisant les honneurs de nos modestes demeures...

Ils imaginaient, en effet. Leur mine le disait assez.

— J'ignore si Madame de Hohenlo est à l'origine de ce choix, reprit le lieutenant Costoni, mais ce n'est pas le général Grosswerner qui risque de nous tomber du ciel. J'en ai reçu l'avis hier soir. Il s'agit d'un chef d'Etat étranger, le président de la République française, en voyage officiel au Saraguay le mois prochain. Vous n'écoutez pas la radio ?

Aucun ne l'écoutait, ou si peu, la météo et les cours de la bourse, quelquefois les concerts de l'orchestre national. On ne choisit pas l'exil volontaire dans les solitudes australes pour s'y faire rattraper par les miasmes de l'information.

— Si, moi, je le savais, je m'intéresse au mouvement du monde, dit Garcia sentencieusement.

Cette cuistrerie lui valut le regard désapprobateur des quatre *estancieros*. Il baissa les yeux à nouveau et la haine vint plonger ses griffes dans son cœur. Costoni haussa imperceptiblement les épaules en ayant l'air de dire : « Encore une gaffe, mon pauvre vieux. Décidément, vous ne serez jamais des nôtres... »

— Vous appelez ça le mouvement du monde, dit Tony, vous n'êtes pas dégoûté ! Écoutez le vrai mouvement du monde, vous l'entendez dehors, le bruit qu'il fait ! Ici, il s'appelle le vent. Il nous arrive de l'extrême Sud, là où tout est pur et glacé. Il procède de la création, il est né de l'éternité et fond sur nous comme sur les premiers hommes de cette terre dont il fortifiait le corps et l'âme. Il décape tout sur son passage. C'est pour cela que je me suis installé ici il y a quarante ans, que j'y ai travaillé, que j'y ai réussi, que je m'y suis fixé. Pour être propre !

Jamais il n'en avait tant dit à ses amis sur les motifs de son expatriation. Entre eux, ce genre de confidence était rare et son exaltation étonnait. Hohenlo leva sa coupe et porta un toast silencieux. Tous pour un, un pour tous. Pas besoin de mots pour se comprendre.

— Propre ! j'ai dit, reprit Tony Rosette. Que vient trafiquer ce politicien au Saraguay ? Aucun président français n'y a jamais mis les pieds, pas le moindre ministricule. Cela ne nous a jamais empêché de nous porter le mieux du monde. Alors ?

Du fond de sa pénitence, Garcia tenta une sortie.

— Uranium, annonça-t-il d'une voix humble. On vient d'en découvrir toute une montagne, dans le Nord. Le Français arrive le premier. Les autres suivront.

— Exact, confirma George Niven. La bourse s'agite beaucoup.

On savait que, sans quitter ses terres, l'*estanciero* anglais spéculait et qu'il avait le nez fin. Avec sa collection de soldats de plomb — armée des Indes, exclusivement, règne de l'impératrice Victoria — qu'il passait des heures, chaque jour, à peindre minutieusement, c'était son seul *hobby*.

— Admettons, dit Diego Almagro. Mais si ce tas d'uranium se trouve dans le Nord, que viendrait fabriquer chez nous, à deux mille kilomètres au sud, cet auguste visiteur ?

Une intonation de dédain accommodait « l'auguste visiteur ». Almagro, lui non plus, n'appréciait pas cette visite. On lui en eût demandé la raison qu'il aurait seulement répondu avoir horreur que l'on s'imposât. L'avait-il invité chez lui, ce président ? Non. Alors qu'il aille au diable. Cela aussi, ils le comprenaient. Les seigneurs n'aiment pas qu'on leur force la main.

— Je crains que nous n'y coupions pas, dit le lieutenant Costoni. Le président Bunus...

— Antoine Bunus, soixante et un ans, précisa Tony d'une voix neutre, président de la République française. Voyage-t-il seul ?

— Madame Bunus l'accompagne.

— Elvire Bunus, née Malentraide, reprit Tony de la même voix, pour le meilleur et pour le pire l'épouse de ce...

Il n'acheva pas sa phrase. Décidément, il se montrait bizarre, Tony Rosette, ce matin-là, mais chacun de ses amis prit soin de ne pas le relever. Ils le considéraient avec sympathie, peut-être un peu surpris.

— Vous, vous les co, vous les connaissez ? demanda étourdiment Don Juan.

Tony sembla se réveiller.

— Absolument pas, dit-il. Continuez, Angelo.

— Le président Bunus arrivera à Pedroquarto dans six semaines, exactement le treize mars. Il séjournera quarante-huit heures dans la capitale, entrecoupées d'un court survol d'observation au-dessus du site de la future mine d'uranium. Le président Bunus ayant exprimé le souhait de visiter ensuite la province la plus sauvage et la plus reculée du pays...

— Cela lui ressemble bien, dit Tony, sarcastique. Il a toujours adoré prendre la pose devant l'infini des horizons... Et ne renouvelez pas votre question stupide, je ne connais pas le président Bunus, ajouta-t-il à l'intention de Don Juan, sans se soucier de la contradiction qui émanait de ses propos. Terminez, Angelo.

— Le président Bunus ayant manifesté l'intention de prendre la pose dans un paysage approprié — voyez ce que vous me faites dire ! señor Rosette —, et en ayant laissé le choix à son hôte le général Grosswerner, celui-ci a jugé — je cite — que l'isolement et la rude beauté du *distrito Coronel-Cornichon* conviendraient parfaitement à ce souhait.

— Linda ! dit Hohenlo. Elle sera du voyage, n'en doutez plus !

— Au moins, a-t-elle lu *le Vicomte de Bragelonne* ? demanda Tony d'une voix lointaine.

Ils en restèrent bouche bée. Mais ce ne fut rien en comparaison de l'ébahissement qui s'empara de leur personne lorsque Tony, sans attendre la réponse, frappa du poing sur le bar. Ses sourcils se froncèrent comme sous l'empire d'une intense réflexion. Puis il s'écria d'une voix de comédie, en français :

— Ah ! Ah ! Je vous fiche mon billet ! moi, colonel Cornichon, on verra ce qu'on verra la prochaine fois !

A l'exception de George Niven, aucun d'entre eux ne parlait le français couramment, pas assez en tout cas pour saisir quoi que ce soit de ce *billet qu'on leur fichait* ou de ce *verra ce qu'on verra*, expressions idiomatiques familières intraduisibles dans la langue de Cervantes, fût-ce le bas-espagnol du Saraguay. Le ton et l'expression suffisaient. Tony Rosette déraisonnait. Ils l'aimaient bien. Cela leur faisait de la peine, même à Garcia qui se creusait la tête vilainement pour comprendre, mais en vain, le rapport qu'il pouvait bien y avoir entre le président Bunus, de la République française, et le señor Rosette, en passant par Linda et ce vicomte de Bragelonne qui semblait la cause de ce dérèglement.

Un silence gêné persistait. Garcia fixait le plancher, perdu dans ses pensées. George Niven avait compris le sens des mots, mais la clef lui en échappait. Interrogeant Tony du regard, il reçut en réponse un clin d'œil appuyé suivi d'un éclatant sourire qui détendit l'atmosphère.

— A la bonne heure ! dit Tony. Mais vous n'êtes pas au bout de vos surprises. Rassurez-vous, l'explication viendra, peut-être même avec cet avion. Qui est abonné à la *Prensa* ? Ugo, je le sais. Et vous aussi, Diego. George ?

— J'y jette un coup d'œil, c'est vrai. Épatant pour allumer le feu...

La *Prensa* était l'unique quotidien du Saraguay qu'ils toléraient. Lire autre chose leur eût paru déchoir. S'inspirant du *Times* de Londres, la *Prensa* se voulait austère, avec de rares photos. La bourse et la politique étrangère y tenaient une grande place. Aux Quarténiens de la bonne société, il donnait l'illusion de l'importance. Le peuple ne lisait pas, à moins que l'on pût appeler lire le fait de trouver sa pitance dans les faits divers à sensation que publiait la *Libertad*, torchon à vocation populaire placé sous haute surveillance.

— Angelo ?

— Cela va de soi. Cela fait partie du métier. Mes trois brutes ne se le disputent pas, et Don Juan fait les mots croisés.

— Illic ?

— Moi ? Qu'est-ce que j'en ferais ? dit le Yougoslave avec un gros rire.

— Pas toi, imbécile, je m'en doute. Je te demande qui est abonné à la *Prensa* dans le district ?

Illic, à son épicerie, tenait la recette auxiliaire de la poste et était chargé du courrier. Le secret professionnel ne l'étouffait pas.

— Mais personne, señor. Le garagiste reçoit des journaux cochons, et le señor Garcia, la *Libertad*.

— Mes compliments. Ainsi, Garcia compris et son « mouvement du monde », si quelque nouvelle étrange se glissait jusqu'à nous, nous en serions seuls avertis.

— La, la radio, dit Don Juan.

— La radio ne diffuse pas de photos, et la télévision,

Dieu merci, nous est encore épargnée. Ugo, est-ce que Linda lit la *Prensa* ?

— Assurément, dit Ugo. Comme pour notre lieutenant, c'est un outil de travail. Qui fait quoi ? Qui est qui ? Linda tient ses listes mondaines très à jour.

— C'est ennuyeux. Pensez-vous qu'elle ait déjà lu le numéro de ce matin ?

— Je ne comprends rien à votre inquiétude mais je puis vous rassurer. Linda est une femme d'habitudes. Elle n'ouvre jamais un journal ou un livre que tard le soir, dans son lit, et ne regarde à la télévision que les matchs de polo. Dans la journée, elle ne saurait distraire une minute de son précieux emploi du temps.

— Ugo, téléphonez-lui en rentrant. Dorénavant, si dans la *Prensa* quelque chose la surprend, dites-lui de n'en faire part à personne.

— Je le lui demanderai en votre nom. Elle a de l'affection pour vous, Tony. En amitié, elle est d'une fidélité exemplaire. Elle sait tenir sa langue.

Un nouveau silence s'installa pendant lequel chacun méditait sur cet étrange dialogue. Derrière son bar, en proie à la perplexité, Illic se grattait vigoureusement l'occiput.

— Toi ! lui lança Tony, tu es sourd et muet.

— Je suis sourd et muet, señor Rosette.

— Et si je te demandais d'être aveugle ?

— Aveugle je serais, señor Rosette, pour vous servir !

— Eh bien, sers-nous donc, imbécile, les verres sont vides.

On entendit la voix traînante de George Niven, qui parlait comme s'il s'arrachait chaque mot.

— Que craignez-vous, Tony ? Une photo ?

La question tombait sous le sens, mais Niven était

le seul à pouvoir la poser. Sa discrétion, depuis toujours, l'avait érigé en médiateur naturel du groupe.

— Je ne sais pas encore, dit Tony, si je dois craindre quelque chose ou quelqu'un, ou bien si c'est quelqu'un qui doit craindre quelque chose, mais les hasards du destin sont étonnants, ce matin. Dès l'arrivée de l'avion, lorsque Illic vous aura remis votre courrier et vos journaux, vous comprendrez l'essentiel. Comme vous êtes mes amis, vous le garderez pour vous. Ce soir, je m'y engage, vous saurez tout. Faites-moi le plaisir de venir dîner chez moi, tous ensemble. Et maintenant, à vous, Angelo, je ne vous interromprai plus.

L'unité retrouvée, les mines se détendirent. Le regard de Tony croisa celui de Garcia, qui pour une fois ne baissa pas les yeux et sourit. « Il s'améliore », pensa Tony.

— J'en avais presque terminé, enchaîna le lieutenant Costoni. La délégation de la Présidence ne s'arrêtera ici qu'une heure, le temps de l'escale de l'avion. Elle souhaite seulement vous rencontrer, recevoir votre approbation et fixer dans les grandes lignes le programme du séjour du président français. La nouvelle doit rester secrète. Elle ne concerne que nous sept. Ce séjour n'excédera pas vingt-quatre heures, dont une nuit passée chez l'un d'entre vous. Dans trois semaines, le 21 février, une autre délégation, franco-quarténienne celle-là, viendra étudier sur place les détails ; horaire de la visite présidentielle heure par heure, logement, menus, entrevues, sécurité. Les services français sont des maniaques de la sécurité. Adieu votre bel isolement, messieurs, vous ne pourrez rien refuser. La mission française sera dirigée par un haut fonctionnaire...

Il consulta un calepin tiré de la poche de sa tunique.

— Voilà. Il s'agit du secrétaire général adjoint de la présidence de la République, Monsieur Pierre-Aimé de Boislieu. Il parle couramment l'espagnol.

Sa coupe de champagne immobilisée à quelques centimètres de ses lèvres, Tony semblait changé en statue.

— Voulez-vous répéter ce nom, je vous prie.

— Pierre-Aimé de Boislieu.

— Êtes-vous certain du double prénom ?

Tony avait reposé son verre et se massait le front de ses doigts, les yeux clos. Estimant qu'il lui fallait meubler le silence pendant cet intense exercice de réflexion, le lieutenant, très pince-sans-rire, attaqua sur le mode plaisant.

— Le corps des carabiniers du Saraguay, dit-il, à l'image de toutes les gendarmeries des nations civilisées, est composé de militaires d'élite bornés et hautement qualifiés. S'il est une chose avec laquelle on n'y badine pas, c'est justement l'identité. On la ferait répéter plutôt dix fois qu'une. La méthode est infaillible. Sans aucune erreur possible, ce monsieur de Boislieu se prénomme Pierre-Aimé.

— Fastueux ! dit Tony en rouvrant les yeux. Il n'y avait pas une chance sur un million... Pierre-Aimé de Boislieu, compagnon de la Libération, commandeur de la Légion d'honneur au titre de la Résistance... Soixante-deux ans, un de plus que moi, puisque c'est lui... Mes amis, il faut jouer le jeu. Il faut recevoir de bon cœur le président de la République française. Angelo, vous ferez savoir à votre colonel et à ce commissaire principal que Tony Rosette, le plus ancien propriétaire du district, tiendra pour honneur de recevoir chez lui le président Bunus, en votre nom à tous.

Il ajouta cette phrase étrange :

— Je puis bien me souvenir, quoi qu'il en eût coûté, que j'ai été Français autrefois...

Au dehors, dans le vent, on entendit le vrombissement particulier du bimoteur Fokker. L'*aeropuerto* étant démuni de tour de contrôle, l'appareil devait effectuer un premier passage au-dessus du terrain avant de se poser, pour faire fuir les moutons qui s'y seraient aventurés. De chez Ketty dévalèrent les quatre domestiques, dont le dernier, Rafaél, bouclait hâtivement, en courant, la ceinture de son pantalon. Ils ne se lassaient jamais de voir atterrir l'avion qui représentait pour eux la seule preuve qu'un autre monde existait quelque part. Bagagistes improvisés, ils avaient aussi pour mission de rouler la passerelle mobile et de décharger l'appareil. En attendant, ils faisaient de grands gestes avec les bras, comme ces peuplades de Nouvelle-Guinée qui saluent le dieu volant.

— Pour des raisons que vous comprendrez bientôt, dit Tony à ses amis, je ne désire pas que ces messieurs me voient. Vous m'excuserez auprès du colonel — un bain de moutons à surveiller, nous n'avions pas été prévenus — mais vous lui donnerez l'assurance que j'accueillerai chez moi M. de Boislieu et la mission française, à leur totale disposition pour préparer la visite du président... Ah ! Encore une question, Angelo. Le général Grosswerner accompagnera-t-il jusqu'ici le président français ?

— Aucunement. C'est un séjour privé. Une cure de solitude. La destination sera tenue secrète. Un minimum d'accompagnateurs. Pas de protocole. Pas de journalistes...

— Parfait. Illic ! Une enveloppe, du papier, des timbres, grouille-toi !

Le Fokker s'était éloigné pour amorcer son dernier virage. Dehors, cette fois, il neigeait, privilège du grand Sud qui peut offrir les quatre saisons au paroxysme en une heure de cadran. Angelo, Garcia, Hohenlo et les autres, enfoncèrent leur chapeau sur la tête et sortirent dans la bourrasque. Tony retint Niven un instant.

— Je vous laisse Rafaél. Moi je file. Vous me le ramènerez ce soir avec le courrier. J'attends aussi des caisses de vin et je ne sais quoi encore. Ah ! Si vous ouvrez la *Prensa* en présence de ce colonel, je vous en prie, soyez impassible. Mieux que cela, ne vous présentez pas. Restez anonyme, en retrait, que ce colonel ne vous reconnaisse pas s'il avait à vous revoir. Je vous expliquerai plus tard...

Assis à une petite table, il jeta en hâte vingt lignes sur une feuille de papier, ferma l'enveloppe d'un coup de langue, timbra abondamment, colla l'étiquette bleue *Aero Correo*. Au-dessus du nom du destinataire, il écrivit dans le coin gauche, en français : *prière de faire suivre au domicile privé*.

— Illic ! Tu remets toi-même cette lettre au pilote en lui demandant de ma part, expressément, de la poster dès son retour à l'aéroport de Pedroquarto. Tu as compris ?

— J'ai compris. Cette fois je ne suis pas sourd, répondit le géant.

La plaisanterie le fit rire aux larmes. Il retourna l'enveloppe dans ses gros doigts en récitant : « Je remets moi-même cette lettre au pilote en lui demandant de la part du señor Rosette, *espresamente*... »

Il n'avait pas achevé sa phrase que l'avion atterrissait. Au même instant, col relevé, chapeau sur les yeux, Tony Rosette démarrait en trombe au volant de sa Range-Rover.

La suscription de la lettre était ainsi rédigée :

Monsieur Pierre-Aimé de Boislieu
compagnon de la Libération
aux bons soins de Monsieur le Chancelier de l'ordre de la Libération
51 bis boulevard de La Tour Maubourg
Paris 7e
FRANCIA

# TRENTE JANVIER (SUITE)

La piste filait plein sud, rectiligne, deux ornières comme un rail où la Range-Rover tapait son soixante à l'heure sans souffrir. Quand le rail se creusait trop, surtout à l'époque de la tonte des moutons lorsque les camions se succédaient, Tony faisait passer le scraper. Il connaissait chaque mètre de cette piste. C'est lui qui l'avait tracée en explorant autrefois ce pays à bord d'une charrette bâchée à quatre roues tirée par six chevaux. De temps en temps, il freinait pour franchir une fondrière et souriait de plaisir lorsque la voiture se cabrait comme si elle sautait l'obstacle. Il aurait eu largement les moyens de faire goudronner la piste mais s'en était bien gardé. Les importuns sont rares, dans le grand Sud, mais si peu qu'il y en eût, autant les voir se tenir au large. Seule le reliait au monde la ligne du téléphone qui courait de poteau en poteau le long du chemin jusqu'à l'estancia Rosette, à cent kilomètres de l'*aeropuerto*. Il fallait à peu près deux heures pour les parcourir mais Tony ne s'en plaignait pas. Il était chez lui, sur ses terres, il ne trouvait pas le temps long.

Dans ce paysage d'une monotonie abyssale, rien n'échappait à son regard. Là, l'herbe avait disparu. Plus loin, justement, elle avait repoussé, une herbe jaune, par touffes éparses, qui nourrissait un seul mouton à l'hectare, mais le Sud est infini. Ici le vent avait élevé une dune de sable au pied de laquelle une mare s'était formée. Trois grands guanacos roux qui s'y abreuvaient s'enfuirent de leur galop de girafe. C'était un pays où la faune ne ressemblait à rien de connu. Les lièvres sautaient comme des kangourous sur leurs pattes arrière démesurées et les tortues filaient en zigzag comme des lièvres, des tortues de terre appelées tatous. Seuls les grands nandous, qui sont précisément des autruches, se comportaient en autruches. Au passage de la Range-Rover, terrorisés, ils se cachaient la tête sous l'aile. Tony aurait pu écrire un traité de six cents pages sur les nandous. Voilà vingt ans qu'il les observait. Il se demanda si le président Bunus s'intéresserait aux nandous ou à toute autre manifestation de la vie animale, puis haussa les épaules. Le président Bunus aurait d'autres chats à fouetter...

A mi-chemin il y avait un ruisseau, le rio Chico, avec un petit pont de bois que Tony avait fait construire pour doubler un gué le plus souvent infranchissable. Avant son arrivée, le Saraguay habité — ou tout au moins administré, fût-ce de très loin — s'arrêtait exactement là. Une rumeur tenace avait longtemps persisté, entretenue en Occident par une presse à sensation, selon laquelle de hauts dignitaires nazis auraient trouvé refuge en 1945 au-delà du rio Chico, plus ou moins protégés par le général Grosswerner et l'importante minorité germano-quarténienne du Saraguay. C'était faux. Le tempérament indubitablement autoritaire du général Grosswerner s'inspirait plutôt, par tradition de famille, du principe monarchique. Le général n'avait jamais éprouvé la moindre sympathie à l'égard des nazis et cela s'était vite su dans les rangs des proscrits, tandis que ses voisins le Chili, le Paraguay, l'Argentine, au moins, fermaient les yeux. Si la rumeur présentait un fond de vérité, elle n'aurait pu concerner que du menu fretin, de petits SS auxquels ce pays désertique ne laissait que peu de chances de survivre longtemps. Ce fut aussi l'opinion des services secrets israéliens lors de leur longue traque en Amérique du Sud à la poursuite de Bormann, de Mengele, d'Eichmann, de Barbie et de quelques autres. Par acquit de conscience, cependant, ils avaient ratissé le sud du rio Chico avec la bénédiction du général Grosswerner. Tony venait à peine de s'y installer. Un jeune homme s'était présenté, le plus simplement du monde, sous sa véritable identité : Shimon Lévin, lieutenant des services spéciaux de l'armée israélienne. Il avait déclaré : « Nous savons qui vous êtes, M. Rosette, et pourquoi vous avez quitté la France, aussi nous ne vous soupçonnons nullement de cacher ce genre de monstres. Cependant, connaissant la région, vous pourriez peut-être, sans vous en douter, nous permettre de renouer un fil. Nous avons des raisons de supposer que deux officiers subalternes SS, de Tréblinka et Buchenwald, ont pu s'égarer jusqu'ici il y a une dizaine d'années... » Tony l'avait conduit à une cabane en ruine, à l'abri d'un repli de terrain, où il avait découvert auparavant des vestiges de campement, les attribuant à quelque chasseur de guanaco. En fouillant le sable autour de la cabane, ils avaient rapidement exhumé un squelette desséché dont la mâchoire inférieure gisait détachée du crâne. Shimon Lévin avait dit : « Les dentistes SS ne manquaient pas d'or, dans les camps... » Puis : « L'autre devait être au bout du rouleau. Il n'a même pas eu la force, dans ce sable, de creuser profondément. Vous retrouverez peut-être un de ces jours son cadavre, à quelques heures de marche. Pour moi, l'affaire est classée... » C'était il y a vingt ans. Tony avait fait raser la cabane. Comme l'Israélien prenait congé, il avait demandé : « Et qui suis-je, selon vous ? » Lévin le lui avait dit, ajoutant : « Dormez tranquille. Pour nous, cela ne présente aucun intérêt. Une fiche parmi des millions de fiches. Aucune chance qu'elle serve à nouveau. » Et Tony l'avait oublié...

Passé le rio Chico, Tony s'arrêta plusieurs fois. Des *péones* à cheval venaient lui rendre compte. Quelques brèches sous l'assaut du sable dans l'immense clôture qui cernait le domaine. Un bélier retrouvé mort, mais il ne s'agissait pas de maladie. Le résultat d'un combat. Avec ces animaux plus qu'à demi sauvages, d'une race des Highlands d'Écosse, on ne pouvait l'éviter ; c'était même une preuve de vitalité. Un *péon* avait repéré un petit troupeau de vingt têtes qui n'avait pas été tondu depuis deux ans. Leur laine traînait par terre, leurs yeux étaient aveuglés. S'ils s'étendaient sur le côté, ils ne pourraient se relever et crèveraient sous le poids de leur fourrure. On convint d'une battue dès le lendemain. Et le piétin ? De ce côté-là, tout allait bien. On achevait de baigner les troupeaux du sud et bientôt on s'occuperait de ceux de l'est. Le piétin, c'est la terreur des éleveurs, une maladie du pied qui peut décimer un cheptel. Plusieurs fois par an, dans un grand déploiement de cavaliers et de chiens, il fallait faire passer les moutons dans un bassin d'eau additionnée de formol. La routine...

Les bâtiments de l'estancia Rosette tenaient le milieu entre le monastère cistercien et le fortin de frontière. Construits en pierre basaltique noire, à un seul étage, ils s'inscrivaient à l'intérieur de deux cours carrées, une grande et une petite, fermées comme des cloîtres à l'abri du vent et sur lesquelles s'ouvraient portes et fenêtres. Ce n'était pas gai gai, mais solide, rassurant. Une trentaine de personnes y vivaient en autarcie. Passé le portail voûté qui pouvait être cadenassé la nuit, on pénétrait dans la première cour, garages, écuries, chenil, ateliers et logements du personnel, *péones* et leurs familles. Il y régnait toute la journée une animation bruyante. Les soirs de fête on y dansait à la lueur d'immenses feux et l'on y faisait rôtir des moutons. Le mirobolant drapeau du Saraguay déployait son arsenal de symboles au sommet d'un mât planté au milieu de la cour. On sait combien Tony y tenait.

La seconde cour lui était réservée, appartement privé, chambres d'amis, un autre garage, cuisines, logements des domestiques, disposés autour d'un maigre gazon anglais entretenu et défendu pied à pied et d'une dizaine de tamaris auxquels le vent interdisait toute croissance au-delà des toits. Pas de fleurs, elles crevaient toutes. Tony remisa la Range-Rover, franchit le perron au pas de charge et grimpa dans sa chambre, au premier, pour se changer. Pantalon de tweed, mocassins, veste de laine. Il redescendit au salon où un feu de bois crépitait dans une immense cheminée. Le luxe absolu, dans ces contrées. Il fallait transporter les bûches depuis les premiers contreforts boisés des Andes, par camions, à deux cents kilomètres de là. Le salon était garni de profonds fauteuils et de canapés bas recouverts de peaux de guanaco. Aux murs, quelques peintures, des natures mortes, bouquets et vases de fleurs. Dans le coin bureau, étrangement, pas de photos, à l'exception de celle d'un bélier primé, aux cornes noires en tire-bouchon, enrubanné comme une reine de beauté, et qui semblait, par ironie, remplacer toute espèce de famille.

Une jeune métisse entra, portant sur un plateau un flacon de cristal empli de vieux Jameson et un verre. Tony affectionnait le whisky irlandais. Il en usait modérément, mais se ménageait en sa compagnie deux ou trois pauses entre midi et le moment d'aller se coucher. Un rite plus qu'un besoin. Ce plateau qu'on lui présentait dans les formes requises d'un service impeccable, si on l'eût interrogé là-dessus, procédait d'un savoir-vivre qui marquait sa souveraineté. Un détail parmi d'autres. Depuis qu'il avait quitté la France, c'était ce genre de détail qui seul comptait pour lui. Lorsqu'on a vu, à vingt ans, l'âge des héroïsmes, bafouer ses convictions jusqu'à l'anéantissement de soi-même, on ne juge plus tellement nécessaire de s'en refaire des doubles, comme d'une clef volée.

La jeune femme avait une vingtaine d'années, des cheveux longs très noirs séparés en deux nattes qui descendaient jusqu'à sa poitrine et un visage lisse si régulier que le moindre de ses sourires l'éclairait, à la façon de ces cailloux légers qu'on lance à la surface d'une eau calme et qui en changent à l'infini les reflets. Elle souriait avec discrétion et ne riait jamais, ce qui lui donnait un charme indéfinissable et lointain. Grande, sculpturale, comme on dirait d'une statue parfaitement proportionnée, elle était vêtue d'une longue jupe indienne multicolore et d'un chemisier noir où brillait un lourd collier de pesos d'or. Le collier était un cadeau de Tony. Il en rajoutait un rang chaque année, tout surpris d'en compter trois au cou de Maria, ce qui n'était jamais arrivé avec celles qui l'avaient précédée. Il vieillissait.

— Je ne me lasse pas de te regarder, lui dit-il en français. Ma vie n'aurait servi qu'à te placer sur mon chemin, que je n'aurais rien de plus heureux à en attendre.

Maria ne comprenait pas le français. Elle se contenta de sourire et ses paupières s'abaissèrent en signe d'acquiescement. La nuit, Tony ne lui parlait qu'en français. C'était une musique douce dont elle devinait le sens. Elle n'y répondait jamais. Ce n'était pas son rôle.

— Donne-moi la main, dit-il, toujours en français, et il en porta la paume à ses lèvres. T'épouser, te faire un enfant, tout lui léguer s'il m'arrivait quelque chose... En six semaines, d'ici au treize mars, nous en aurions longuement le temps. Ne me l'as-tu pas déjà demandé, si je comprends tes silences ?

Il haussa les épaules.

— Et s'il ne m'arrivait rien ? Que ferais-tu, à traîner ici tout le reste de ta jeunesse, encombrée d'un vieillard jaloux qui ne te mériterait plus ? Tu crois que je pourrais supporter cela ? Je devrais te marier, oui, mais pas à moi, t'expédier loin d'ici. On m'a déjà trahi une fois, et cependant j'étais jeune, exactement l'âge que tu as... Tu commences à prendre trop de place, Maria. Je vais finir par rire de moi...

Puis il reprit, cette fois en espagnol :

— Maria, si tu te mariais ? Il serait temps.

— Je ne le désire pas, señor. Vous ne voulez plus de moi ?

— Tu ne veux vraiment épouser personne ?

Elle baissa les yeux sans répondre.

Encore une fois il songea que c'était le plus beau cadeau que la vie lui avait offert. Fallait-il risquer de tout perdre, sortir du cercle parfait de son magnifique isolement pour une vengeance tardive ? Il n'avait rien oublié de son lointain passé mais s'était accommodé de ses souvenirs. Il les avait annulés. Le destin venait seulement de lui rappeler qu'il n'avait jamais pardonné...

— Préviens Tia (c'était la cuisinière) que nous serons sept à souper et prépare les chambres. Tous resteront dormir.

— Voulez-vous déjeuner ?

— Apporte-moi des sandwiches et du café, ici. J'ai à travailler. Veille à ce qu'on ne me dérange pas.

Il suivit des yeux la jeune fille qui s'éloignait de son pas souple, sa longue jupe virevoltant autour de ses chevilles nues. Son père avait épousé la fille d'une Indienne, une vieille princesse tehuelche, la dernière de sa race, qui avait toujours refusé de quitter sa cabane dans la forêt, au pied des Andes, et psalmodiait des complaintes à longueur de journée dans une langue connue d'elle seule. Un matin d'hiver, des chasseurs l'avaient retrouvée, morte. De son sang, il ne restait que Maria. Mais rien ne meurt définitivement et Tony, lorsqu'il tenait la jeune fille dans ses bras, retrouvait quelque chose de cette noblesse sauvage. C'était cela qui l'avait attaché à elle, lui qui s'était juré du contraire. Il y a des passés qu'on adopte lorsque l'on a perdu le sien. Et que retrouverait-il d'Elvire ? Elvire Bunus, autrefois Malentraide. La jeune fille qu'il avait connue et aimée sous ce nom appartenait au même réseau de résistance, en 1944, sous les ordres de Pierre-Aimé de Boislieu. Le réseau s'appelait Honneur et Jeunesse. Elvire portait des messages, courait les chemins à bicyclette et prenait crânement des risques qui en faisaient reculer bien d'autres. C'était une jeune fille fière, une âme noble. Sa nature orgueilleuse la portait à juger autrui sévèrement et son regard bleu ne pardonnait jamais à qui la décevait. Sa route clandestine croisait parfois celle de Tony. Ils volaient quelques heures à la vie, ils brûlaient ces quelques heures, cachés dans un grenier ou une grange de maison amie. Les âmes nobles peuvent-elles aussi se tromper ? Ou bien dissimulent-elles des reflets moins purs ?

— Vos sandwiches et votre café, señor.

Tony était assis à son bureau, face à une petite baie à double vitrage qui était la seule donnant sur le paysage extérieur, comme un hublot de navire. Dehors, l'herbe ployait sous la bourrasque dans un silence d'aquarium. Dans son dos, Tony entendit la jeune fille poser le plateau sur la table basse et enfourner une bûche dans le feu.

— Nous veillerons tard ce soir, dit-il.

— Je puis attendre. Je servirai.

— Il sera encore plus tard. Mes amis et moi, nous

avons beaucoup de choses à nous dire. Tu nous laisseras. Tu monteras dans ma chambre. Tu te coucheras et tu t'endormiras.

La porte se referma dans le bruissement de l'épaisse tenture de laine qui parachevait l'isolement de la pièce. Tony se leva, fit glisser une nature morte représentant un rosier sauvage et qui dissimulait un coffre-fort mural d'où il tira un épais classeur noir. Il le déposa sur son bureau et en dénoua les sangles. Puis il mastiqua lentement un sandwich au bacon, but deux tasses de café, alluma une cigarette et réfléchit un moment, l'œil fixé sur la couverture noire comme si c'était une dalle de tombeau et qu'il craignait, en la soulevant, de libérer quelque force malfaisante. A la fin, il s'y décida. Une étiquette identifiait le dossier :

ANTOINE BUNUS
1944-1945

Le couvercle de ce cercueil ouvert, s'échappèrent des flots de documents qui répandirent sur le bureau une légère poussière de décomposition. Il y avait des photos jaunies, des coupures de presse d'un méchant papier de guerre effrangé et craquelé, des lettres de différentes écritures, quelques messages sur papier bible devenus presque illisibles et qui lui avaient été confiés autrefois, réduits à une minuscule boulette prête à être avalée, d'autres coupures de presse en anglais, quelques extraits du Journal officiel de la France libre datés de Londres ou d'Alger et de celui du Gouvernement provisoire de la République française, enfin, dans une enveloppe, une décoration formée d'un ruban vert et noir et d'une médaille représentant une croix de Lorraine inscrite dans un glaive, et une photographie.

Tony Rosette balaya d'un double geste la masse des documents et dans l'espace ainsi ménagé déposa la photo et la croix, qui était celle de la Libération. Puis appuyant son front sur ses mains, accoudé au bureau, il ouvrit la porte de sa mémoire qu'il tenait close depuis quarante ans. Par sédiments successifs en surgirent tant de sentiments violents que lui vint un moment l'irrésistible envie de jeter tout cela au feu pour faire cesser l'oppression qui commençait à l'étouffer. Il reprit sa respiration, se força au calme, au détachement. Il put commencer à trier tout ce déballage contenu qui jaillissait de son âme. D'abord la colère. La rage plutôt. Rien n'est plus effrayant qu'une rage impuissante. On en a le cœur transpercé de mille poignards, l'intelligence foudroyée par trop d'éclairs convulsifs, le corps secoué de tremblements inutiles, la bouche muette figée sur une malédiction dérisoire. L'abattement qui la suit vous entraîne en spirale dans les abysses de la désespérance. Le désespoir à vingt ans, le désespoir absolu, cela peut-il se pardonner ? Ensuite était venue la haine, une haine aussi lumineuse qu'une épée flamboyant dans les ténèbres. Mais l'épée est à double tranchant et l'on se consume soi-même de haine. Le dégoût avait pris le relais. C'est un immense vomissement de l'âme, un rejet de tout l'être qui expectore sur le pavé du néant tout ce qu'on a aimé, ce à quoi on avait engagé sa foi. On était prêt à donner sa vie et on n'est pas mort, parce que le destin joue des tours et gomme d'un coup ce que l'on était et ce qu'on aurait pu devenir, à vingt ans... Après, les années passent et les pulsions exacerbées s'assagissent. Il ne restait plus à Tony Rosette que le mépris. C'est solide, le mépris. Une survivance en béton de tous les sentiments sains disparus. Il y a aussi quelque chose de paisible dans le mépris. Une certitude éblouissante... Tony saisit la photo dans ses doigts et entreprit de l'examiner calmement.

Elle représentait un jeune homme d'environ vingt ans, les tempes rasées haut, le cheveu dru et court, l'œil romantique que les photos de ce temps soulignaient de telle façon qu'il devait bien exprimer une certaine vérité de l'âme, vêtu d'un costume pauvre étriqué qui correspondait exactement aux contradictions de l'époque. En 1944, les gens bien habillés n'étaient que des salauds. Un personnage considérable serrait la main du jeune homme. En uniforme kaki à deux étoiles aux manches, il le dépassait d'une bonne tête. Son œil terne et hautain semblait s'animer d'une lueur d'intérêt, voire de sympathie. C'était un homme qui avait de la difficulté à aimer, encore plus à estimer. La médiocrité du décor — un petit bureau meublé sans recherche — plaidait en faveur de sa sincérité. La photo était dédicacée : « Le général de Gaulle à Antoine Bunus, compagnon de la Libération, le plus jeune et le plus indomptable de ses compagnons... » Et la date : « Londres, 25 mai 1944. » Le paraphe orgueilleux du grand homme authentifiait le tout. Au second plan, sur la photo, un autre jeune homme d'allure grave, avec, sur la poitrine, la même croix épinglée : « Boislieu, murmura Tony, comment as-tu pu t'y tromper... » Deux jours plus tard, le 27 mai 1944, soit dix jours avant le débarquement allié, les deux nouveaux compagnons étaient parachutés au sud de Poitiers, près d'un hameau isolé où s'étaient regroupés une cinquantaine de jeunes gens : le réseau Honneur et Jeunesse. Leur objectif : faire sauter les voies ferrées et les routes à des points stratégiques, ponts ou tunnels, afin d'entraver le repli des divisions allemandes du Sud-Ouest vers les champs de bataille de Normandie. En prenant congé d'eux, le général avait ajouté : « Chaque fois que vous réussirez, vous éviterez le recours au bombardement aérien et vous épargnerez ainsi des souffrances injustes à la population civile. Nous n'avons quasiment que vous, là-bas. Il y a des maquis dans cette région, mais à l'exception d'un ou deux, je vais vous dire ce qui va se passer : ces gens-là combattront pour eux, pour régler des comptes, prendre des gages, s'emparer de mairies, de préfectures ou de journaux qui deviendront autant de positions d'avenir. Toutes les ambitions vont être lâchées, car toutes les places sont à prendre... »

Tony se souvenait de cette dernière phrase, mot à mot, prononcée par cette voix célèbre qui savait user du mépris jusque dans le ton et l'accent. Des places à prendre... Il en connaissait une, devenue la plus haute, dont la prise quarante ans plus tard avait été préparée précisément en ces jours-là...

Antoine Bunus et Boislieu avaient guerroyé jusqu'au Mans, toujours dans la gueule du loup, harcelant par petits groupes de deux ou trois garçons les lignes de communication ennemies. Ils évitaient d'utiliser la radio entre eux. Elvire et quelques autres jeunes filles assuraient les liaisons à bicyclette. Puis, vers la fin de Juillet, Londres leur avait commandé de cesser leurs actions et de se cacher dans la campagne, aux environs du Mans, en attendant que la queue de l'orage soit passée. La partie était jouée. Les Allemands refluaient en masse vers les ponts de la Seine et Paris, traqués par l'aviation et les blindés alliés, et Leclerc venait d'entrer dans la danse. L'ordre était de ne plus se faire tuer de cette façon. Le temps des réseaux s'achevait.

Antoine Bunus connaissait comme sa poche toute la campagne au sud du Mans. Il y comptait de nombreux amis dans les villages et chez les fermiers. Sa mère possédait un ancien relais de chasse perdu dans la forêt au milieu d'un lacis d'étangs et de marais à une quinzaine de kilomètres de la ville. Jusqu'à son engagement dans la Résistance, en 1943, il y avait passé toutes ses vacances. Sa mère s'y était réfugiée. Boislieu avait regagné Paris, laissant à Antoine le soin de cacher les membres du réseau dans les maisons amies. On prenait moins de précautions, mais les systèmes de liaison et d'alerte étaient maintenus. Antoine n'avait pas vu sa mère depuis deux ans, ce qui était la règle dans les réseaux pour ne pas compromettre les familles, et il se garda bien de s'installer chez elle. A la fin, il n'y tint plus. Il voulait au moins l'embrasser, lui faire partager sa fierté, lui dire ce qu'il avait fait et qui il était devenu. L'ennemi avait perdu la plupart de ses griffes et commençait à plier bagage. Antoine s'y risqua huit jours avant la libération du Mans, durant la nuit du 1er août. Ce qu'il désirait par-dessus tout, c'était présenter Elvire à sa mère. Tous deux avaient décidé de se marier sitôt que le dernier Allemand aurait disparu du paysage manceau. C'était ainsi qu'en ce temps-là, chez les jeunes gens de bonne famille, on concevait l'existence lorsqu'on avait quelque peu empiété sur les bans.

Ils passèrent trois heures chez Mme Bunus. Après les larmes, les embrassades, on dévalisa le garde-manger. Le champagne de la victoire fut débouché sur-le-champ. Alors Antoine parla, parla... Une soif inextinguible de se raconter à quelqu'un, d'extérioriser son enthousiasme, de chanter les combats de sa jeunesse, car il avait l'âme épique, Antoine. Dans sa naïveté juvénile, il s'émerveillait d'avoir participé à la plus grande bataille de l'histoire. La maison était plongée dans l'obscurité, rideaux tirés, volets fermés. Une unique lampe à pétrole posée sur la table de la cuisine éclairait les quatre visages, encore que celui d'Alexandre, qui s'était assis légèrement en retrait, n'émergeât pas complètement de l'ombre et par moment s'y réfugiât. Antoine ne s'était pas attendu à le trouver là. Ils ne s'étaient pas vus depuis deux ans. Alexandre, solitaire, ne quittait pour ainsi dire jamais Paris, poursuivant simplement ses études, indifférent au drame où se jouait le destin de dizaines de millions d'êtres humains. C'était lui qui avait ouvert la porte après qu'Antoine se fût nommé. Dans la pénombre qui rendait la similitude plus impressionnante encore, Elvire avait sursauté, demeurant pétrifiée un long instant avant de dire seulement : « Oh mon Dieu... » Tony se souvenait exactement de cette scène à laquelle, sur le moment, il n'avait pas attaché d'importance. Le regard... C'est à l'échange de regards qu'il aurait dû prêter attention, au regard presque désespéré d'Elvire guettant au moins une différence dans celui qu'elle découvrait. Il faut croire qu'elle n'en avait pas trouvé, ou bien, l'y débusquant, en avait-elle tiré d'autres réflexions que celles qui auraient dû s'imposer. Elle seule le savait... Rompant la surprise, Antoine avait déclaré d'un ton léger : « Je te présente Alexandre, mon jumeau. Ah oui, je croyais te l'avoir dit, la ressemblance est étonnante, on s'y tromperait. Mais si tu grattes un peu la peau, sans même aller jusqu'au cœur, plus rien n'est conforme, je te l'assure. » Alexandre avait encaissé sans ciller.

Alexandre accueillit affectueusement son frère. Sa joie de le revoir semblait sincère. Il alla même jusqu'à l'embrasser. Lui qui donnait l'impression de forcer perpétuellement sa nature se conduisit cette nuit-là avec le plus parfait naturel. Il se multiplia, courant à la cave, faisant cuire des œufs, coupant le pain, ravivant le fourneau, tandis que Mme Bunus, sous le coup de l'émotion, dévorait des yeux son héros surgi de la nuit. Elvire demanda à visiter la maison. C'est Alexandre qui s'en chargea. Ils restèrent absents quelque temps. Après quoi, revenu à la cuisine, il écouta gravement son frère, posant des questions précises auxquelles Antoine répondait, entraîné par son récit, mais demeura le plus souvent silencieux, fraternellement admiratif. De temps en temps, il tournait son regard vers Elvire avec un petit sourire mélancolique, comme s'il eût voulu témoigner de son regret que les rôles ne fussent pas inversés. A un moment, il dit, alors que son frère venait de raconter un accrochage avec les Allemands d'où il s'était sorti par miracle : « J'aurais été incapable de cela. Je suis bien trop trouillard... » Le ton frappait par sa sincérité. On touchait là quelque chose de vrai. Antoine en fut ému, et Tony, s'en souvenant, comprit que c'était à cet instant précis, en ce tournant de sa vie, que tout s'était décidé. Elvire, prise de pitié, tout émue elle aussi, tendit la main par-dessus la table vers le pauvre garçon qui se noyait, tandis que Mme Bunus, se levant, vint embrasser Alexandre en se penchant vers lui tendrement. Elle avait l'air de dire : « Chacun est comme il est. Cela n'empêche pas d'être aimé... » Il ne manquait qu'un point final à cette unanimité d'affection, la goutte qui fit déborder le vase de jalousie et de déréliction. Antoine dit : « Quelle importance ! Moi aussi je suis trouillard. Tout le monde est trouillard. Alexandre, te rappelles-tu le colonel Cornichon ? Il tremblait de peur pendant les batailles. Cela nous faisait assez rire... » A quoi Alexandre avait répondu : « Moi, je ne riais pas. » Il n'y eut pas d'incident. La phrase tomba à plat. Antoine avait déjà repris son récit, et Alexandre son rôle de frère hors du coup, amical et effacé. Plus tard, lorsque Antoine eut terminé et répondu à d'autres questions, Alexandre remarqua, pensif : « C'est toi qui as eu raison. Moi j'ai perdu mon temps. C'est toi qui vas compter dans la France d'aujourd'hui. Pas moi. Je me suis trompé. J'ai loupé le bon train. » Antoine répondit en haussant les épaules : « Si tu crois que j'avais pensé à tout cela... »

Un peu après minuit, rompant l'euphorie qui s'était emparée de lui, Antoine reprit ses esprits. La guerre n'était pas finie. Elvire et lui devaient rejoindre leur poste. Ils coupèrent à travers bois, sous la lune. Alexandre les accompagna un moment. On entendit au loin les sirènes d'alerte de la ville, suivies quelques minutes plus tard du grondement caractéristique d'une vague de forteresses volantes qui continua sa route en dédaignant Le Mans, probablement vers Orléans pour bombarder les ponts de la Loire. Parvenus à un carrefour à l'orée du bois, les trois jeunes gens se quittèrent. Leurs chemins se séparaient. Pour Elvire, un village à l'écart des grands axes dont le curé l'avait hébergée chez lui, pour Antoine une ferme isolée qui avait appartenu à sa famille autrefois. Antoine dit à son frère : « Et toi maintenant, rentre vite. Les Allemands sont nerveux. Surtout la Gestapo du Mans. Il y a des rafles chaque nuit, comme s'ils s'acharnaient à faire le plus de mal possible avant de filer... »

Le lendemain, un quart d'heure après l'aube, un peloton de SS en camion envahissait la ferme. Négligeant le corps de bâtiment, il se dirigèrent tout de suite vers la grange où Antoine dormait encore. Ils étaient pressés, éructant des injures. Le fermier qui tentait de s'enfuir fut abattu dans le dos. En partant, ils mirent le feu. Cela n'avait pas duré cinq minutes. Ligoté dans le camion qui regagnait Le Mans à toute vitesse, Antoine put distinguer à travers ses paupières tuméfiées la lueur des flammes qui s'élevaient vers le ciel. Au même moment, une dizaine d'autres jeunes gens étaient surpris dans les mêmes conditions, et Tony se souvint plus tard de certaines questions précises que son frère lui avait posées. Elvire n'avait pas été inquiétée et resta cachée chez son curé jusqu'à la libération du Mans, le 8 août. Déportés en Allemagne par les derniers convois, aucun de ces malheureux n'en revint. Ils avaient été dénoncés pour faire nombre, afin qu'aucun des survivants du réseau Honneur et Jeunesse ne pût jamais soupçonner qu'un seul d'entre eux avait été visé. Personne n'approcha la vérité cette nuit-là, ni de près, ni de loin, ni plus tard, ni jamais. Seule Mme Bunus aurait été capable de déchirer le voile. Voilà longtemps qu'elle avait sondé le cœur de ses fils. Elle seule, depuis leur naissance, savait les reconnaître l'un de l'autre, encore qu'elle s'y trompât quelquefois tant Alexandre s'ingéniait à gommer les plus infimes différences. On la retrouva morte dans le fossé de la route forestière, à deux kilomètres de la propriété. Son visage était intact, son corps ne portait aucune trace de coup, mais ses chaussures étaient maculées, avec les talons cassés, comme si elle avait couru éperdument sur le chemin défoncé. Le médecin qui la soignait habituellement passa reconnaître le cadavre en coup de vent. Il conclut à une crise cardiaque due à un effort trop violent ou à un surcroît d'émotion, ajoutant que cela ne l'étonnait pas, que Mme Bunus était souffrante depuis longtemps, après quoi il sc hâta vers d'autres morts et d'autres blessés. Il n'y avait plus de gendarmes et plus d'autorités légales. Il n'y eut pas d'enquête. On supposa que la malheureuse femme s'était enfuie pour échapper aux SS qui battaient la région cette nuit-là. Mais nul n'imagina que si elle avait tant couru, au-delà de la limite de ses forces, c'était peut-être, au contraire, pour rattraper quelqu'un. Dans le désordre du temps, ce mystère n'intéressa personne...

La nouvelle frappa Boislieu en plein cœur. Il était consterné. Le quart de son réseau anéanti, juste à l'heure de la victoire... Par respect pour la mémoire de Mme Bunus, mais plus encore pour Antoine et ce qu'il représentait aux yeux de la jeunesse du pays, il décida de taire ce qu'il était le seul à savoir : que le frère du plus jeune compagnon de l'ordre de la Libération, un héros de vingt ans dont la presse commençait à tisser la légende, que son propre frère l'avait trahi, lui et de nombreux camarades ! Il en convint avec Antoine lorsque tous deux se retrouvèrent dans Paris libéré. Car c'est de la bouche même d'Antoine que Boislieu avait appris la vérité sur ce drame inexplicable. Un Antoine Bunus désespéré, les yeux secs d'avoir trop pleuré, devenu insomniaque à force de chercher à comprendre, blanc de rage et de honte à l'évocation de ce frère qu'il maudissait. Antoine parlait de changer de nom, de disparaître de la scène publique : « On n'efface pas Antoine Bunus quand le pays a besoin de symboles » avait déclaré Boislieu. « Et s'il réapparaît ? » avait demandé Antoine. « On lui réglera son compte discrètement et personne n'en saura rien », avait répondu Boislieu, « mais à mon avis les Allemands ont dû l'arrêter, le déporter, ou même l'exécuter. Il ne pouvait plus leur servir... »

En ces mêmes moments, Tony roulait en direction de la Silésie dans un wagon à bestiaux, entassé debout en compagnie de deux cents compagnons de misère. Il en périssait plusieurs par heure, les plus petits, les moins forts, ceux qui ne pouvaient plus respirer et se laissaient glisser entre les pieds des survivants. Puis Mattenbruck, un camp de la mort. Sentant leur propre fin venir, les bourreaux étaient pressés. Ils bâclaient. Plus de relevés d'identité, plus de registres. La sombre machine broyait un troupeau anonyme. Et pendant ce temps que faisait Alexandre ? Qu'était-il devenu ?

Ah oui ! il se portait comme un charme, Alexandre ! Tony Rosette fouilla fébrilement dans la masse des documents répandus sur son bureau. Ses mains tremblaient. Encore une fois, le feu qui crépitait dans la cheminée lui lançait des appels d'autodafé. Détruire cette ignominie à jamais... Même par des routes défoncées, avec une vieille bicyclette, il ne lui avait pas fallu plus d'une heure, à l'autre, l'innommable, pour arriver jusqu'à la Gestapo du Mans, tandis que la pauvre femme, qui avait aussitôt tout compris, courait sur le chemin, trébuchant, dans la nuit, en criant « Alexandre, Alexandre, je t'en supplie, reviens, pour l'amour de Dieu, ne fais pas cela... ». Mais il était déjà loin, l'innommable. Lui aussi avait changé de nom. Il s'appelait Antoine Bunus. Le capitaine Antoine Bunus, compagnon de la Libération, le plus jeune capitaine de France, même en ces temps d'inflation de galons, plus célèbre encore que Chaban-Delmas et son imperméable kaki de légende, ses deux étoiles de général toutes neuves. On ne voyait que lui, partout. Partout où il le fallait. Sur cette photo célèbre que toute la presse avait publiée et qu'elle republia sans fin à chaque anniversaire, il figurait, bien sûr, et pas en mauvaise place, il savait se pousser ! Tony le tenait sous le feu de son regard. D'un revers de main, il avait défroissé un vieux journal de l'époque : 26 août 1944. De Gaulle descend les Champs-Élysées au milieu d'une énorme foule. A ses côtés, jouant des coudes autour du général Leclerc, de Georges Bidault, de Henri Frenay, tous les petits requins assurés d'engraisser pour peu que le grand homme les laissât approcher du périmètre de son auréole, et le plus vorace d'entre eux, jeune prodige de la France nouvelle, grave et souriant, déjà conscient de ses mérites, de sa gloire, de sa place, de ses droits, certain de son avenir comme d'une évidence, pétant discrètement d'orgueil et de vanité dissimulée : Antoine Bunus, l'archange. Juste derrière lui, mais au second rang, béat et légèrement en retrait, couvant des yeux son poulain, Pierre-Aimé de Boislieu. Il a l'air d'un grand dadais maladroit. Il n'est plus dans la course et d'ailleurs il s'en fiche, il n'en a pas la moindre conscience. Lui non plus n'avait pas pensé à cela. Ici s'achève l'héroïsme. Là commence l'ambition. Tony se disait : « Ce n'est pas possible, ce n'est vraiment pas possible que Boislieu n'ait rien compris ce jour-là... »

Il y avait une autre photo légèrement antérieure, datée du 9 août 1944. Elle occupait la moitié de la première page de la *Liberté du Centre-Ouest*, du Mans. La légende indiquait : *Place de la République, devant les bureaux de notre journal, les autorités de la Résistance accueillent nos Libérateurs au milieu de la liesse populaire.* Scène de genre, dans le style du temps. Jeunes femmes hissées sur les tourelles de chars, embrassant à pleine bouche de grands yankees ravis. Tractions avant croulant sous le poids de F.F.I. de dizième et de onzième heure. L'un d'eux brandit une longue chevelure blonde tranchée. La foule acclame les vainqueurs. Des bras se tendent, attrapant au vol cigarettes, chewing-gum, barrettes de chocolat. Sur le perron, les autorités alignées. Uniformes disparates, foisonnement de brassards et de galons. Tiré à quatre épingles, croix de la Libération lui battant la poitrine, un sémillant jeune capitaine trône au premier rang cette fois, immédiatement à la droite du commissaire du gouvernement. C'est Antoine Bunus. La légende de la photo le souligne. Depuis la nuit du 1er août, il n'a pas perdu de temps. Il n'a *doublement* pas perdu de temps. D'abord le journal est à lui, ci-devant *Dépêche du Mans*. A la tête d'un commando de recrutement local, il s'en est emparé le matin même, à l'aube, prenant tout le monde de court, car il a le bon réflexe. Autopromu directeur du comité rédactionnel, il verra là l'origine de sa fortune. Ensuite la fille est à lui. A tant serrer les poings, les phalanges des doigts de Tony blanchissaient... Le bras du jeune capitaine est passé autour de l'épaule d'Elvire. Attitude peu militaire, mais tout est permis ce jour-là. Ils sont jeunes, beaux, triomphants. Visiblement, ils s'aiment. Un excellent placement. Cette photo-là sera reprise souvent tout au long de la carrière politique d'Antoine Bunus. Elle ornera ses affiches électorales, elle rendra mille pour cent d'intérêt. Quand s'est-il emparé d'Elvire ? De quelle façon y est-il parvenu ? Le poing de Tony Rosette s'abattit sur le bureau. Mais il n'avait eu qu'à se montrer, l'innommable, tout simplement ! Peut-être même dès le matin de l'arrestation de Tony, en inventant n'importe quoi après avoir pris soin de déchirer ses vêtements et de s'être, par exemple, tailladé le cuir chevelu pour s'inonder de sang, déclarant qu'il avait pu s'échapper par miracle, sauter du camion sous les coups de feu et disparaître dans la forêt. Puisqu'il *était* Antoine Bunus, il ne pouvait mentir ! Nul besoin d'autre explication...

Combien de fois Tony l'avait-il imaginée, cette scène, dans l'enfer glacé de Silésie, avec bien d'autres détails intimes qu'amplifiait le désespoir. On mourait énormément, l'hiver 44-45, au camp de Mattenbruck, sans recours aux chambres à gaz. Le climat, les épidémies, l'absence presque totale de nourriture suffisaient. Mourut avant le printemps un pauvre jeune bougre, pas très futé, qui n'avait jamais compris par quel vilain tour du destin on l'avait expédié là. Ferrailleur dans un petit village limousin, célibataire et sans famille, pratiquant vaguement un marché noir d'œufs et de poulets pour survivre, un jour il avait été arrêté, lui qui ne causait de tort à personne et n'eût pas fait de mal à une mouche. De temps en temps, il sautait la femme d'un voisin, mais ce n'était pas une raison. Le pauvre homme ignorait simplement que la délation richement inventive était la vérole bien française de ce temps. Son nom : Tony Rosette. A Antoine, son voisin de grabat, sans cesse il ressassait sa vie, cherchant la faille qui l'avait conduit à mourir à Mattenbruck. Comme elle était simple, la vie de ce malheureux, exempte d'amis, peuplée de rien ! Un multimilliardième du cerveau suffisait à s'en souvenir. Ainsi Antoine avait-il choisi de devenir Tony, Tony Rosette. Parmi les spectres interchangeables que la commission interalliée prit en charge à la libération du camp, c'est tout naturellement sous ce nom qu'il fut rapatrié, pourvu d'une identité officielle après un minimum d'enquête, soigné à l'hôpital, puis remis debout après un long séjour dans une maison de repos des Landes d'où il demanda son congé le jour où il comprit, se regardant dans une glace, qu'il était sur le point de retrouver son vrai visage et qu'à partir de ce moment-là, sa vie serait en danger.

Il trouva un emploi dans une scierie isolée de la forêt landaise, chez un brave homme dont les deux fils déportés n'étaient pas revenus. Travaillant en plein air, dormant au chaud, ne fréquentant personne, mieux nourri que bien des Français de l'époque, il s'y refit une santé. Il retrouva aussi une sorte de gaieté qu'il appliquait comme un couvercle fermé par-dessus le dégoût, la haine et le mépris. Il s'était laissé pousser la barbe et s'adaptait sans effort à sa nouvelle identité. Que Tony fût le diminutif d'Antoine n'était que l'effet du hasard mais avait servi de transition. Il économisait sou par sou le prix d'un passage en cargo de Bordeaux vers l'Amérique. Même si cela eût été possible, il ne désirait pas reprendre ce qui lui appartenait, son nom, son passé. Il ne se sentait déjà plus français, l'innommable lui en avait volé le goût et la fierté. Il se tenait au courant, cependant. Le soir, dans sa petite chambre, il lisait le journal de la veille que lui abandonnait son patron, lequel lui avait également fait cadeau, « pour savoir ce qui s'était passé », d'une collection presque complète de *l'Éclaireur libre de Mont-de-Marsan*. Avec une sorte de fascination écœurée, il notait et découpait les phases de l'irrésistible ascension. Tous ces documents se trouvaient là, étalés sur le bureau, témoins jaunis de l'imposture : Août 44, Antoine Bunus, secrétaire général du ministère de l'Information du gouvernement provisoire, vice-président du comité d'épuration de la presse... Septembre 44, Antoine Bunus, premier vice-président de la délégation municipale provisoire du Mans, nommé par le général de Gaulle membre de l'Assemblée consultative au titre de la jeunesse et de la Résistance... 8 mai 1945, Antoine Bunus préside les cérémonies de la victoire au Mans... 8 août 1945, à l'occasion du premier anniversaire de la libération du Mans, Antoine Bunus, député de la Sarthe à l'Assemblée constituante et maire-adjoint du Mans, inaugure place de la République une stèle à la mémoire des martyrs du réseau Honneur et Jeunesse. Boislieu n'y jouait plus que les utilités. L'autre avait déjà inversé les rôles... Enfin, janvier 46, après la démission du général de Gaulle, Félix Gouin forme son gouvernement. Antoine Bunus est nommé sous-secrétaire d'État à l'Information, devenant ainsi, à vingt-deux ans, le plus jeune ministre qu'ait jamais compté la France. Entre-temps, Antoine Bunus, ayant prêté serment, ouvre un cabinet d'avocat spécialisé dans la dévolution des biens saisis pour faits de collaboration... Plus tard, de loin en loin, tandis qu'il refaisait sa vie en Amérique du Sud, il était arrivé à Tony de tomber ici ou là sur un journal français. La foudroyante ascension s'était poursuivie, la ronde des ministères, cette fois de premier plan. On racontait qu'à trente ans, pour fêter son anniversaire et son premier milliard, Antoine Bunus avait donné une réception monstre au siège de son journal, la *Liberté du Centre-Ouest*. Dix ans plus tard, scandale financier. Antoine Bunus évite à deux voix près la levée de son immunité parlementaire. Dans son discours à l'Assemblée, il a rappelé son passé, ses combats, le réseau Honneur et Jeunesse, sa qualité de compagnon de la Libération. Mais il doit se faire oublier. Il affecte d'abandonner la politique active, ne conservant que son mandat de député. Nommé en 1965 à la délégation française à l'O.N.U., grâce au général de Gaulle qui se souvenait du jeune homme qu'il avait lui-même décoré à Londres, Antoine Bunus fonde aussitôt un nouveau cabinet d'avocat spécialisé cette fois dans le droit commercial international... Après quoi Tony l'avait perdu de vue. Redevenu lui-même, apaisé, il avait cessé de s'intéresser à l'innommable. C'était l'époque où il avait acheté l'estancia Rosette. La France ne signifiait plus rien pour lui. Il n'en cherchait, n'en désirait, n'en recevait pas de nouvelles...

C'est en février 1946 que Tony quitta la France, après un aller et retour de quarante-huit heures à Paris. Pourquoi revoir Paris ? Mélancolie ? Regret ? Il n'éprouvait rien de cela. Seulement une idée fixe : savoir, avant de disparaître définitivement, à quoi *il* ressemblait. Il se posta dès dix heures du matin à la terrasse vitrée d'un petit café situé exactement en face du ministère de l'Information, rue de Solférino, guettant les voitures qui sortaient ou entraient. A cette époque, seuls les hauts personnages de l'État circulaient en auto. Il y eut quelques fausses alertes, puis, sur le coup d'une heure, les agents en faction semblèrent soudain s'agiter, retenant les piétons de part et d'autre du portail. Assise au fond d'une 15 CV Citroën flambant neuve, l'Excellence s'en allait déjeuner, répondant d'un bref signe de tête au salut des agents. Tony s'était dressé, le front contre la vitre du café. De face, puis de profil tandis que la voiture tournait, il put examiner ce visage. Barbe en moins, c'était le sien ! Mattenbruck d'un côté, la belle vie de l'autre, rien n'avait compté, la ressemblance restait hallucinante, à tel point que Tony eut un geste de recul, comme s'il craignait d'être reconnu. A un moment, l'innommable leva les yeux du journal qu'il lisait et jeta un coup d'œil dans la rue, balayant les passants du regard. C'était exactement, ou, plutôt, ce *pouvait* être exactement le regard d'Antoine Bunus, le regard qui convenait à Antoine Bunus, héros heureux de la Résistance, bien dans sa peau, bien dans son âme. La boucle était bouclée, le tour était joué. « C'est donc *cela* que je serais devenu », s'était dit Tony avec dégoût...

Il n'avait plus rien à faire à Paris. Il *savait*. Pas un instant il ne songea à rendre visite à Pierre-Aimé de Boislieu, qu'il aurait pu convaincre s'il l'avait voulu. Il n'était plus que Tony Rosette. Même si par un inconcevable retournement, le destin lui avait offert de redevenir Antoine Bunus, il aurait eu l'insupportable impression de revêtir la dépouille d'un animal puant et répugnant. Il tua le temps jusqu'à l'heure de son train à la terrasse des Deux-Magots en lisant des journaux qui ne parlaient que de haine et de règlements de comptes. Passant devant la vitrine d'Arthus-Bertrand, place Saint-Germain-des-Prés, machinalement il entra et s'entendit demander s'il lui était possible d'acheter une croix de compagnon de la Libération. On lui assura que oui. « Même sans le diplôme ? » La vendeuse répondit d'un ton pénétré que l'ordre de la Libération ne comptant limitativement que 1 050 titulaires parmi lesquels cinq villes, un souverain régnant, une île et dix-huit unités combattantes, il serait fort surprenant que quelqu'un osât le porter sans en avoir le droit. « C'est bien mon avis, dit Tony... Non, pas besoin d'écrin, merci. » Il paya, fit désinvoltement sauter la médaille dans le creux de sa main, la fourra dans sa poche et sortit sous l'œil réprobateur de la vendeuse. Le lendemain, au petit matin, il embarquait à Bordeaux sur le cargo *Alain LD* à destination de Montevideo. La première chose qu'il fit en arrivant à bord, fut de se raser la barbe. La partie qui allait se jouer, il voulait l'engager sous son vrai visage, un peu comme un navire de guerre corsaire, à l'instant du combat, envoie son pavillon. Après quoi, sortant sur le pont, il contempla sans émotion les rives de la Gironde encore voilées de brume s'élargir peu à peu. Passé le phare de Cordouan, face au grand large, il murmura : « Ah ! Ah ! Je vous fiche mon billet ! moi, colonel Cornichon, on verra ce qu'on verra la prochaine fois ! »

Le classeur noir avait livré ses secrets.

Tony mangea un second sandwich, but encore du café et commença de rassembler le désordre répandu sur son bureau. Une lettre apparut, comme une carte que l'on tire au hasard parmi tout un jeu étalé. Volontairement, il avait évité de la chercher, craignant de la découvrir au milieu de cet amas de documents, mais puisqu'elle se présentait, il irait jusqu'au bout de sa mémoire : « Antoine ! Antoine ! Hier nous nous sommes aimés de façon presque divine. J'ai pleuré de bonheur. Ce que j'ai découvert dans tes bras, c'est l'image même de la perfection qui était la nôtre en ces moments. Si l'amour existe sur cette terre, c'est celui que tu m'as donné et que je t'ai donné. Je m'exprime mal, Antoine. Cet amour n'était pas un échange, mais une totalité. Quelque chose d'indissoluble marqué là-haut, dans le ciel, par un signe d'éternité. Je compte les minutes qui nous séparent, Antoine, je compte les battements de mon cœur, je t'aime à jamais... » Cette lettre, la seule qu'il ait conservée d'Elvire, il était parvenu à la soustraire à toutes les fouilles. Si maculée d'avoir été pliée, roulée en boule, réduite à une allumette de papier, cachée sous une semelle ou dans le creux d'une oreille, elle en était devenue presque illisible, mais Tony la savait par cœur. Le chant des mots ne l'avait jamais quitté. Les mots avaient menti, mais le chant demeurait...

Tony replaça le classeur noir dans le coffre, brouilla la combinaison, fit glisser le rosier sauvage du tableau par-dessus sa jeunesse à nouveau enfermée, puis, sans élever la voix, de la chauffeuse où il s'était assis près du feu, il dit seulement : « Maria. » Elle entra. Ce n'était pas le moins étrange, où qu'elle se trouvât dans la maison, qui était vaste, chaque fois qu'il pensait fortement à elle ou qu'il l'appelait machinalement, ayant simplement besoin d'elle pour un motif ou pour un autre, comme s'il avait frotté la lampe d'Aladin, immédiatement Maria surgissait.

— Maria, viens avec moi. Nous prenons la voiture. Mais couvre-toi, nous marcherons aussi. J'ai besoin de réfléchir.

— Dois-je vous aider à réfléchir, señor ? De quelle façon ?

— Te taire et être près de moi. Dis-moi, as-tu déjà pleuré de bonheur ?

La jeune fille inclina la tête avec un léger sourire joliment escamoté.

— Ne mens pas, veux-tu.

— Ai-je dit quelque chose, señor ?

A une heure environ de l'estancia, l'endroit s'appelait *la Cavalerie*. C'est ainsi qu'il l'avait baptisé lorsqu'il l'avait découvert vingt ans plus tôt. Située dans la partie la plus désertique du domaine, impropre à l'élevage, une dune de sable gris jouait au point culminant. Tony abandonna la Range-Rover sur la piste et ils grimpèrent tous deux, se tenant par la main. La nuit, le lit, le désert, le vague à l'âme, le cœur incertain, autant de solitudes où l'homme a besoin de tendre la main et de la refermer sur une chair vivante. Du sommet de la dune, l'œil n'accrochait que d'imperceptibles vallonnements comme des vagues jusqu'à l'horizon, avec, de loin en loin, quelques saules morts et décharnés d'où s'envolait un vautour noir égaré. Les jours de beau temps, Tony venait parfois s'asseoir là, au soleil, lire quelques pages du *Voyage du Beagle*, le célèbre récit de Darwin, la bible du grand Sud : « Ces plaines sont illimitées, car n'étant guère praticables, elles demeurent inconnues. Elles portent la marque d'avoir duré ainsi pendant des âges, et aucune limite n'apparaît à leur durée dans les temps futurs. On contemple ces ultimes frontières avec des sensations profondes mais mal déterminées... » Du sable pointaient des ossements blancs, crânes ou thorax de chevaux que les caprices du vent couvraient ou découvraient, tantôt par centaines formant à ras de terre comme une forêt pétrifiée, tantôt trois ou quatre à peine, sentinelles de « l'ultime frontière ». C'était le cimetière sacré de la cavalerie de guerre des Tehuelches, le seul testament de ce peuple foudroyé. Maria caressa distraitement de la main l'un de ces museaux blanchis.

— Quand j'étais petite fille, il restait encore un peu de chair sur certains de ces os, et moi je croyais qu'elle allait repousser. J'entendais des hennissements. Ce n'était que le vent. J'ai vite compris. Pour vivre, il faut oublier...

— Pourquoi dis-tu cela ?

— Parce qu'à vous regarder, je sais qu'il s'est produit quelque chose. Votre mémoire vous a joué des tours.

— Si ce n'était que ma mémoire... Tu m'en as toujours préservé.
— Cela, je le savais aussi. Il vous arrive de parler en dormant, señor. Dois-je continuer ?
— Continue.
— Vous parlez en français. Des phrases qui vous viennent lentement et qui ont l'air de vous faire mal. Je ne comprends pas le sens des mots mais j'ai retenu la dernière, toujours la même.

Elle se recueillit un instant.

— Pourquoi fermes-tu les yeux ?
— Pour écouter. Pardonnez mon accent : Je compte... les battements... de mon cœur... Je t'aime... à... à...
— A jamais. C'est cela. Et après ?
— Après vous gémissez. Vous avez beaucoup de peine. Je me glisse contre vous, je me soulève sur un coude, je pose ma main sur votre joue et vous vous réveillez.
— La suite, je la connais. Elle est plaisante. Moi qui croyais sottement que tu me réveillais pour cela...
— Pour cela aussi, señor. Mais il y a autre chose. Juste en ouvrant les yeux, c'est mon nom que vous prononcez. A ce moment-là, je pourrais répondre oui à la question que vous m'avez posée.

De grands voiles bleus se déployaient dans le ciel et le vent avait cessé de mordre. Au loin s'enfuyaient les derniers nuages noirs gorgés de grêle et de tempêtes. Ils reviendraient tout aussi vite. Leur ronde ne s'interrompait jamais. Darwin écrivait que cette ronde constante et menaçante lui procurait un sentiment mal défini, mais puissant, de plaisir et d'excitation mêlés... Tony et Maria firent à pied, en silence, le tour de la dune, puis rejoignirent la voiture. Au moment de tourner la clef de contact, Tony se ravisa et demanda :

— Crois-tu au destin, Maria ?

— C'est un mot que je ne comprends pas bien.

— Je vais te l'expliquer. Ce n'est pas ma mémoire qui se réveille subitement, c'est le passé qui s'avance en personne. Trois personnages. L'un a détruit ma vie. Du moins l'a-t-il cru, cela n'efface pas le crime. L'autre était mon ami. Sans le savoir, il l'est resté. Le troisième est une femme. Nous avions vingt ans tous les deux. Je l'ai aimée passionnément et elle m'a aimé...

— A jamais, termina Maria en français. C'était une mauvaise femme ?

— Je ne sais pas. Je ne sais plus. Il y a là un mystère. Ccs trois personnages vont se retrouver ici, dans ma propre maison. Quatre, avec moi, réunis pour la seconde fois. Les quatre acteurs d'un drame qui sera fatalement rejoué, mais rejoué différemment. Aucune force au monde n'aurait pu provoquer cette réunion. Il était même inconcevable de l'imaginer... C'est ça, Maria, le destin. Un rendez-vous auquel nul ne peut échapper.

Les nuages vaporisèrent une pluie fine qui gela en paillettes sur le pare-brise. Tony força la climatisation et mit en marche les essuie-glaces. Il aimait ces retours au crépuscule vers le halo lumineux qui montait de sa maison et brillait comme un unique feu de clan perdu au fond de la préhistoire. Maria regardait droit devant elle, les mains croisées sur les genoux. Son profil se découpait sur la vitre, d'une ébouissante pureté.

Lorsqu'ils franchirent le porche de l'estancia, le

crépuscule durait toujours. L'été austral, le soir se traîne en clairs-obscurs imperceptiblement dégradés qui allongent indéfiniment les ombres au-delà de la perception humaine. Aucun des invités n'était encore arrivé.

— On a téléphoné, dit Carlos, le second domestique. D'abord le señor Ordenez. Il a demandé que vous le rappeliez aussitôt en rentrant. Il a beaucoup insisté. Ensuite une communication de Paris. Une ambassade, je n'ai pas compris le nom. Ils rappelleront tout à l'heure.

Marc Ordenez était l'un des directeurs généraux du *Credito Commercial del Saraguay*, et le fondé de pouvoir de l'estancia Rosette à Pedroquarto. Ils se connaissaient depuis quarante ans, depuis qu'Ordenez avait facilité à l'émigrant tout de suite jugé sympathique l'obtention d'un prêt à long terme par le puissant *Credito Commercial*. Le Saraguay, à cette époque, c'était le Texas et la Suisse réunis. On faisait confiance, on allait de l'avant, on débordait de capitaux. Jeune attaché de direction, Ordenez avait demandé : « Quelles garanties nous offrez-vous ? » Tony avait montré ses mains vides : « Aucune. Seulement une vie à refaire qui n'avait pas si mal commencé... » Puis s'étant assuré que le secret serait tenu, il avait raconté son histoire, taisant seulement les noms et transposant certains épisodes pour les rendre impropres à d'autres utilisations. « Je vous crois, avait dit Ordenez. Si je ne vous croyais pas alors que je n'ai que cinq ans de plus que vous, ce serait une insulte à la vie... » Ils étaient devenus amis et Ordenez gérait depuis vingt ans les intérêts de Tony à la Bourse aux laines de Pedroquarto.

Tony composa le numéro privé d'Ordenez.

— Marc, c'est Tony. Tu m'as appelé, j'allais le faire...

— Tony ! Ces lunettes noires que tu portes depuis l'an dernier... Tu n'as jamais eu les yeux fatigués, je m'en doutais... Je sais que tu n'es pas mondain, tu fuirais plutôt tes semblables, mais cette fois, tu t'es surpassé ! A force de te rendre invisible, il n'y a pas dix personnes, dans tout Pedroquarto, qui se souviennent vaguement que tu aies pu exister...

— C'est encore dix de trop. Et toi ?

— Dois-je t'oublier ?

— Pour un temps, ce serait préférable.

— Tony, je suis allé en France, il y a six mois, juste avant son élection. Je ne te l'avais pas dit, tes lunettes noires ne m'y encourageaient pas. On ne parlait que de lui, de son irrésistible ascension. La presse, la télévision, un raz de marée... J'ai même vu ces fameuses vieilles images sur la libération du Mans. Les murs de Paris étaient couverts d'affiches géantes. Une affiche étonnante d'ailleurs, enfin troublante, pour toi, pour moi. Impossible de s'y tromper. Derrière sa photo en pied il y en avait une autre, stylisée, une sorte d'ombre portée représentant un jeune homme que tu connais, en uniforme de capitaine de 1944, avec sur toute la largeur de l'affiche, deux lignes, en lettres énormes : Pour l'honneur de la France, votez Antoine Bunus... Des amis français m'ont dit que c'était une trouvaille. On ne parlait plus d'honneur dans ce pays depuis vingt ans.

— Tais-toi ! Et la *Prensa*, ce matin ? Y avait-il une photo ?

— Moyenne, mais ressemblante, tu as bien fait de

te faire oublier. J'ai même rencontré récemment quelqu'un qui m'a demandé depuis combien de temps tu étais mort.

— Je suis mort depuis quarante ans, tu le sais.

— Tu veux ressusciter ?

— Que ferais-tu à ma place ?

— Je ne bougerais pas de chez moi. Trois jours seront vite passés. Sa visite ne passionne personne. C'est un petit pays, la France, même à l'échelle du Saraguay. Six mois plus tard, tu pourras enlever tes lunettes, dîner avec moi chez Tortoni, retourner aux matchs de polo, tirer une bordée au Mouton à cinq pattes, personne ne fera plus le rapprochement.

— Tu es loin du compte. C'est lui qui va venir jusqu'ici. Vingt-quatre heures de solitude chez les pionniers du Sud. Le président Bunus a envie de respirer l'air pur des grands espaces magellaniques... L'air pur, cela ne te dit rien ? Imagine la bolée d'air pur dès qu'il m'aura reconnu... Il va étouffer, tout simplement. Quoi qu'il arrive, il ne sera plus le même homme en retournant en France.

— Tony, file aux Antilles, n'importe où, au soleil, avec une jolie fille...

— C'est non. Le vent du Horn, il va le recevoir en pleine gueule ! Des vérités conservées bien au frais, la ferme près du Mans, les SS, le dernier train des déportés, Mattenbruck et l'unique survivant des camarades trahis... Pour l'honneur de la France, votez Antoine Bunus ! J'hésitais encore, tu as bien fait de me raconter cela...

— Tony, il ne voyage pas seul.

— Je sais. Sa femme. Une question que je n'ai jamais cessé de me poser. Et tu voudrais que je manque la

réponse ? Les développements pourraient être intéressants. J'ai envisagé de passionnants cas de figure...
— Tony, je saute dans mon avion et j'arrive. C'est un peu trop dangereux, tu ne crois pas que tu as assez payé ?
— Moi oui, mais lui ? Je te rappellerai plus tard, ne t'inquiète pas. En attendant, tiens ta langue.
— Ne l'ai-je pas tenue depuis quarante ans ? Je n'ai pas douté de toi. As-tu songé que ton histoire était parfaitement réversible ? Celui qui était dénoncé pouvait s'être enfui par miracle tandis que les Allemands déportaient le dénonciateur... A ce détail près, rien ne changeait. Tu aurais pu être l'autre, après tout. Mais je n'ai pas hésité. J'ai choisi.
— Merci quand même. En effet, j'aurais pu... Alexandre avait l'esprit assez vicieux pour cela. Mais ne t'en fais pas, moi c'est moi. Salut.

Une glace ornait l'un des murs de la pièce, dans un cadre doré et tarabiscoté qui datait des derniers vice-rois. Tony s'en approcha et se plaça de telle sorte que son visage s'y encadra comme un portrait. Quelqu'un le surprenant ainsi aurait pu croire à du narcissisme ou de la mégalomanie. Tony se regardait fixement, intensément. Ses yeux ne quittaient pas ceux de son double et la question était : l'autre, l'innommable, aujourd'hui, avait-il aussi ce regard-là ? Que l'expression soit différente, comme il arrive aux jumeaux vieillissants après que la vie les a séparés, et rien ne serait plus facile, avec un minimum d'attention, que de les distinguer l'un de l'autre. C'était sa dernière chance. Revint à la mémoire de Tony la rue de Solférino, en 1946 : du fond de sa voiture ministérielle, l'innommable lève les yeux de son journal et son regard croise l'espace d'une fraction de seconde celui de l'homme barbu qui l'observe à travers la vitre du café... Près de quarante ans plus tard, restitué intact, comme un éclair, par une cellule de son cerveau, c'était exactement ce regard-là que la glace lui renvoyait. Puis la cellule mourut et le souvenir disparut, mais Tony en savait assez. Il rompit le tête-à-tête.

Maria entra, poussant une table roulante chargée de flacons et de bouteilles, de seaux à champagne et à glace et d'une foule de petites choses à grignoter.

— Le señor Niven est arrivé. Il est monté dans sa chambre. Il se change. Voici votre courrier.

Le téléphone sonna. Une voix étrangère annonça :

— Ici l'ambassade d'Israël à Paris. Êtes-vous le señor Tony Rosette?

— Lui-même.

La voix reprit en français :

— Ne quittez pas, je vous prie. L'attaché militaire adjoint voudrait vous parler.

— S'il a un nom, pourquoi pas ?

— Le colonel Shimon Lévin. Je vous le passe.

Une autre voix prit le relais, sympathique, au timbre gai.

— Monsieur Rosette, vous souvenez-vous de moi ?

— Tout à fait, depuis une seconde seulement.

— Permettez-moi de vérifier. L'affaire est aussi inattendue qu'importante. Je dois auparavant m'assurer que vous êtes bien celui qui m'a reçu autrefois. Pouvez-vous préciser quelques détails ?

— Eh bien, les dents en or du squelette découvert près de la cabane, par exemple... Votre réflexion à propos des dentistes SS... Et surtout ce que vous m'avez dit, que vous saviez qui j'étais et quand et pourquoi j'avais quitté la France. A mon tour de vérifier si vous êtes bien Shimon Lévin. Qui suis-je, selon vous, colonel ? Si toutefois, par téléphone...

Il y eut un rire très franc à l'autre bout du fil.

— Sachez, cher monsieur, que lorsque le chef des Services de renseignement israéliens en Europe téléphone en personne et pour raison de service, justement, il n'y a pas la moindre chance que quiconque pût l'entendre à l'exception de son seul correspondant. Quant à votre propre téléphone, il n'est pas encore sur écoute, nous nous en sommes assurés. Pourquoi le serait-il déjà ? Ma réponse à votre question, nous ne sommes que trois à la connaître, mon directeur général à Tel Aviv, moi-même, et depuis ce matin seulement le premier ministre israélien, trois amis qui vous veulent du bien. Vous vous appelez Antoine Bunus, membre du réseau de résistance Honneur et Jeunesse en 1943 et 1944, compagnon de la Libération sous le numéro de diplôme 783, capitaine des Forces françaises libres et frère jumeau d'Alexandre Bunus, lequel, comme vous le savez...

— Comment avez-vous appris cela ? C'est une question que je ne vous avais pas posée il y a vingt ans. Je croyais pourtant n'avoir jamais parlé.

— Une fois, une seule fois, vous avez craqué. C'était à Mattenbruck, en mars 45, peu après la mort de votre camarade Rosette. Vous ne vous en souvenez peut-être plus. Vous étiez très malade. Vous avez failli mourir. Peut-être éprouviez-vous le besoin de vous confier à quelqu'un. Il y avait un jeune juif français, sur le même grabat, à côté de vous. Il vous apportait de l'eau, une feuille de chou, ce qu'il pouvait trouver.

C'est à lui que vous avez parlé. Dès sa libération, il s'engagea dans l'Irgoun. Pour y être admis, chacun était tenu de confesser sa vie et ses relations dans les plus petits détails. Il a été tué en 48, à Jaffa, pendant la guerre d'indépendance. Nous vous avons trouvé dans les fichiers de l'Irgoun, la plus formidable mine de renseignements de cette époque.
— Jacob... Rosenberg... dit Tony. Nous avions le même âge. Mais quelque chose m'échappe. En 47, 48, Antoine Bunus était déjà plus ou moins ministre. Pourquoi vos prédécesseurs n'ont-ils pas sorti ce dossier ?
— Ils avaient d'autres chats à fouetter. Sans doute jugeaient-ils que ça ne valait pas le coup de griller un jeune politicien d'avenir qui pourrait rendre de grands services plus tard. Je crois qu'ils n'avaient pas eu le temps ni le désir de vérifier. Après tout, vous auriez pu mentir à Jacob Rosenberg, intervertir les rôles. C'est ce qu'ils avaient dû penser. Votre fiche était accompagnée d'une forte restriction. Après l'on vous a oublié. C'est un hasard qui m'a fait vous retrouver, il y a vingt ans, un hasard et l'ordinateur. A ce moment-là Antoine Bunus était au creux de la vague, éclaboussé de scandales, sa carrière politique compromise. Encore une fois cela ne servait à rien de le griller et nous n'avions toujours aucun recoupement, pas l'ombre d'une preuve pour lever le doute.
— Et maintenant, vous les avez, je suppose, puisque vous me téléphonez ?
— Par défaut.
— Vous êtes bien bon, ironisa Tony. Expliquez-vous.
— Plus tard. Le 15 mars prochain, à l'occasion de son voyage officiel au Saraguay, le président Antoine

Bunus accomplira sur sa demande un court séjour privé dans une estancia du Sud dont le nom et la situation seront tenus secrets. Mes services m'ont informé il y a une heure. Il s'agit de l'estancia Rosette, n'est-ce pas ?

— En principe oui. J'ai donné mon accord à midi. Vous allez vite ! Comment faites-vous ?

Nouveau rire tonique au bout du fil.

— Cher monsieur, les services secrets juifs savent tout et tout de suite. Faute de quoi il y a longtemps qu'Israël aurait été rayé de la carte. L'idée vient de vous ?

— Pas vraiment. Tout un concours de circonstances... J'ai seulement donné le dernier coup de pouce.

— Pour vous venger ?

— Ce n'est pas le mot qui convient. Plutôt remettre les choses à leur place, je n'ai encore rien décidé. Pourquoi me téléphonez-vous ? Allez-vous prévenir le président, me donner, monnayer vos révélations ?

— Nous le pourrions, en effet. Ce serait un puissant moyen de pression. Le président Bunus mène depuis son élection une politique hostile à Israël. Il trahit les chrétiens du Liban. Sa campagne présidentielle a été financée en grande partie par les lobbies arabes. Cela le mettrait dans une situation impossible. L'hypothèse a été envisagée, mais nous avons une meilleure idée. Je me propose de venir vous en faire part.

— Ai-je besoin de vous ? Je ne le crois pas.

— Laissez-moi vous convaincre. Vous connaissez la firme Asher, Lev and Lev, de New York ?

— Les courtiers en laine, oui.

— Eh bien, attendez-vous à recevoir Samuel Lev junior, ce sera moi...

Dehors, le crépuscule virait au sombre. Il s'en faudrait cependant d'une heure avant que la nuit tombât. Cette lenteur australe des fins de jour distillait une angoisse diffuse au goutte à goutte à laquelle Tony ne s'était jamais acclimaté tout à fait, quelque chose comme un rappel quotidien de la précarité humaine. C'était à ces seuls moments-là qu'un souvenir voilé de Mattenbruck ou un reflet du visage d'Elvire parvenaient à franchir les portes volontairement cadenassées de sa mémoire. Ce soir, tous les verrous avaient sauté. La meute s'était échappée, Tony déchira rageusement les bandes de la quinzaine de *Prensa* empilées sur le bureau en compagnie du courrier, cherchant le journal du jour. Ainsi qu'il s'y attendait, il y avait une photo en première page accompagnant l'annonce de la visite officielle du président Bunus.

— L'ordure, murmura Tony. Le salaud. Plus les années passent, plus c'est moi...

Dans la cour, d'autres voitures venaient d'arriver. Il y eut des bruits de porte et de voix, des pas dans l'escalier qui conduisait aux chambres. George Niven fut le premier à rejoindre Tony au salon. Son smoking était noir et coupé à l'ancienne. Cela aussi faisait partie de leurs usages. A peine entré, il s'arrêta net, considérant le maître des lieux.

— Prodigieux ! s'exclama-t-il. J'ai lu *le Vicomte de Bragelonne*, évidemment. J'en possède l'édition de 1850. Ce n'est pas le meilleur Dumas. Quand vous y avez fait allusion ce matin, je m'étais vainement creusé la cervelle. Il m'a suffi d'ouvrir la *Prensa*... Le colonel de carabiniers est reparti pour Pedroquarto enchanté. Votre idée de recevoir le président français à l'estancia Rosette lui a beaucoup plu. Elle sera sûrement retenue. Tony, vous le savez, j'ai de l'affection pour vous. J'ignore encore vos intentions, mais aujourd'hui, le Masque de fer, on ne s'en encombrerait plus au donjon de Pignerol ou à l'île Sainte-Marguerite. On lui ferait la peau, oui, ni vu ni connu. Nous ne vivons pas une époque romantique...

— Mon histoire ne l'est pas tellement non plus, dit Tony. Aussi ai-je d'abord besoin de votre conseil avant que les autres nous rejoignent. Servez-vous à boire et écoutez-moi. Je vais essayer d'aller vite. Nous étions deux jumeaux, Antoine et Alexandre...

Tout en parlant, il avait ouvert à nouveau le coffre-fort mural et disposé sur le bureau les principales pièces du dossier noir, cette fois en ordre et chronologiquement. Muet de saisissement, Niven oubliait même le verre qu'il tenait à la main, signe d'émoi intense chez ce buveur de whisky. Pour cet homme profondément droit, ancien pilote de chasse de la bataille d'Angleterre et l'un des rares survivants de ces combats, l'énormité de la forfaiture n'était pas supportable. Quand Tony eut terminé, il lâcha seulement un « *damned* ! » qui dans sa bouche équivalait à une condamnation sans appel. Comme il avait aussi horreur d'abuser du mode grave, il ajouta, un sourire en coin :

— *Dear old Tony*, nous sommes tous deux à peu près riches, nous n'avons plus besoin de rien, la vieillesse est pour demain et nous commençons à nous ennuyer. La partie peut être distrayante. Disposez de moi.

Après quoi, seulement, il avala son verre d'un trait, Jameson trente ans d'âge, sans glace et sans eau.

— Tony, reprit-il, je ne doute pas de la confiance de nos amis si vous leur proposez un plan honorable. Les deux lieutenants, lorsqu'ils auront découvert cela — il désignait le dossier noir — décideront au moins de rester neutres et muets. Mais Garcia ?

— C'est Judas, je le crains. Lui seul serait capable de vendre la mèche. L'unique moyen de le neutraliser, c'est de lui faire jouer le jeu avec nous... Pardonnez-moi, je vais m'habiller. Servez-leur à boire et dites-leur ce que vous savez...

Lorsqu'il revint un quart d'heure plus tard, les six dos penchés sur le bureau se redressèrent et pivotèrent dans sa direction. Deux claquements de talons résonnèrent d'abord dans le silence, accompagnés d'un mouvement viril de menton et d'un élan de bras à hauteur des yeux, verre en main, dans la meilleur tradition germanique du corps des officiers de l'armée saraguayenne. « Pour saluer le capitaine Bunus ! » lança le lieutenant Costoni d'une voix étranglée d'émotion. Don Juan ouvrit la bouche mais aucun son n'en sortit. Tous deux resplendissaient dans la tunique blanche de soirée des officiers de carabiniers, poignard à glands d'or au côté. Diego Almagro s'approcha de Tony et lui donna l'*abrasso*, pas celui des Argentins, ridicule et dégoulinant de faux sentiments à l'italienne, mais le vrai, le seul, le pur, l'*abrasso* des grands espaces froids, tout empreint de dignité. « Nous sommes bouleversés ! » dit-il. Quant à Hohenlo, il ne lui manquait que la balafre des anciens duels de junkers pour souligner l'expression terriblement offensée de son visage. Il déclara : « Ça se paiera ! » Puis se reprochant cet excès de sérieux, il ajouta, sur le ton plaisant :

— Tous pour un ! naturellement...
— Un pour tous, je vous remercie, répondit Tony en souriant, mais il avait les larmes aux yeux.

Ils s'affairaient autour du bar à se servir robustement dans un tintement joyeux de glaçons, de verres et d'exclamations amusées, contrecoup de l'émotion, quand une petite voix humble s'éleva derrière eux.

— Señor Rosette...

C'était Garcia. Ils avaient oublié Garcia ! Ils se retournèrent d'un bloc, l'air un peu gêné. Tony s'avança pour repêcher le noyé. Mal ficelé dans un smoking de confection du plus hideux violet, le pauvre jeune homme tendit une main maladroite, une main de condoléances que Tony trouva moite et molle. En même temps il bredouillait :

— Señor Rosette, quel honneur pour moi, cette confidence... Ma sympathie... Mon estime... Croyez que... Je vous suis tout dévoué...

L'expression ambiguë et traquée de son regard contredisait à tel point ses paroles que Tony vint à se demander si le malheureux, au contraire, ne représentait pas justement un modèle de loyauté. Ce sont souvent les honnêtes gens mal armés contre la suspicion qui prennent des airs coupables malgré eux tandis que les escrocs et les traîtres arborent des mines de preux.

# SEPT FÉVRIER

Le président Antoine Bunus ne s'étant jamais levé tôt et ayant toujours considéré, sauf en cas de force majeure, qu'un appel téléphonique matinal, donné ou reçu, ressemblait à une agression, l'Élysée ne s'éveillait à l'exercice quotidien du pouvoir que largement passé dix heures. Dès le jour de son entrée en fonction, le président avait mis les points sur les i. « Nous ne sommes pas là pour régenter à tout propos, avait-il précisé à ses collaborateurs. Monsieur le premier ministre conduit la politique du pays. Messieurs les ministres et secrétaires d'État sont chacun responsables devant lui. Moi je veux consacrer mes forces à veiller au destin de la France. Cette mission-là est aussi la vôtre. Pas de vaine agitation, je vous en prie. Du recul ! Vous n'êtes pas un gouvernement parallèle. » La déclaration avait été chaleureusement accueillie par la presse et par l'opinion. On revenait, selon les éditorialistes, à une plus saine interprétation de la constitution et à un plus souple usage de la démocratie. D'entrée de jeu et pour son propre agrément qui plus est, le président avait mis dans le mille. Il y avait des choses qu'il sentait mieux que les autres et avant tout le monde, sans besoin de recourir aux services de *Goebbels* (ainsi nommait-il indifféremment tous ses conseillers en communication, de Séguéla à Claude Marti jusqu'au dernier en date dont il avait même oublié le nom. « Ces gens-là, confiait-il en privé, ne méritent pas mieux que les cuisinières qui se succédaient naguère dans les maisons bourgeoises et que d'autorité on baptisait toutes Gertrude ou Léontine quel que fût leur prénom. C'est tellement plus commode... »)

Pour les hommes du président, ce nouveau style élyséen se traduisait par des débuts de matinée propices à la réflexion et par un petit déjeuner à peu près paisible entre l'épluchage des journaux et la litanie des bulletins d'information. Ainsi, ce matin du 7 février, Pierre-Aimé de Boislieu, secrétaire général adjoint de la Présidence de la République, se leva comme chaque jour ordinaire à la demie de sept heures et se dirigea vers la cuisine où il alluma la radio et entreprit de se faire du café. Il habitait un petit appartement de trois pièces avec terrasse ensoleillée au dernier étage d'un immeuble de la rue Fortuny, dans le XVII<sup>e</sup> ennuyeux et discret. Cela convenait à son tempérament. Veuf, il y vivait seul, ses deux fils depuis longtemps casés au sein d'une médiocrité de bon aloi. Il ne s'était jamais remarié. Même cette aventure-là lui aurait paru risquée. Le chef du réseau Honneur et Jeunesse, compagnon de la Libération, héros de la Résistance, s'était éteint très tôt à la vie. Conscient, il ne s'en était jamais plaint. Son père et son grand-père avant lui, après des départs foudroyants, avaient de la même façon abandonné toute ambition. Lassitude d'une trop vieille famille ? Dégoût de la lutte au couteau quotidienne ? Incapacité de bluffer, de paraître, de se faire mousser ? Répulsion à briguer ? Toujours est-il que le héros, disparu dans les chausse-trapes où s'abîmèrent tant de cœurs purs après la Libération, avait végété dans la moyenne administration anonyme jusqu'au jour où le général de Gaulle, en 1958, retrouvant par hasard son compagnon lors d'une visite officielle en province, l'avait fait nommer sous-préfet. Sous-préfet, il l'était encore, à soixante-deux ans, près de trente ans plus tard, et pas même au dernier échelon. De voie de garage en voie de garage, après la chute du général, il s'était retrouvé directeur d'un orphelinat d'État à Villejuif. C'était là que huit mois auparavant, dans un bureau sombre et sinistre, son unique téléphone avait retenti entre une pile de factures à viser et un cendrier plein de trombones.

— Boislieu ! Mais qu'est-ce que tu fiches là ? Cela fait des jours que je te cherche. J'ai sacrément besoin de toi, mon vieux ! Laisse tomber ce boulot minable et rapplique illico...

Embrassé, « accoladé », fêté comme l'enfant prodigue, l'indispensable renfort, par le sénateur Antoine Bunus, candidat vedette et favori des ultimes sondages de l'élection présidentielle, tout cela dans le langage démodé d'une rude camaraderie de maquis, le sous-préfet Pierre-Aimé de Boislieu, ringard entre les ringards, s'était vu à sa plus totale surprise bombardé chef de cabinet de campagne électorale du futur président au milieu d'un grand tohu-bohu de presse, de micros et de caméras. Le sénateur Bunus était venu parader. Saisissant par la manche le vieux sous-préfet abasourdi, il avait déclaré : « La fraternité des combats, messieurs ! » Boislieu n'était pas bête. Trop tôt revenu de tout pour être vraiment dupe, cette accolade, il l'avait mal accueillie. Une certaine réticence physique que la main possessive du sénateur Bunus sur son bras ne parvenait pas à apaiser... Chef de cabinet ! Le plus petit grouillot sait à quoi s'en tenir à ce sujet. Le chef de cabinet, c'est la cinquième roue du carrosse. Il commande les taxis, règle les notes de restaurant, retient les hôtels, les billets d'avion, les journalistes à la botte. Les vraies ficelles sont tirées par le directeur de cabinet. Des nuances qu'on ignore. Boislieu s'en était accommodé. Il considérait en étranger sa toute récente promotion tout en se demandant ce qui avait bien pu la provoquer. Plus il se sentait inutile et mal employé, plus il se posait de questions. « La fraternité des combats, mon vieux... » Sous forme d'affiches gigantesques, des photos de 1944 et 1945 mêlées à des photos récentes couvraient les murs des villes et des villages : autour du jeune capitaine Bunus, le ballet des héros, Elvire Bunus, le commandant de Boislieu, Chaban-Delmas dans son éternel imperméable kaki d'abonné au cimetière de Colombey, les autres morts, archimorts, Malraux, de Gaulle, Leclerc, de Lattre... La France renouait avec l'honneur rétro : « *Pour l'honneur de la France, votez Antoine Bunus* ». Idée de génie, habillée par *Goebbels*, l'électorat jeune et vieux pris aux tripes, la grandeur perdue retrouvée, claironnée, tous les partis piégés par celui qu'un mois plus tôt l'on considérait comme un outsider. Boislieu avait tout avalé sans cesser de se demander : pourquoi moi ?

Bunus fut élu, évidemment. Dans un pays aussi

sourcilleux de son honneur que la France à condition qu'il n'engageât rien ni personne, il fit du soixante/quarante. Écrasant. Le soir de son triomphe, le nouveau président téléphona au vieux héros de nouveau sans emploi et retranché rue Fortuny face aux photos jaunies, encadrées sur la commode, qui lui parlaient de son passé .

— Boislieu ! Boislieu ! Tu n'as pas combattu en vain. Te voilà secrétaire général adjoint de l'Élysée. Tu acceptes ? Magnifique ! Rendez-vous demain.

C'est ainsi que cela s'était passé. La presse avait souligné la fidélité d'Antoine Bunus aux amis d'antan, aux camarades des combats de jeunesse, « *constance de caractère du président* », ce qui plongeait Boislieu dans un étonnement sans limite. Depuis les lendemains de la libération de Paris jusqu'au coup de téléphone à Villejuif, pas un mot de Bunus, pas un signe, pas la plus modeste offre de service de la part de ce politicien comblé qui avait été quinze fois ministre avant le scandale financier qui avait interrompu provisoirement sa carrière. Rien non plus de la part de celui qui était devenu plus tard le sénateur Bunus, dédouané et blanchi par cette classe politique française qui pardonne tout aux fripouilles et préfère les girouettes aux hommes de cœur parce qu'au moins, toutes opinions confondues, on reste entre complices. Un jour leurs routes s'étaient croisées, cinq ou six ans avant l'inexplicable repêchage du « vieux camarade de combat », dans les couloirs du secrétariat du palais du Luxembourg où l'obscur sous-préfet, tout à fait exceptionnellement, suivait un vague dossier. « Ah, que deviens-tu ? » avait questionné le grand homme après une imperceptible hésitation qui n'avait pas échappé à Boislieu. Puis aussitôt, soudain pressé, il s'en était allé sans même écouter la réponse. Fidélité aux amis, constance de caractère du président Bunus...

Café très noir, toasts, beurre, six sortes de confitures — son seul péché — de quoi lutter contre l'accablement qui s'emparait de lui chaque matin à la seule idée d'exercer ses nouvelles fonctions. Ponctuellement, à 7 h 45, une pile de journaux avait été apportée rue Fortuny par un coursier de la Présidence. La radio fonctionnait en continu. Courir d'un poste à l'autre entre deux publicités pour entendre les mêmes mercenaires faire preuve de leur indépendance d'esprit à fleurets soigneusement mouchetés, avaler vingt éditoriaux de presse parfois un peu plus musclés, tout cela pour tenter de nourrir sa pensée qui s'échappait de plus en plus hors de cet univers politique confiné... A deux reprises déjà en six mois, Boislieu avait offert sa démission, arguant qu'il n'était pas fait pour cela, qu'il ne se sentait pas à sa place et que si le président s'obstinait à lui vouloir du bien, une ambassade lointaine dans un petit pays exotique lui eût convenu beaucoup mieux. La réponse du président avait chaque fois été la même : « Mais vous vous en tirez très bien, monsieur le Secrétaire général adjoint. Votre position est devenue d'autant plus forte que vous n'avez pas d'ambition et qu'on le sait dans ce palais. On sait aussi que je vous apprécie. Cela intrigue les autres, cela les gêne, et ils modèrent leurs appétits. Vous me rendez un service inestimable. » Puis, passant au tutoiement de jeunesse, affectueux, confiant, presque complice : « Boislieu, Boislieu, vieux compagnon, maintenant que je t'ai retrouvé, je n'ai plus l'intention de te lâcher ! Tu es l'ombre de mon passé, Pierre-

Aimé, quand je te regarde, je me sens meilleur... » la phrase sonnait curieusement. Une sorte de fraîcheur un peu mélancolique. L'aveu d'une faiblesse chez ce politicien hautement conditionné. Un étrange besoin d'être rassuré. Il n'était peut-être pas tout à fait mort, le jeune archange de 1944, dans le cœur de cet homme méprisant et secret... Ému malgré lui, Boislieu avait répondu : « Comme vous voudrez, monsieur le Président. »

A huit heures et demie, tout aussi ponctuellement, la concierge sonna : le courrier. Des factures, une lettre d'ami, la mesure d'une vie privée sans éclat. Tout son courrier officiel confluait à l'Élysée où Chantal, sa secrétaire, le dépouillait dès neuf heures du matin. Une grande enveloppe à l'en-tête de la chancellerie de l'ordre de la Libération l'intrigua. D'ordinaire, depuis sa prise de poste, c'était à l'Élysée que la Chancellerie lui adressait son courrier de compagnon, généralement des avis d'obsèques puisque cet ordre limité aux années de guerre était condamné à disparaître et que l'un après l'autre, discrètement, comme ils avaient vécu le plus souvent, les compagnons prenaient congé. L'enveloppe ne contenait rien d'autre qu'une autre enveloppe de format courant, papier avion, timbrée à l'étranger : *Republica del Saraguay*.

Boislieu ne connaissait personne au Saraguay, pays où il n'avait jamais mis les pieds. Cela l'intrigua doublement. C'était au Saraguay, justement, qu'il devait conduire prochainement la mission de préparation du voyage officiel du président, lequel avait précisé : « Non seulement vous l'organiserez, mais ensuite vous m'y accompagnerez. Un petit pays qu'on dit splendide. Une seule négociation à conduire. Une suite réduite. Vous allégerez le programme. Nous avons besoin de vacances tous les deux... » L'écriture légèrement penchée et pointue, avec des jambages à l'ancienne, lui rappelait vaguement quelque chose, mais de ce vague qu'il ne pouvait préciser émanait une sensation de mystère encore accentuée par la mention deux fois soulignée en travers du coin gauche de l'enveloppe : *prière de faire suivre au domicile privé.* Le tampon de la poste indiquait : *30 de enero* (janvier) *Aeropuerto internacional de Pedroquarto.* Boislieu coupa la revue de presse complaisante de France Inter, oubliant même la pensée de mépris qu'il dédiait à l'ordinaire au domestique de service, repoussa l'amas de journaux d'un revers de main à l'autre bout de la table, se servit une tasse de café et la but posément tout en fixant l'enveloppe qu'il ne se décidait pas à ouvrir : *Monsieur Pierre-Aimé de Boislieu, compagnon de la Libération, aux bons soins de Monsieur le Chancelier de l'ordre de la Libération...* Lorsqu'il saisit son coupe-papier, la certitude lui vint, sans parvenir à l'expliquer, que son passé allait lui sauter au visage. La première ligne le figea de stupeur, tandis qu'un grand froid l'envahissait.

Mon cher Cookie,

Le président Antoine Bunus t'a-t-il jamais appelé Cookie ? A-t-il une seule fois fait mention de cette passion que tu avais pour les voyages du capitaine Cook que tu nous racontais à longueur de veillée, à Londres, dans ce baraquement où nous étions bouclés, pour tromper notre impatience avant le parachutage du 27 mai, et qui t'avait valu là-bas ce surnom ? Cette nuit du 1er août où j'avais tant parlé, trop parlé, de toi, de moi, de nous, des autres, chez ma mère, dans la forêt du Mans, devant mon frère Alexandre, j'ai la certitude de n'y avoir jamais fait allusion. Tu n'aimais pas qu'on te nomme ainsi, souviens-toi... Tu disais que c'était un nom de chien. Cela nous faisait beaucoup rire...

Autre chose : te rappelles-tu ce ravin où nous sommes restés planqués toute une nuit, toi et moi, seuls, en vue du pont de Cerisay, près de Poitiers, à attendre le premier convoi de la division Das Reich pour le faire sauter en beauté ? Le détonateur n'avait pas fonctionné. C'est en espagnol que tu avais juré : « Madre de Dios ! La mierda ! » Qui pourrait connaître cette histoire sinon moi, celui que tu devines...

Je manque de temps avant le départ du courrier pour te proposer une foule d'autres preuves du même genre. Ce serait d'ailleurs inutile, tu as déjà compris. Quand je suis revenu de déportation, j'avais changé de nom par dégoût pour celui que je portais, par peur aussi qu'on me prenne pour celui qui nous avait dénoncés. Et puis le mal était fait. Comment aurais-je pu reprendre ma place, puisque ce n'était pas du tout celle que j'avais imaginée pour moi et que toi-même tu t'y étais trompé. Cela, surtout, je ne suis jamais parvenu à le comprendre.

Tu le savais, pourtant, que la politique m'écœurait. Toi aussi, si j'ai bonne souvenance. En avions-nous assez parlé tous les deux tandis qu'autour de nous les faux héros commençaient déjà à se placer...

Un dernier mot : le vrai Tony Rosette habitait Boulbain, en Haute-Vienne. Il est mort dans mes bras à Mattenbruck. Quant au vrai Alexandre, j'imagine que tu vas l'examiner avec un œil attentif et nouveau. Tu me feras part de tes impressions le 21 février prochain, puisque ce jour-là, je viens de l'apprendre, tu seras mon hôte à l'estancia pour y préparer le séjour de ton président. As-tu lu, cher Cookie, le vicomte de Bragelonne ?

La lettre était signée : *Antoine*. Elle comportait un post-scriptum : « Il me vient l'idée que ma vie est entre tes mains désormais. Comme autrefois, fais-en bon usage. Cela nous rajeunira... »

Cette fois il avait signé : *Tony Rosette*. Suivaient l'adresse de l'estancia et son numéro de téléphone au Saraguay.

Ce qui étonna le plus Boislieu, quelques minutes plus tard, lorsqu'il eut repris ses esprits et mis de l'ordre dans le déchaînement brutal de ses pensées, c'est l'extraordinaire allégresse qui s'était emparée de lui. Son sang s'était réveillé. L'air de la vie s'engouffrait et dilatait son vieux cœur racorni. Du soulagement, c'était cela ! Il éprouvait un immense soulagement. Un baume sur une blessure qui lui avait longtemps irrité l'âme les jours de dépression : le capitaine Antoine Bunus, son frère d'armes, le plaquant délibérément au soir du fameux triomphe de De Gaulle aux Champs-Élysées, le 26 août 1944, où le jeune homme, habilement — Boislieu avait d'abord cru au hasard —, s'était poussé au premier rang jusqu'à toucher le grand homme pour s'en faire dûment reconnaître, après quoi il s'était retourné vers Boislieu, perdu au second rang dans l'anonymat des gloires subalternes et lui avait adressé un clin d'œil de triomphe où se lisait une inexplicable revanche... Et tous ces fils qu'il avait tissés parmi les personnalités de ce cortège que la foule acclamait follement, tandis que Boislieu, surpris mais pas encore peiné, méditait sur les métamorphoses juvéniles... Tous deux devaient dîner ensemble, ce soir-là, avec d'autres survivants du réseau. Antoine s'était défilé : « Sans moi, mon vieux. Je n'ai pas le temps de jouer les anciens combattants. Il faut coller aux fesses de Georges Bidault... » Collage qui lui avait valu une écharpe de député à la Constituante et un poste de secrétaire général au ministère de l'Information, par la grâce du successeur de Jean Moulin, président du Conseil national de la Résistance, dispensateur de dépouilles en ces jours de partage du butin. A ce dîner du 26 août manquait Antoine Bunus. Un grand vide parmi ces jeunes gens qui n'avaient combattu que pour l'honneur et qui commençaient à découvrir, déçus, que l'honneur n'est souvent qu'un avatar de l'ambition, un placement en quelque sorte...

Eh bien, non ! Le héros n'avait pas magouillé, le diamant restait pur... D'où cette résurrection de l'âme qui soulevait de bonheur le secrétaire général adjoint de l'Élysée. Parbleu ! Tout s'éclairait enfin puisqu'il ne s'agissait pas d'Antoine. Le vilain clin d'œil, c'était l'autre ! L'ambition forcenée, encore l'autre ! Les amis dupés, la chaise vide au dîner pour solde de tout compte, toujours l'autre ! Pas étonnant qu'il eût choisi de filer ce soir-là. Il faisait d'une pierre deux coups, soignant sa jeune carrière dans les couloirs déjà nauséabonds du pouvoir, ce qui lui évitait d'affronter tous ensemble trop de survivants du réseau. Certes, la ressemblance tenait du prodige et c'était la seule excuse que Boislieu s'accordait, mais dans la chaleur de leur amitié, le feu d'artifice des souvenirs de combat qui fusait de ces jeunes cœurs qui avaient tout donné, l'autre eût risqué de se couper. Tout diaboliquement habile qu'il fût, il n'en savait pas assez. Il connaissait les faits, peut-être quelques traits de caractères brossés rapidement par son frère dans la maison de la forêt du Mans, mais pas les âmes où se tissent les vrais rapports humains. Il aurait assurément trébuché sur des impondérables. Plus tard, de loin en loin, à l'occasion d'anniversaires ou de commémorations, Antoine Bunus, devenu ministre, avait revu quelques-uns de ses « camarades » de réseau. Une poignée de main, une phrase passe-partout, l'accolade à tel ou tel qu'il décorait de la Légion d'honneur, entre le personnage officiel et les anciens héros retournés au quotidien, la distance s'allongeait. Il ne risquait plus rien.

De Boislieu, sans doute, il s'était plus longtemps méfié. D'où ce soin, pendant quarante ans, à maintenir les ponts coupés. Député, ministre, sénateur, avec une carrière en dents de scie, il demeurait fragile, à la merci d'une insinuation. N'y eût-il qu'une chance sur dix mille d'être deviné par « son » ancien chef de réseau, inutile d'en prendre le risque. Mais aujourd'hui qu'il s'était hissé au sommet, intouchable, lointain, pourquoi avoir rappelé Boislieu ? L'explication sautait aux yeux. Boislieu en fut illuminé. Le coup de téléphone à l'orphelinat, l'étonnante convocation, l'entrevue devant la presse, le poste inespéré qu'il s'était vu confier, de la part du président Bunus c'était l'ultime mise à l'épreuve de sa fausse identité, l'indispensable confrontation avant le grand saut vers le pouvoir suprême. Que Boislieu ait éprouvé le moindre doute, la mise en scène aurait effacé ce doute et il était primordial qu'il fût effacé à jamais de la mémoire de l'unique témoin dangereux. Ce qu'avait voulu le président Bunus en provoquant le face à face, c'était son *authentification*. Même en supposant l'impossible, il n'y avait plus aucune chance qu'elle fût remise en cause par celui-là même qui s'y était trompé. On le gardait pour cela sous la main : secrétaire général adjoint de l'Élysée. Jour après jour, collaborateur apprécié, favori reconnu, au contact du président il se refaisait une mémoire neuve où ne parviendrait plus à se glisser le moindre souvenir contradictoire. C'était admirablement joué...

« La fine ordure... » se dit Boislieu. Les pièces du puzzle Bunus reprenaient leur vraie place, toutes les petites mesquineries et les grandes saloperies d'un homme pour qui n'avait jamais compté que l'assouvissement de son ambition. Parvenu au sommet, il avait aussitôt entrepris de régler leur compte à tous ceux qui avaient un jour ou l'autre entravé sa carrière et cela faisait beaucoup de monde, notamment les plus honnêtes, ceux qui s'étaient employés à l'abattre lors du scandale financier où il avait cru sombrer, accusé de prévarication à propos de marchés d'armes négociés avec des États arabes. Il en tenait la liste en permanence dans sa poche et la consultait d'un coup d'œil implacable dès qu'on évoquait tel ou tel nom en sa présence. Des créatures bien placées par ses soins dans les bas-fonds de la rue des Saussaies nourrissaient secrètement sa haine. Rien ne pouvait le satisfaire autant qu'un dossier de police graveleux lui permettant de tracer la croix de l'expiation à côté de l'un des noms de sa liste. A ces moments-là, il avait une façon de distiller un mauvais sourire qui vous glaçait le sang. Le mépris, la méchanceté... Cela ne durait qu'une seconde, après quoi il redevenait chaleureux, amical, séduisant et heureux de séduire, admirablement maître de soi et sachant faire oublier sur-le-champ les rares instants où il se trahissait. Ce sourire-là, précisément, reflet d'un Antoine Bunus inconnu, Boislieu n'avait jamais pu s'y habituer. Métamorphose inexplicable... Quand et par quel détour obscur de la vie s'était perdu le sourire lumineux du capitaine Bunus ? Quarante ans de combats politiques à coups de couteau dans le dos et de rasoir aux jarrets... Et pourquoi ? Pourquoi et de quelle façon le jeune homme pur et indulgent s'était-il transformé en ce politicien féroce ? Un jour qu'il n'avait pu s'empêcher, en tête à tête avec le président, de laisser transparaître sa surprise et de plaider pour une certaine grandeur d'âme en faveur d'un ancien ministre exécuté sans ménagement, sans même l'espoir d'y sauver l'honneur, Boislieu s'était entendu répondre : « Tout se paye. Tout doit se payer. Je n'oublie jamais un salaud. C'est ma force... »

Sa force ? Sa hantise plutôt. Boislieu tenait la clef

de l'énigme et la phrase soudain s'éclairait : *je n'oublie jamais un salaud*... Le président Bunus ne parvenait pas à s'oublier lui-même. Sa conscience fuyait en avant...

Il était neuf heures et demie de ce 7 février qui tombait un vendredi. La R 30 gris métallisé du secrétaire général adjoint, voiture de fonction avec chauffeur, devait déjà attendre devant la porte, en double file, rue Fortuny. Boislieu respira un grand coup, comme un nageur avant de plonger. La journée s'annonçait difficile. Il lui faudrait sans cesse feindre. Sous le choc de la révélation, est-ce qu'un secret de cette importance modifie le regard de celui qui le détient ? Cette joie immense qui lui battait le cœur, parviendrait-il à la dissimuler ? Tout se paye, tout doit se payer, l'autre avait bien jugé...

Comme chaque vendredi, à l'Élysée, dans le courant de la matinée, devait commencer l'élaboration de l'ordre du jour du conseil des ministres du mercredi suivant. La routine. Des automatismes bien huilés. Une sorte de jeu assez vain où il apparaissait que le pouvoir n'appartenait pas aux ministres qui croyaient l'exercer, mais à leurs toutes puissantes administrations qui poussaient leurs dossiers après de lents cheminements jusqu'à la table ovale du conseil. La secrétaire général du gouvernement téléphonerait d'abord longuement à Boislieu pour proposer un premier projet de Matignon. Après quoi Boislieu entrerait lui-même en conclave avec le secrétaire général de l'Élysée, Renucci, et quelques conseillers. Il leur resterait ensuite tout le week-end pour penser et pour peaufiner, la mouture définitive de l'ordre du jour ne devant être soumise au président que dans la soirée du lundi à son retour de Dinard où il possédait une maison sur les bords de la Rance. Devait figurer aussi à l'ordre du jour la première ébauche du programme du voyage officiel au Saraguay dont Boislieu était précisément chargé.

Saraguay... Saraguay... Tony Rosette... Un numéro de téléphone figurait sur le papier à lettre : (4) 36 91 82. Petit pays, sept chiffres seulement. Boislieu consulta les pages bleues de l'annuaire. Petit pays riche, automatique international, le 596... Un coup d'œil sur les fuseaux horaires : cinq heures et demie du matin, là-bas. A peine l'aube, sans doute. L'heure du salut, quarante ans plus tôt, dans les maquis de la Sarthe en juillet 44, la joie triomphante de se retrouver sain et sauf après une opération périlleuse et de se terrer enfin dans son trou, tout le jour... L'heure admirable de l'amitié, des confidences, du faux café brûlant où l'on trempe son croûton de pain avant de sombrer dans le sommeil, vivant, vivant... Antoine Bunus était vivant ! Boislieu appuya soigneusement sur les touches de son téléphone, lentement, presque religieusement, d'abord le 19, puis le 596, puis le 4 et les six autres chiffres... A l'autre bout du fil, cela sonnait. Rien qu'une sonnerie très ordinaire pour annoncer une résurrection.

— Qui est à l'appareil ! demanda une voix d'homme, en espagnol.

— Cookie, dit seulement Boislieu.

— Oui, et alors ? Je ne connais personne de ce nom, poursuivit la voix, toujours en espagnol et sans l'ombre d'une hésitation.

— Vous êtes bien le 4 36 91 82 au Saraguay ? L'estancia Rosette ?

— C'est ici.
— Le senõr Tony Rosette ?
— C'est moi. De quoi s'agit-il ? D'où téléphonez-vous ?
— De Paris.
— Expliquez-vous, s'il vous plaît.
Cette fois cela avait été dit en français et dans la mémoire de Boislieu, aussitôt, se fit un grand mouvement de fond d'où jaillit un souvenir auditif : le timbre de voix du jeune Antoine Bunus, inchangé, celui qu'il entendait à cet instant précis, alors que justement, la voix du président, identique, avait perdu cette note juvénile qu'il venait de retrouver intacte.
— Mais Antoine ! Enfin, c'est bien toi qui m'as écrit ?
— Je m'appelle Tony, coupa la voix. Pas Antoine...
Il y eut un silence. L'autre ne raccrochait pas comme on l'eût fait en pareil cas, à cinq heures et demie du matin. Il semblait au contraire attendre. Boislieu comprit qu'il se méfiait. Comment n'y avoir pas pensé ! La lettre aurait pu être interceptée. Il fallait l'éclairer par des faits qui ne s'y trouvaient pas. Un vieux truc de la Résistance...
— Tony, te souviens-tu de cette jeune Anglaise que tu m'as soufflée un soir, à Londres, dans un boîte de Piccadilly ?
— Comment s'appelait-elle ?
— Pamela. Elle était rousse, avec une incroyable poitrine.
— Le nom de la boîte ?
— Red Devil, quelque chose comme ça.
— Boislieu ! Tu y as mis le temps ! Tu t'es drôlement

rouillé ! Bon, et maintenant, que penses-tu de ma surprise ?

— Tu n'imagines pas mon bonheur ! La réponse à tant de choses... Quelle ordure ! Quel salaud ! Cela n'a pas de nom.

— Cela en a un : l'innommable, justement.

— Il doit payer, Tony. Toute forfaiture doit se payer. Si haut qu'il soit, nous devons l'abattre.

— Je vois que tu n'as pas changé. Il y a quarante ans, s'il s'agissait d'honneur, tu réagissais comme un enfant. Tu étais prêt à grimper aux arbres, à exiger la lune. Tu enfourchais ton cheval blanc... Tu as dû pas mal souffrir, depuis.

— Et tu me le reproches !

— Mais non. J'y comptais bien. Serais-tu prêt à jouer ta carrière ?

Boislieu eut un petit rire qui n'était pas tellement amer.

— Ma carrière ? C'est trop drôle. Elle lui doit tout. S'il croit me neutraliser, il se trompe. Ma carrière, je m'en fous. Je vais l'achever en beauté. J'ai lu *le Vicomte de Bragelonne*, évidemment. Ou plutôt je l'ai relu. C'est génial !

— A moins que tu ne craques, comme Fouquet.

— Pourquoi voudrais-tu que je craque ? Tu n'as pas confiance en moi ?

— Totalement. T'aurais-je écrit, sans cela ? Mais il te suffirait d'un petit doute, rien qu'un, juste au dernier moment. L'autre sait beaucoup de choses. Il a une mémoire prodigieuse. J'avais trop parlé de nous, devant lui, précisément la nuit où il m'a dénoncé. Il y a quarante ans, mon commandant, alors que tout était encore frais, il t'a trompé une première fois. Il pourrait bien récidiver…

Trompé, dupé, Boislieu s'en souvenait. Antoine Bunus désespéré, dans Paris à peine libéré, venant lui raconter la nuit passée dans la maison de la forêt du Mans, ses trop nombreuses confidences, la trahison et la disparition de son frère, le réseau décimé, sa fuite miraculeuse… Il avait tout avalé, la ligne et l'hameçon. Pourquoi retourner le fer dans la plaie ? Il le dit à Tony, sans rien cacher de son malaise au rappel des détails de cette scène, ajoutant : « C'est justement pour cela que tu dois me faire confiance. J'ai un compte à régler. Je ne reculerai pas. »

Silence à l'autre bout de la ligne. Là-bas, en robe de chambre, assis sur le rebord du lit près de son téléphone de chevet, Tony se pencha et déposa un baiser sur le satin couleur de thé clair d'une épaule dénudée. Maria… Elvire… Quel âge avait Elvire, aujourd'hui ? Plus de soixante ans, assurément. Peut-être avait-elle trahi, autrefois, peut-être pas, au moins par omission, par incapacité d'entendre la voix du cœur et de distinguer celui qu'elle aimait de celui qui l'avait aimée… L'orée de l'inexplicable. Les deux faces contraires et réfléchies de la gémellité…

— Tony, tu es toujours là ?

— Je pensais à Elvire, dit Tony, en enroulant des cheveux noirs doux comme de la soie autour de ses doigts.

— Ils ne vivent ensemble que pour la façade. Elle crâne. Elle a toujours crâné.

— Représente-t-elle une difficulté ?

— Je n'en sais rien. Il lui fait avaler tant de couleuvres.

— Tu m'étonnes. Il aurait bien changé. De ce côté-là, c'était un foutriquet. Au début de la guerre, en vacances, on sautait les gamines des fermiers. Il y en avait de mignonnes. Lui s'y prenait si mal qu'il avait fini par ne choisir délibérément que les plus moches pour pouvoir sans rougir leur demander une consolation...

Pourquoi cette information ? Boislieu s'en amusa, car elle recoupait une rumeur qui courait le personnel féminin de l'Élysée et les journalistes du beau sexe accréditées à la Présidence, et sur laquelle les initiées, ainsi que les intimes du président, savaient à quoi s'en tenir. Telle petite débutante aux lèvres bien ourlées n'avait pu obtenir son interview que de cette façon. En voyage, notamment, certaines secrétaires particulières et invitées « à titre privé » ne l'étaient que sous cette condition, non formulée mais acceptée d'avance. Le service était vite rendu. Seule différence avec sa jeunesse : les volontaires étaient toutes jolies.

L'heure tournait. Dans la cour de l'Élysée, crissant sur le gravier frais ratissé du matin, s'avançaient l'une après l'autre les voitures étincelantes des principaux collaborateurs du chef de l'État, lesquels se divisaient en deux groupes bien distincts où s'exprimaient les rivalités de classe : ceux qui ouvraient leur portière tout seuls et ceux qui attendaient que le valet ou le chauffeur leur ouvrissent. Petit jeu vain, à l'image des intrigues de ce palais. Premier arrivé, Renucci, le secrétaire général, pointilleux et malveillant, devait déjà commencer à piaffer...

— Je te rappellerai, dit Boislieu. Mais nous ne pourrons plus parler librement. Seulement de la préparation du voyage. Dès ce matin je suis obligé de demander aux autorités du Saraguay de placer ton téléphone sur écoute. C'est la règle de prudence en pareil cas, je n'y peux rien, à l'égard de quiconque doit recevoir le président chez lui.

— Aucune importance. Les initiatives, nous les prendrons ensemble. Tu te pointes toujours le 21 ?

— Absolument, mais je promène une petite équipe. Il y a un hic. Comme il s'agit, chez toi, de préparer un déplacement d'ordre strictement privé et secret, j'allégerai au maximum. Il nous restera tout de même sur le dos l'un des médecins du président, un type des transmissions, un super gendarme de la sécurité rapprochée et son collègue saraguayen... Ils vont te repérer aussitôt.

— Ne t'en fais pas. J'ai pensé à tout.

— Parfait. A bientôt. Note mon adresse : 32, rue Fortuny, 75017 Paris. N'en abuse pas et trouve des formules qui fassent écran de fumée. On ne sait jamais...

— Pierre-Aimé...

— Oui ?

— Rien. Salut.

Au revoir bref qui convenait. La voix de Tony tremblait légèrement. Tous deux étaient un peu émus. Quoi de plus naturel entre camarades de combat dont l'un passait pour mort et qui se retrouvaient miraculeusement par-dessus quarante années de séparation et neuf mille kilomètres d'océan. C'est à cette émotion que Boislieu attribua l'emploi de son prénom. Au maquis, en 44, on l'appelait Boislieu, tout sec, selon l'usage de ce temps qui n'abusait pas comme aujourd'hui à tout propos des prénoms. Ou encore P.A., ses initiales, les filles du réseau surtout. Cela faisait snob. Loin des salons et des façons, elles s'en amusaient. Mais Pierre-Aimé, quasiment jamais. Il détestait ce prénom qu'il jugeait ridicule. Ses amis ne s'en servaient que par effet de grandiloquence, pour railler gentiment son excès de sérieux. Il lui revint au même moment que le président l'avait lui-même employé récemment une ou deux fois...

Boislieu appela sa secrétaire.

— Chantal, prévenez Renucci que j'ai dix minutes de retard, et si Balman appelle (le secrétaire général du gouvernement), arrangez-vous pour le tenir au chaud. Puis vous téléphonerez à la présidente, à Dinard, et vous vous débrouillerez pour que son premier rendez-vous à son retour soit pour moi.

— On ignore quand elle rentrera.

— Insistez, c'est important.

La présidente répugnait le plus souvent à « rentrer ». Rien ne semblait lui convenir davantage que d'être séparée de son époux. Elle aimait vivre seule, soignant son jardin sur la rive sauvage de la Rance, taillant ses rosiers et ses hortensias. Elle surveillait les vieilles ardoises de sa malouinière, lisait beaucoup et jouait avec ses chiens. On se souvenait d'elle comme de l'une des femmes de ministre les plus séduisantes de la IVe République. Il n'en restait rien. Elle ressemblait à ses chiens, les yeux plissés sous des paupières tombantes. L'Elysée l'assommait. Son secrétariat particulier expédiait sans qu'elle y mît les pieds ce rôle d'assistante sociale en chef qui faisait partie de ses obligations. Elle avait horreur des crèches et des œuvres pour handicapés qui encombraient son emploi du temps et refusait tout engagement politique, déclarant crûment qu'elle avait déjà donné et que cela n'avait servi à rien. Un jour que son mari lui en adressait imprudemment le reproche, à l'occasion d'un déjeuner intime, elle lui avait vertement répliqué : « Ce n'est pas pour ça que je vous ai épousé, jeune héros, souvenez-vous. » On avait vu le président plonger le nez dans son assiette, et la journée, pour tout le monde, avait été gâchée. Le président savait admirablement faire payer aux autres ce genre de pots cassés. Depuis, on la redoutait. Mais dans les circonstances officielles, Elvire Bunus se ressaisissait. Elle tenait impeccablement son rôle. On murmurait, entre initiés, qu'elle n'y consentait qu'en échange de gros chèques qu'elle transformait aussitôt en émeraudes qu'elle ne portait jamais et piquait comme des insectes dans une petite vitrine de sa chambre. C'était une femme mal dans sa peau qui refusait même de se souvenir de sa jeunesse. Elle aussi avait oublié Boislieu depuis longtemps. Lorsqu'il avait refait surface, elle avait seulement dit en haussant les épaules : « Tiens, P.A., vous aussi vous êtes descendu de votre affiche... » Elle faisait allusion aux affiches électorales de la campagne présidentielle. Là s'était borné son accueil. Aucun rappel du passé, pas le moindre signe d'une vieille amitié. Il semblait même qu'elle les évitait. D'ailleurs, avec Boislieu, elle n'échangeait pas dix mots par semaine. Elle ne le fuyait pas, elle l'ignorait, et Boislieu s'était fait d'amères réflexions. Puis il s'était résigné, faute d'une clef pour comprendre.

Mais ce matin du 7 février, l'ombre d'une clef se profilait. Elvire Bunus était-elle dupe ou non ? Et si oui, depuis quand, et pourquoi ? Dans le cas contraire, seulement une profonde déception, l'aveu douloureux d'une erreur de jugement, c'est classique. De là peut-être cette volonté de retrait, de solitude. Ceux qui avaient été les intimes du couple laissaient entendre que la faille était profonde et s'était tôt creusée. Pourquoi n'avaient-ils pas divorcé ? Parfois, mari et femme sont enchaînés malgré eux...

Il était près de dix heures du matin. Six heures au Saraguay où le jour venait à peine de se lever. Boislieu se laissa aller confortablement sur les coussins de sa R 30 qui enfila le boulevard Malesherbes en direction de l'Élysée.

Là-bas, à l'estancia Rosette, Tony, comme chaque matin, prépara lui-même son thé de Chine noir comme l'encre et se fit griller du pain, emportant le tout dans son bureau sur un plateau. A travers l'unique petite baie vitrée qui donnait à l'extérieur sur l'océan de sable et d'herbe se dessinèrent des silhouettes impalpables qui se mouvaient avec une grâce exquise : un troupeau de vigognes. Il avait interdit de les chasser sur ses terres. Le paradis avant le déluge. L'harmonie. Autour de lui régnait un silence de bout du monde. Pourquoi compromettre tout cela ? Mais il avait réfléchi une partie de la nuit et arrêté sa décision. Avant de quitter sa chambre, il s'était aussi penché vers Maria qui dormait : « Tu ne le sais pas encore mais je vais t'épouser. Tu recevras Elvire en maîtresse de maison... »

Il ouvrit le coffre mural et tira du dossier noir une photo, celle où l'on voyait le mieux Boislieu, prise le 8 août 1945, aux cérémonies anniversaires de la libération du Mans, en compagnie d'Antoine Bunus. Il la posa devant lui, et en buvant son thé brûlant, entreprit d'examiner longuement le visage de celui auquel il venait de parler. Il pensa : « A quoi ressembles-tu aujourd'hui ? Serai-je capable de te reconnaître ? »

# SEPT FEVRIER (SUITE)

Boislieu se fit déposer au coin de la rue Royale et du faubourg Saint-Honoré. Comme chaque matin, en retard ou non, il terminait son chemin à pied. Les vitrines de mode l'égayaient, et ces dix minutes de marche représentaient son seul sport de la journée. Là aussi, canard noir de l'équipe présidentielle.

Car ces messieurs de l'Elysée soignaient leur forme et le faisaient savoir. Une mode qui plaisait au président, à *Goebbels* et aux Français, comme celle d'ouvrir soi-même sa portière et prendre place à côté du chauffeur. L'ineffable Renucci se crevait chaque matin au Bois à jogger comme une marionnette à fil. Il arrivait vert à l'Elysée, hors de souffle et hors d'âge. D'autres préféraient le tennis, devenu démocratique. Au Racing, ils s'arrachaient Noah, vieillissant, blasé, mais toujours noir et costaud. Noah leur flanquait trois sets à zéro au nom de l'antiracisme de sondage et ils le remerciaient avec effusion. Le foot avait ses adeptes. Il existait même un club du palais qui disputait des matchs contre celui de la Chambre des députés ou du personnel administratif du Sénat.

Sport populaire, certes, mais entre soi. La salle de gymnastique de l'Elysée ne désemplissait pas. Elle avait été ouverte au sous-sol du 14 de la rue du même nom, sous Georges Pompidou, par Michel Jobert, fin sportif. Le petit peuple rédactionnel y pédalait héroïquement sur des vélos immobiles. Dans les bureaux des secrétaires, on comparait les scores. Tout procédait d'une volonté suprême, mais, pour le président, l'exclusivité des sports doux : golf et régates à Dinard. Ses vertèbres en souffraient un peu, mais *Goebbels* lui avait affirmé que les régates, c'était *bon*, parce que populaire et télévisé depuis la « sponsorisation ». Kersauson, des pâtes Lustucru, le vieux Tabarly, du pastis Ricard, Riguidel, le capitaine courageux, des cassoulets Fleury-Michon, et même Florence Arthaud, qui plaisait au président avec ses épaules rondes de déménageuse de charme et sa chevelure de crin, et qui courait d'ordinaire au nom de la santé de la peau, embarquaient à son bord pour disputer Cowes-Dinard sous une nuée d'hélicoptères de gendarmes et de reporters. Le président barrait, sa vieille casquette malouine vissée sur son crâne dégarni, mais ne gagnait jamais. Un véritable amateur ne gagne pas. C'est cela qui le rend sympathique. *Goebbels* garantissait un point de mieux dans les sondages...

Justement, *Goebbels* venait de se faire déposer de sa 604 à téléphone devant l'entrée principale du 55 faubourg Saint-Honoré. Celui-là s'appelait Vitulski : Coca-Cola, les bas Dim, Merlin Plage et, à l'œil, pour ses bonnes œuvres, le cardinal Lustiger dont le « look » rocardien faiblissait. Ils pénétrèrent dans la cour par le petit porche latéral équipé d'un détecteur. « Votre carte d'identité, je vous prie, demanda le garde à Vitulski. Avec qui avez-vous rendez-vous ? » Le temps de vérifier, de lui établir un badge... La sécurité du palais avait été considérablement renforcée par les super gendarmes du G.S.P.R.[1], encore qu'il semblait tacitement établi depuis le précédent septennat qu'on laissait le loisir aux terroristes de tous bords de se refaire une santé en France, en échange de l'engagement secret de ne pas s'attaquer à la personne du président ni à celles de son entourage...

« J'ai cinq minutes avec Renucci, expliquait Vitulski tandis qu'ils contournaient le gravier de la cour, selon l'usage. Je ne veux plus voir Z. (le conseiller à la Communication), c'est un âne. A sa conférence de presse de jeudi, le président devrait... Une idée à creuser... » Ah, les idées de Vitulski ! L'ouverture des chasses présidentielles de Chambord et de Rambouillet aux Français, des tas de ploucs invités par fournées et s'en retournant dans leurs patelins désertés depuis longtemps par le gibier en racontant quel gâchis c'était : un demi-point de moins... Les classes d'art, inspirées des classes de neige et de mer, le Mont-Saint-Michel, Versailles et Vézelay livrés à des centaines de mouflets hautement concernés... Le président tenait *personnellement* à l'éveil du beau chez les enfants : un point de mieux.... Goebbels-Vitulski grapillait. Autant de gagné. Plus le président, fraîchement élu, partirait de haut dans les sondages, plus sa chute inéluctable serait lente. Vitulski pérorait : « Et ce voyage au Saraguay ? Si vous m'en disiez un peu plus ? Une sensibilité originale qu'on pourrait vendre aux Français...

1. Groupe de sécurité de la présidence de la République.

— Le Saraguay… Le Saraguay… Un voyage presque intime. Le président veut rompre avec la fâcheuse habitude des déplacements ruineux de son prédécesseur… »

A l'approche de l'huissier, Boislieu planta là Vitulski, imaginant sa face de rat quand son fromage lui échapperait. Il pensait au scénario qui se dessinait dans son esprit et qu'il proposerait bientôt à Tony. Lui, c'était la colère et le mépris qu'il allait « vendre » aux Français…

L'automatisme, heureusement, joua. Pas un instant, tout au long de cette journée, Boislieu ne donna l'impression d'être devenu différent. On le trouva même très en forme, sur le coup, presque gai. Dieu sait pourtant qu'il l'était, différent ! Sachant ce qu'il savait, que la reine n'était pas la reine, la ruche élyséenne lui apparaissait comme un monument de dérision. Et c'est donc gaiement, en effet, savourant le goût de la dérision, qu'il entreprit de *jouer* son rôle. Seule Chantal, sa secrétaire, qui lui était toute dévouée, fut surprise, à certains moments, par une rupture de ton à propos de questions inattendues et sans importance, comme ce souci de connaître sur-le-champ la date et le lieu de naissance du président, ou ce coup de téléphone aux R. G. pour être renseigné d'urgence sur un certain Rosette, domicilié pendant la guerre à Boulbain, dans la Haute-Vienne.

Boislieu occupait au premier étage du palais, avec deux fenêtres donnant sur le jardin, l'ancien bureau des aides de camp du général de Gaulle, communiquant et contigu à celui du président. Aujourd'hui, il comprenait pourquoi. *On* tenait à l'avoir immédiatement à proximité, à lui manifester sa confiance pour que le souvenir de l'autre, s'il survivait encore, s'estompât. Ce choix imposé par le président avait suscité de féroces jalousies. Renucci, en particulier, ne décolérait pas. Tout secrétaire général de l'Elysée qu'il fût, disposant du superbe bureau d'angle aux immenses fenêtres de Valéry Giscard d'Estaing et pour lequel il avait pillé la rue Berbier-du-Mets [1], soufflant hargneusement aux copains les meubles et les tableaux les plus rares, il se désolait d'être coupé des rayons directs du soleil par un bureau tampon, celui des secrétaires du président. Celles-ci étaient au nombre de trois : deux dames d'une quarantaine d'années, redoutablement compétentes, organisées, rapides, qui avaient l'oreille du président, et la troisième, beaucoup plus jeune mais tout aussi rapide, qui avait tout autre chose, qu'on changeait tous les mois comme les parterres de fleurs du parc, et que le président convoquait de préférence pour dicter son courrier personnel.

Le secrétaire général adjoint de l'Elysée, c'est une sorte d'aiguillage et de centre de tri. Hormis la chasse hautement gardée du chef de l'Etat, à savoir les Affaires étrangères et la Défense nationale sur lesquelles veillaient jalousement Renucci et le général Malnu (« habillé, il est tout aussi tarte », disait férocement sa secrétaire), chef de l'état-major particulier, tout le reste lui passait par les mains. Sa mission était de « nourrir la réflexion du président. » Trouvaille de l'un des *Goebbels*, l'expression avait fait le tour des médias où personne ne s'était risqué à sourire à l'idée

1. Mobilier national.

de ce politicien mué par le suffrage universel en une espèce de minotaure surdoué au monstrueux cerveau boulimique. On « nourrissait » l'animal fabuleux de notes, intitulées « Notes pour le président », d'un ou deux feuillets maximum. Il s'en concoctait en d'innombrables cuisines à différents niveaux de l'Elysée, mais Boislieu goûtait obligatoirement le brouet. Certaines notes passaient, d'autres étaient refusées. Il ne fallait pas empoisonner le grand homme menacé chaque jour d'indigestion. Déjà, ce qu'il était contraint d'avaler dépassait l'imagination. Les notes revenaient toutes annotées de sa main. Il écrivait en marge : oui, non, vu ou à voir. Ainsi l'oracle avait parlé. Cela s'appelait, semble-t-il, gouverner.

Déjà, sur le bureau de Boislieu, les notes s'étaient amoncelées. Il ne lisait que les titres, comme on consulte un menu, choisissant de préférence des compositions de saison. Ce vendredi-là, quelques hors-d'œuvre sur le Saraguay, son économie, son histoire, la biographie de son président, l'illustre général Grosswerner, les estancias du grand Sud, puis les plats de résistance, indigestes et maintes fois réchauffés, balance des paiements, chômage, marché commun agricole ou insécurité, enfin toute une série de desserts tarabiscotés du genre Grand-Louvre, Opéra de la Bastille et autres marmelades culturelles à vous barbouiller l'estomac. Mais heureusement, pour bien digérer, l'alcool d'un bon petit scandale, haut fonctionnaire prévaricateur, chirurgien célèbre convaincu de fraude fiscale, p.-d.g. coutumier d'abus de biens sociaux, député magouilleur d'immobilier, banquier passeur de fonds, ancien ministre pédophile, les rabatteurs de l'Elysée ne chômaient pas, on savait que cela plaisait. Le président humait, faisait claquer sa langue, jouissait. Puis il enfourchait son cheval blanc et brandissait le glaive de l'honneur. L'honneur, thème de sa campagne électorale... Les têtes tombaient et l'on faisait savoir à l'opinion que la volonté du président n'y était pas étrangère. Toujours la fuite en avant du faux Antoine Bunus, enfonçant les autres dans la boue pour ne pas s'y retrouver seul avec sa conscience... Cela faisait aussi oublier ses propres tripatouillages d'autrefois à ceux qui auraient eu le mauvais goût de s'en souvenir. Au reste, personne ne l'eût risqué. La fonction présidentielle « sacralise », ce qui encourage toutes les lâchetés.

Boislieu fut tenté un instant de retenir le scandale du jour, le maire d'une ville importante, partouzeur homosexuel piégé dans un chantage. Il y renonça. Surtout, ne pas changer d'attitude...

A onze heures, Balman téléphona. Longue conversation de routine. Ayant fait faire un tour de piste aux cabinets ministériels, le secrétaire général du gouvernement proposait un premier jet du communiqué final du conseil des ministres du mercredi suivant. C'était ainsi, bizarrement, que l'on procédait. Quand s'ouvrait le conseil, le communiqué était déjà prêt, affiné en détail et approuvé par le président qui avait imposé lui-même cette pratique. Un jour il avait dit à Boislieu, « vieux camarade », en haussant les épaules : « Les ministres ne sont qu'apparence avec un gros train de maison. Ils ne gouvernent rien, n'ont prise sur rien. Au mieux des chefs de rayon, des caporaux serre-files. Moi-même, je ne suis qu'une apparence, un personnage de théâtre. Au moins ai-je le premier rôle. Je l'ai voulu. Cela me distrait... » Il était certainement sincère. Le mépris des autres, le dégoût de soi-même...

D'autres dossiers attendaient Boislieu ce matin-là. D'abord la conférence de presse de jeudi, la deuxième du septennat. Le président avait indiqué les grands thèmes qui devaient « nourrir » les questions des journalistes. Même vocable alimentaire. L'Elysée, Fauchon de la politique... A propos du Proche-Orient, on murmurait que le président pourrait créer la surprise. Il avait beaucoup consulté ces jours-ci et avalé des dizaines de notes épicées. Certains visiteurs avaient été introduits au palais par la petite porte de la rue de L'Elysée, à l'abri des regards indiscrets. Parmi eux, l'attaché militaire d'Israël, le colonel Shimon Lévin. On l'avait aussitôt conduit chez Boislieu où il avait patienté dix minutes, ce qui avait un peu étonné le secrétaire général adjoint car le colonel aurait dû normalement transiter par le bureau du général Malnu ou celui du secrétaire général. Ils avaient parlé de choses et d'autres, comme des gens qui se rencontrent par hasard. A un moment, l'Israélien avait demandé : « Vous connaissiez très bien le président, je crois, lorsque vous étiez jeune ? » Et Boislieu avait répondu : « Sans doute, mais nous avions vingt ans... »

La liste des invités à la conférence de presse était également à revoir, ainsi que l'attribution de certaines places dans la salle des fêtes de l'Elysée. Le président a suggéré qu'on dispose quelques journalistes du beau sexe au premier rang. La vue de jolies bouches et de jambes croisées — le protocole déconseille le pantalon — le stimule. Quelquefois, écoutant une voix musicale lui poser une question, il fait son choix :

dîner dans un restaurant où il a ses habitudes, puis week-end à Dinard où le président a déménagé sa chambre à l'opposé de celle de sa femme, laquelle accueille les jeunes invitées avec une aimable indifférence. Le mystère Elvire... Si au moins elle appréciait le luxe, les facilités du pouvoir ? Même pas.

— Avez-vous joint la présidente ? demanda Boislieu à sa secrétaire.

— Oui. Elle revient jeudi matin, juste pour la conférence de presse à laquelle elle assistera.

Un usage de cette institution comiquement monarchique qu'était devenue la Ve République. On avait même vu l'un des présidents antérieurs s'adresser aux Français à la télévision en compagnie de son chien qui se couchait au pied de son fauteuil. Celui-là n'avait pas été réélu.

— Et mon rendez-vous ?

Chantal plissa le nez.

— Vous l'avez. Vendredi midi. Elle m'a dit que ça ne l'emballait pas. Textuellement, excusez-moi.

— Charmant.

— J'ai aussi votre renseignement.

Elle lui tendit une fiche. Boislieu lut : Antoine Bunus, né le 8 avril 1924 à Beaufort-sur-Dême, Indre-et-Loire, de Sébastien Paul Victor Bunus, avocat, et de Louise Nathalie de Leddin, sans profession.

— Je croyais qu'il était né à Paris.

— C'est ce que le service de presse a l'ordre de répondre et c'est ce qui figure dans le Who's Who et les notices biographiques qu'on diffuse. Le président les a corrigées lui-même. Il lui semblait ridicule d'être né là par hasard au cours d'un déplacement de vacances chez d'anciens amis de ses parents, archimorts et dont il a oublié le nom, dans ce trou dont il ne sait rien, auquel il ne s'intéresse pas et où il n'a vécu que les quinze premiers jours vagissants de son existence. Cela me paraît judicieux. Est-ce important ?

Comme Chantal le regardait d'un air légèrement intrigué, il rompit.

— Aucunement. Passez-moi le dossier Saraguay.

Ce dossier s'étoffait, soufflé à Renucci, grand maître souverain ordinaire des V. O. (voyages officiels), par décision du président. Une sorte de miracle...

L'ambassade de France à Pedroquarto avait déjà dégrossi le programme, l'assortissant de commentaires. Un vieil ambassadeur ringard qui voyait là sa dernière chance inespérée de décrocher la dignité d'ambassadeur de France sur canapé de la Légion d'honneur à défaut de Londres ou Tokyo... Inévitable dépôt de gerbe au non moins inévitable mausolée des héros (*Libertadores de la patria del dos de mayo 1828*, grande victoire sur les troupes espagnoles débandées du dernier vice-roi), remontée en calèche découverte de l'*avenida Dos de Mayo* (sans risque : l'exceptionnelle longévité politique du général Grosswerner, au pouvoir depuis quarante-six ans, donne une idée de l'efficacité de la Sécurité quarténienne), premier entretien privé avec le général Grosswerner (ne parle que l'espagnol, mais dur d'oreille, l'entend mal), échange de décorations et de cadeaux (voir note jointe, en se souvenant que le général Grosswerner avait été reçu à Paris en 1951 par le président Vincent Auriol et qu'il en était reparti furieux pour une question de drapeaux saraguayens déployés aux Champs-Elysées mais auxquels il manquait le nombre réglementaire de guanacos et de nandous héraldiques, l'affaire se perd dans la nuit des temps mais l'affront n'a pas été digéré), réception et discours aux Cortès (ne pas craindre de saluer aussi l'opposition, cela fait plaisir à tout le monde, elle est inoffensive et achetée), déjeuner d'hommes d'affaires et de *décideurs* quarténiens dans un grand restaurant de la capitale (discours, les chiffres ne doivent être exprimés qu'en *sucres*, monnaie locale, c'est une question d'orgueil national, encore que le *sucre* soit à la parité du dollar), visite au haras présidentiel de poneys de polo, sport national (prière de s'extasier, impossible à éviter, ni même à écourter, sur ce point précis la susceptibilité quarténienne dépasse l'entendement), pose de la première pierre de l'usine de montage Renault (allocution), visite par la présidente d'une crèche en quartier populaire et inauguration de la salle *Elvire Bunus* à l'Institut national de rééducation des jeunes handicapés nécessiteux (don important recommandé), nouvel entretien « technique » avec le général Grosswerner et ses ministres des Finances, du Commerce extérieur et des Richesses naturelles (l'accord sur l'uranium, cela ne concernait pas Boislieu), dîner officiel au *Palacio azul* (Palais bleu, siège de la Présidence et résidence du général Grosswerner, chef-d'œuvre baroque du XVIIIe siècle colonial espagnol, merveilleux jardin tropical cerné de grilles inviolables, le président et sa suite privée occuperont les anciens appartements du vice-roi dans l'aile réservée aux chefs d'Etat, air conditionné équipé de détecteurs instantanés de gaz toxique), ainsi se terminait l'épuisante journée du 13 mars. Il faudrait couper, trancher, négocier, mécontenter, pour obtenir une mouture définitive que la mission préparatoire dirigée par Boislieu expérimenterait sur place, repérant montre en main les déplacements. Le lendemain 14 mars, cela continuait au même rythme d'horlogerie, des pages et des pages jusqu'au dîner officiel offert par le président dans les salons de l'ambassade de France (cent couverts maximum compte tenu des ressources de l'ambassade, ci-joint projet de liste d'invités, au-delà prévoir expédition de personnel supplémentaire, de vaisselle et d'argenterie...) Le 15 mars enfin, tôt le matin, le président Bunus s'envolerait pour le Sud. Et Boislieu pensa : « Sans retour... »

Il tourna fébrilement la page. Ce qui l'intéressait, c'était le lendemain, à Pedroquarto, durant le court laps de temps précédant le départ pour Paris. L'ambassade suggérait une dernière visite au général Grosswerner, par respect pour son grand âge, et un cocktail réservé à la colonie française dans le salon d'honneur de l'aéroport international (*Aeropuerto General San Cristobal*) une demi-heure avant l'embarquement (allocution). De la première entrevue, peu à craindre. Elle serait brève et de pure forme. Jouant le rôle du président, Tony pourrait en prendre le risque avec Boislieu à ses côtés. En revanche, à l'aéroport, qu'un seul des Français présents ait bien connu Tony Rosette et que lui prenne l'idée saugrenue de faire part au président de l'amusante existence d'un sosie, et Tony risquait de trébucher, de bafouiller. Il faudrait prévoir une réplique, une plaisanterie qui ferait rire, une étincelante pirouette verbale qui clouerait le bec au maladroit. C'était jouable. Boislieu examina la liste qu'avait établie l'ambassade, des Français susceptibles d'être invités. L'habituel fretin de cette nation hexagonale frileusement repliée sur elle-même, l'ultime vaguelette anémique de ce peuple conquérant qui n'envoie plus au-delà des mers que des pâtissiers, des boulangers, des restaurateurs et des coopérants... Il y avait aussi une dizaine de professeurs, deux pieds-noirs éleveurs de bovins dans le Nord, des marchands de calicot bas-alpins et divers techniciens sous contrat temporaire. Aucune personnalité de premier plan, rien qui comptât à Pedroquarto. Peu de risques de bavure. Tony ne fréquentait probablement pas ce milieu-là...

Et les heures tournaient. Boislieu avait dû interrompre la lecture de ce dossier, le seul qui l'intéressât désormais, un nombre incalculable de fois. La règle, à l'Elysée, était d'être perpétuellement dérangé, même aux plus hauts niveaux, en dépit des filtrages. Les photocopieuses, les télex, les différents réseaux de téléphone, surtout l'Interministériel particulièrement surexcité, le va-et-vient des visiteurs, les impulsions soudaines venues du sommet hachaient impitoyablement le temps et les réunions de travail dévoraient le peu qu'il en restait. Encore n'était-on jamais véritablement assuré d'avoir servi à quelque chose. Ce sentiment-là, le président Bunus excellait à l'entretenir, sauf à l'égard de Boislieu et de quelques rares familiers. C'était ainsi qu'il tenait son monde et personne ne craquait, jamais. Mieux : toute marque de mécontentement tombée de l'auguste bouche était reçue avec reconnaissance. Cela prouvait au moins qu'on existait. A l'évidence, le président ne désirait pas être aimé. Boislieu s'en était étonné jusqu'à ce matin même où il avait compris pourquoi : le président ne s'aimait pas lui-même, dernière trace de sentiment humain qui persistât chez lui. Il affichait cependant un ami de vieille date, « le seul », proclamait-il, un historien raté, souffreteux, contrefait, creux comme un pot et redondant, auquel il avait confié la tâche de noter les grandes heures de sa vie. Parfois, lors d'un dîner intime, il le priait d'en lire une page ou deux et chacun se mordait les lèvres en écoutant le malheureux débiter sa prose ridicule. Le président clignait cruellement de l'œil en disant : « Vous voyez ! Au moins je suis servi ! » Il l'appelait le Bouffon, jamais autre chose que le Bouffon et le traînait avec lui à chaque voyage officiel, s'inquiétant presque affectueusement de savoir s'il était bien logé, traité avec égard. Personne n'avait le droit de se moquer du Bouffon, à l'exception du président qui ne s'en privait pas. Un jour il avait dit à Boislieu, toujours « vieux camarade » : « Je ne tiens pas à ce qu'on me le casse. C'est mon miroir de dérision... » Pour peu qu'il fût aussi du voyage au Saraguay, le Bouffon poserait un problème. Ce sont les chiens battus qui flairent le mieux leur maître.

Boislieu ne vit pas le président ce vendredi-là. Tout autre dignitaire de l'Elysée s'en serait rongé les sangs. Lui s'en félicitait. Le président partant pour Dinard « méditer les grands thèmes de sa conférence de presse » et n'en revenant que le lundi suivant, il restait au secrétaire général adjoint trois jours pleins pour se composer un visage qui ne trahisse plus aucun sentiment. Encore lui manquait-il deux ultimes recoupements.

Le premier tomba vers 19 heures sous forme d'un coup de téléphone des Renseignements généraux, alors que l'Elysée commençait à s'assoupir et que Chantal, prête à partir, avait déjà enfilé son manteau. Le président venait de s'envoler de Villacoublay pour Dinard à bord de son Mystère 20 accompagné d'une suite réduite, un aide de camp, un capitaine du GSPR, une secrétaire, l'invitée du jour et deux techniciens des communications qui se relayaient pour ne jamais le quitter. Dans les bureaux subalternes, les conseillers classaient leurs dossiers et abandonnaient les lieux presque à regret : *ite missa est*... Par les portes de l'Elysée et de l'avenue Marigny, le petit personnel s'envolait comme d'une quelconque usine. Sous le drapeau de la République, avec deux standardistes et une escouade de gardes et de pompiers, ne demeuraient au palais que le concierge et le *permanencier*, un conseiller désigné par roulement et qui savait toujours où et comment joindre le président ainsi que ses principaux collaborateurs. Une coquille vide. Un édifice sans vie qui n'avait point entendu les cris d'un nouveau-né depuis 1805 et le couple Murat et où la mort n'avait frappé qu'une seule fois en deux siècles, terrassant Felix Faure dans les conditions amusantes que l'on sait, en 1899... Chantal tendit à Boislieu une note qu'elle venait de rédiger sous la dictée de son interlocuteur des R. G. :

ROSETTE, Tony, Marcel, Amédée

Né le 28 août 1923 à Merchant (Creuse), de ROSETTE Léonce, Pierre, marchand forain, et de Albertine ALGAYA.

Célibataire.

Profession : ferrailleur et pelletier, demeurant à Boulbain (Haute-Vienne).

Arrêté en novembre 1943 par la Gestapo de Limoges, probablement sur dénonciation, pour des activités de résistance dont l'Amicale des réseaux de Haute-Vienne ne conserve aucun souvenir. Mais on peut supposer que, torturé, il avoua.

Transféré à Drancy, il est déporté en décembre 1943.

Pris en charge au camp de Mattenbruck le 19 mai 1945 par la commission interalliée, il est rapatrié en France et soigné à l'hôpital militaire Saint-Marcel de Mimizan (Landes). Titulaire de la carte de déporté politique nº 47.299.

Ouvrier forestier à la scierie Lambert, de Lestorg (Landes), du 1er octobre 1945 au 1er février 1946.

Passeport français délivré le 7 février 1946 par la préfecture de Mont-de-Marsan (Landes).

Embarqué à Bordeaux le 22 février 1946 sur le vapeur *Alain L.D.* à destination de Montevideo (Uruguay), titulaire d'une autorisation d'exportation de devises pour une contrevaleur de 25 687 francs.

Inconnu sur les listes électorales des Français à l'étranger.

Aucune notification de décès à ce jour.

Ça collait impeccablement, Boislieu n'en avait jamais douté, mais le vieux réflexe de méfiance des maquis avait joué : si l'on voulait rester en vie, il était impératif de ne négliger aucune hypothèse contraire, même les plus improbables. Il écrivit sur une feuille de papier, en lettres capitales : TONY ROSETTE - ANTOINE BUNUS et la considéra un long moment en méditant. Ainsi posées au feutre rouge, les lettres dansaient sous ses yeux comme les fragments d'une bombe. Une bombe qui pulvériserait l'imposture. Dès demain, il s'assurerait du dernier recoupement, ne serait-ce que pour libérer définitivement sa conscience au moment de l'explosion. Avant de quitter son bureau, il déchira la feuille en menus morceaux et au moment de les jeter dans la corbeille, se ravisa. Il les fourra dans sa poche. Le contenu de toutes les corbeilles à papier de l'Elysée était chaque soir passé au broyeur dans les sous-sols du palais, sous la surveillance d'un garde, mais il ne voulait prendre aucun risque.

Revenu chez lui, rue Fortuny, Boislieu congédia voiture officielle et chauffeur. Inutile de laisser de traces trop voyantes. Il prendrait sa petite 205. Une loupe lui fut nécessaire pour découvrir Beaufort-sur-Dême sur la carte Michelin, au nord du département d'Indre-et-Loire, à cheval sur une obscure départementale isolée. Le dictionnaire des communes l'informa que le village comptait 42 habitants. Il retint une chambre à l'Univers, à Tours, un vieux palace hors d'âge où il avait déjà séjourné, puis il appela le permanencier de l'Elysée qui nota sans commentaire le numéro de téléphone de l'hôtel.

Il prit la route à neuf heures du soir, en chandail et pantalon de velours, lesté d'un léger sac de voyage. Il dîna à Chartres, dans un routier, d'un gigantesque steak-frites arrosé de beaujolais. Son appétit l'étonna. Tout comme le sommeil qui le prit sitôt arrivé à Tours et couché, et le rendit à la vie de bonne heure le lendemain, gonflé à bloc et chantonnant de joie. Il avait vingt ans. Il était heureux. Il avait retrouvé une raison de vivre. Qu'avait dit Tony, au téléphone ? Ou plutôt, qu'avait dit Antoine ? « Il y a quarante ans, s'il s'agissait d'honneur, tu enfourchais ton cheval blanc... ».

# HUIT FEVRIER

A huit heures, son petit déjeuné avalé, Boislieu rappela le permanencier.

— Je vais me balader en forêt, vous pouvez me joindre par le bip-bip.

— Il fait beau ?

— Froid mais sec.

Le bip-bip, c'est l'*euro-signal* de l'Elysée, un petit récepteur de la taille d'une boîte d'allumettes qui a la valeur d'un bâton de maréchal pour ces messieurs du palais. Sitôt qu'il se manifeste, l'intéressé doit se diriger dans les plus brefs délais vers le plus proche téléphone. Boislieu l'appelait sa laisse à chien mais la comparaison n'avait amusé personne. Tous étaient fiers de leur collier et il ne fallait pas trop tirer sur la laisse, le président n'aimait pas cela.

A Beaumont-la-Ronce, sur la route de La Chartre-sur-le-Loir, il s'arrêta pour boire un café. Sur la place du village, par une haute grille ouverte à deux battants, on apercevait au bout d'une allée de charmes un petit château Henri IV flanqué d'une tour disproportionnée à huit étages étroits percés chacun d'une unique fenêtre. Il acheta des cartes postales et se renseigna auprès du patron. Un marquis de Beaumont qui avait eu douze enfants rajoutait à chaque naissance d'un garçon un étage à sa tour. Ses descendants vivaient toujours là.

— La forêt leur appartient ?

— Oui, et aussi les étangs.

— On peut s'y promener ?

— Sans problème.

En cas de nécessité, il tenait son alibi.

Tout en conduisant, il se repassait comme un film ce jour d'août 45, peu après la libération de Paris, où Antoine, les yeux secs à force d'avoir trop pleuré, était venu lui raconter d'une voix brisée la trahison de son frère. Abîmé par quarante ans de stockage au fond de sa mémoire, le film était souvent flou. Il lui fallait marquer ce qu'on appelle des arrêts sur image pour affiner le point et percevoir les détails. Antoine désespéré, parlant de changer de nom, de disparaître de la scène publique si jamais pareil déshonneur venait à être connu... C'était la veille du rassemblement torrentueux autour du général de Gaulle sur les Champs-Elysées, où ce même Antoine Bunus, plus du tout désespéré et placé dans l'orbite du sauveur de la patrie, adressait à Boislieu des clins d'œil triomphants. Celui-là, assurément, ne pouvait être qu'Alexandre, à moins qu'Antoine, grisé, se soit soudain laissé emporter loin de sa modestie naturelle. Marche arrière et nouvel arrêt sur image : le visage d'Antoine confessant l'ignominie de son jumeau. Ce que cherchait à débusquer Boislieu, c'était une faille dans le regard, le moindre signe qui pût faire douter de cette sincérité limpide. Or il n'en trouvait pas. Il lui revenait des phrases entières. Il entendait les intonations. Le ton sonnait juste. Rien ne semblait mimé, ni joué. C'était Antoine Bunus qui parlait. Mais Boislieu connaissait la magie de la gémellité. C'est pourquoi il n'accordait pas de crédit à l'ultime hypothèse qu'il lui fallait cependant lever : que Tony Rosette, là-bas, machinant diaboliquement sa revanche, fût en réalité Alexandre...

Dix kilomètres après Beaumont, il prit une petite route sinueuse sur la gauche et traversa de minuscules villages qui portaient de jolis noms tourangeaux : Chemillé, Epeigné. Sur les bords de la Dême, à travers des rangées de peupliers, on apercevait des toits d'ardoises à la Mansard et rien ne déparait l'harmonie du paysage. Peut-être était-ce dans une de ces maisons aux allures de gentilhommière qu'étaient nés les jumeaux Bunus... Pourquoi le cacher ? Cette paisible image aurait peut-être pu resservir au chapitre des nostalgies génératrices de points de sondage. N'était-ce pas sur un fond de douce campagne, de peupliers et de clocher de village magistralement conçu par *Goebbels* qu'on avait vu un précédent président emporter haut la main son élection ? Boislieu haussa les épaules. Combien dérisoire apparaîtrait ce genre de cuisine au matin du 15 mars, à l'estancia Rosette...

Il faillit traverser Beaufort-sur-Dême sans s'arrêter. Ce n'était pas un village. A peine un hameau. Une quinzaine de maisons espacées autour d'une chapelle, une épicerie-buvette et un cimetière grand comme un mouchoir de poche. Les maisons étaient gentiment, trop gentiment entretenues, les pierres apparentes fraîchement jointoyées, certainement des résidences secondaires. Boislieu affectionnait les cimetières de campagne. On y lisait la France paysanne et aristocratique disparue à jamais. Il poussa la grille qui grinça en s'ouvrant. Peu de tombes récentes. On ne mourait presque plus à Beaufort. Après la relève de la vie, la relève de la mort elle-même s'était tarie. La petite école fermée, non loin de la chapelle, avec ses volets écaillés et son toit rongé par la mousse témoignait que ceux qui s'en étaient allés n'avaient pas été remplacés. Il déchiffra quelques noms à peine lisibles sur des croix rouillées. Un La Fouchardière, un colonel Leddet, puis des Mahoudeau, des Pontonnier, des Poissonneau, des Croulard, des Testu assortis de prénoms désuets qui sentaient la terre et le foin. Les dates de naissance et de mort se situaient à peu près toutes entre 1830 et 1950. La plupart de ces tombes étaient abandonnées, sans même le hideux bouquet de chrysanthèmes en plastique que les familles exilées déposent comme un remords avant d'aller s'entasser à Sarcelles ou à Clichy. Une croix reposait face contre terre, déplantée il y avait longtemps car le trou vide dans le socle de ciment était bouché par une mousse épaisse. Machinalement, Boislieu la retourna. Un prénom et deux dates attirèrent son attention :

SEBASTIEN
1896-1929

Le prénom était décalé de telle sorte par rapport aux deux dates qu'on pouvait en déduire que le nom qui le suivait, effacé, devait comporter peu de lettres. Boislieu tira de son portefeuille la fiche que lui avait remise sa secrétaire : Antoine Bunus, né le 8 août 1924 à Beaufort-sur-Dême, Indre-et-Loire, de Sébastien Paul Victor Bunus... Il se pencha vers la croix.

Le nom ne s'était pas effacé tout seul. Il avait été martelé, limé. En grattant la rouille, les traces laissées par les outils apparaissaient clairement et Boislieu devina sous ces traces quelque chose qui ressemblait au jambage supérieur d'un B majuscule. Comme au jeu de l'objet caché, il se dit : « C'est chaud ! ça brûle ! » Il se souvenait parfaitement qu'autrefois, lorsque Antoine évoquait son enfance, venait parfois dans la conversation le souvenir de ce père mort quand il avait cinq ans. Le président, lui, n'en parlait jamais. Sa biographie n'en faisait pas mention. Au surplus, il avait menti. Il était bel et bien né chez lui et non chez des amis oubliés. Peut-être une maison de vacances vendue par Mme Bunus à la mort de son mari. En comptant ce premier mensonge et la détérioration de la croix, cela faisait deux falsifications qui s'enchaînaient à point et ne s'expliquaient que pour en cacher d'autres.

Il chercha la mairie et la trouva à l'autre bout du village. Elle ne payait pas de mine et n'avait rien d'administratif. Une porte de plain-pied, deux fenêtres à rideaux et la devise de la République s'effritant pitoyablement au fronton. Assise à une table de bois blanc, près d'un radiateur électrique, une jeune femme travaillait. Il apprit qu'elle était à la fois le maire et la secrétaire de mairie, qu'elle habitait Paris en semaine et n'ouvrait sa mairie que le samedi.

— Vous tombez pile, dit-elle. Que puis-je pour vous ?

Il avait préparé son histoire.

— De vieux amis à moi émigrés en Argentine m'ont chargé de retrouver certaines traces de leur famille. En particulier une tombe et des renseignements d'état-civil. Je reviens du cimetière. Bredouille.

— Comment s'appellent-ils ?
— Buniot.
— Je ne vois pas. C'était il y a longtemps ?
— Une soixantaine d'années.
— Buniot, Buniot...

Elle réfléchissait. En tout cas la ressemblance avec le nom de Bunus n'éveillait rien dans son esprit. Elle ouvrit à deux battants la porte d'un placard mural poussiéreux.

— Débrouillez-vous. Tout est là. Les registres du cimetière, des naissances, des décès. Soyez gentil de les remettre ensuite à leur place. Vous pouvez vous installer à l'autre table.

Elle se replongea dans ses dossiers. Il commença par le registre du cimetière, années 1900 à 1940. Les pages étaient numérotées selon l'usage administratif. L'année 1929 répertoriait dix personnes inhumées à Beaufort. Là, celui ou ceux qui étaient venus accomplir leur mission de camouflage n'avaient pas travaillé dans la dentelle. Ils avaient carrément arraché la moitié inférieure d'une page. La déchirure ne datait pas d'hier. Effrangée, jaunie, elle semblait due à l'usure, au manque de soin et au temps, et d'ailleurs, qui consultait encore ce registre ? Sébastien Paul Victor Bunus n'avait jamais habité Beaufort. Il n'y était pas enterré. Qui, désormais, et à partir de quelle intuition, pourrait retrouver sa piste et celle de ses fils jumeaux ?

Les jumeaux... Antoine et Alexandre Bunus, nés à Beaufort-sur-Dême le 8 août 1924... De temps en temps la jeune femme levait le nez de son papier et lui demandait : « Ça va ? Vous avancez ? » Il se força à tourner lentement en les examinant une par une les pages du registre des naissances de l'année 1924. Le 3 février, un Aristide Poissonneau, le 21 avril, un Raymond Leddet, le 30 mai, une Léonie Croulard... jusqu'au moment où Boislieu sut que la page suivante serait celle qu'il attendait. Son cœur battait. Une légère sueur humectait la paume de ses mains. « Puis-je fumer ? » demanda-t-il. « Mais bien sûr » répondit la jeune femme. Sa cigarette allumée, il se décida et lut : *Antoine Victor Marie Bunus, né le 8 août 1924, de Sébastien Paul Victor Bunus, avocat, et de Louise Nathalie de Leddin, sans profession, demeurant à Paris 16e, 18 avenue de Lamballe.* Sur la même page figurait une autre naissance à la date du 22 septembre : une fille, Mélanie Françoise Testu. Aucune trace d'Alexandre Bunus.

Boislieu tourna d'autres pages, revint en arrière, sonda le registre feuille par feuille, vérifia chiffre après chiffre leur numérotation. Rien ne manquait. Rien n'avait été déchiré. Pensif, abasourdi, il recommença minutieusement l'examen, cherchant la clef de l'énigme. Evidemment, elle lui crevait les yeux. Il s'agissait d'un tampon apposé au bas de chaque page : *Tribunal de Tours, le greffier en chef.* La page de garde était plus explicite encore. Le tampon y était accompagné d'un gribouillage hâtif suivi d'une signature illisible : *copies certifiées conformes aux archives d'état-civil du greffe du Tribunal de Tours, 8 septembre 1953.* Boislieu connaissait assez de droit administratif pour savoir que tout acte d'état-civil comporte obligatoirement un double destiné au greffe du tribunal du chef-lieu. Ainsi, en cas de sinistre, chaque citoyen conserve la possibilité de faire la preuve de son identité et l'Etat y retrouve son compte : personne ne peut lui échapper.

— Il s'est passé quelque chose ici en 1953 ? Ces registres sont des copies.

— En effet, répondit le maire en jupon. D'après mon prédécesseur qui l'avait appris du sien, il y aurait eu rupture d'une canalisation à la mairie cette année-là, le long du mur de ce placard. Vous connaissez les dégâts de l'eau ? Ça ne pardonne pas. Les registres des années 1850 à 1960 ont été totalement détruits. De la bouillie.

— Pas celui du cimetière ?

— Non. A cette époque-là, c'était le curé qui se chargeait de le tenir, au presbytère. Ce n'était pas légal, mais dans un petit pays... Aujourd'hui, nous n'avons plus de curé.

Egalement tamponné au greffe de Tours, le registre des décès fournit la même réponse : aucun Sébastien Bunus n'était mort à Beaufort-sur-Dême en 1929. Boislieu n'eut pas à réfléchir longtemps. Qui aurait eu le bras assez long pour organiser et couvrir sans risque cette falsification en 1953, exactement le 8 septembre comme l'indiquait le tampon du greffe ? Qui était garde des Sceaux cette année-là ? Antoine Bunus évidemment, dans tout l'éclat de son étoile montante, le plus jeune garde des Sceaux que la France ait connu, ministère Joseph Laniel, en déroute à Diên Biên Phû... Quant aux hommes de main qui s'étaient attaqués à la croix du cimetière, à la canalisation de la mairie et au registre du curé, qui saurait quel genre de contrat avait pu les réduire ensuite au silence ? Un garde des Sceaux est tout puissant. L'univers carcéral fourmille de crapules capables de tuer père et mère pour une remise de peine et la police d'individus prêts à tout en échange d'une promotion rapide. Mais après ? On raconte que les pharaons faisaient massacrer jusqu'au dernier les esclaves qui avaient creusé leur tombeau et les architectes qui les avaient dessinés...

Ainsi la piste était effacée, presque aussi parfaitement qu'un sentier sibérien sous la neige. En se substituant à son frère, Alexandre Bunus, devenu Antoine Bunus, avait hermétiquement fermé l'une après l'autre derrière lui les portes de son passé. Que quelque fouineur improbable découvrît par hasard la combinaison d'une serrure, il ne déboucherait sur rien. Antoine Bunus *était* Antoine Bunus. Il ne pouvait en être autrement puisque Alexandre n'avait pas existé...

A cette méticuleuse précaution, Boislieu ne douta plus. Il comprit aussi qu'il lui fallait redoubler de précautions s'il ne voulait pas craindre pour sa vie. Que le bip-bip le surprenne ici et il était trahi. Il s'excusa auprès du jeune maire, disant qu'il n'avait rien trouvé, qu'il devait s'agir d'une erreur et quitta aussitôt le village, guettant dans le rétroviseur si quelque voiture le suivait. La route était déserte. Revenu à Beaumont-la-Ronce, il se fit servir une énorme omelette, au même café, et prit ostensiblement, à pied, le chemin de la forêt.

En marchant sous les arbres, il chantait.

# TREIZE FÉVRIER

Ah ! la servilité de ces vieux routiers…

Parmi tous ceux qui s'entassaient sous les lambris et les pendeloques de la salle des fêtes de l'Elysée pour la deuxième conférence de presse du septennat et qui *faisaient* l'opinion chaque matin dans leurs éditoriaux, il n'y en avait pas dix qui étaient encore animés de véritables convictions. Ils flottaient comme des ludions au hasard du jeu démocratique, un œil à droite, un œil à gauche, attentifs à paraître libres sans déplaire et soucieux avant tout de retomber sur leurs pieds, bien au chaud dans leurs pantoufles. Le prince en télécommandait une partie, ceux qui représentaient la télévision, les radios d'Etat et les journaux subventionnés, les autres se tenaient prudemment au bord du Rubicon sans jamais le franchir et c'était merveille de voir comment chacun d'entre eux savait exactement mesurer jusqu'où ne pas aller trop loin. L'attachée de presse de la présidence de la République n'en revenait pas elle-même. « Ils viennent à moi, disait-elle comiquement, comme des petits enfants… » Les plus anciens avaient fait leurs classes sous de Gaulle et ri de bon cœur aux mots cruels du Vieux qui entendait bien que ce fût là qu'on rît. Depuis, ces mandarins donnaient le ton. Flairant l'humeur du président, connaissant à fond les ficelles, ils souriaient en murmure flatteur, riaient finement ou se figeaient soudain dans la plus extrême attention mais jamais à contretemps, remarquables musiciens d'orchestre menés par une baguette invisible. S'ils avaient su le jugement que portait sur eux le président Bunus, peut-être eussent-ils ri jaune, à moins qu'au contraire et plus vraisemblablement, en fins touilleurs de soupe qu'ils étaient, ils n'en aient apprécié tout le sel. « Bien sûr ! admettait volontiers le président, les journalistes ont une conscience. C'est même la seule qui soit publiquement et légalement tarifée. Ils appellent cela la clause de conscience... »

Rien de plus kitch que la salle des fêtes de l'Elysée, conçue sous Sadi Carnot à la charnière des deux siècles et récemment rénovée. La République n'avait pas lésiné. Sept pâtissiers de renom s'étaient attelés à la tâche. Un gâteau somptueux parfaitement indigeste. Il y avait du Fellini là-dedans, à la fois délirant et oppressant. Dans la chaleur de four des spots de télévision et du frottement de millions de calories qui montaient de tous ces gens de presse pressés et empressés, toute cette crème de stuc doré et de velours cramoisi donnait l'impression de fondre goutte à goutte.

A 16 heures, ponctuellement, le président fit son entrée, ballet réglé par *Goebbels* après différents essais de mise en scène. Comment allier la simplicité démocratique et la majesté inhérente à la fonction ? les rois connaissaient la recette. Les élus du peuple souverain tâtonnent et tâtonneront toujours, chacun à sa manière. Le général de Gaulle avait opté carrément pour le théâtre, style « royal-papa » ainsi que l'avait noté drôlement l'un des mandarins de ce temps. Un huissier écartait solennellement le rideau de scène et le grand homme apparaissait. Il ne manquait que les trois coups. Giscard d'Estaing, pour simplifier, avait tout compliqué, selon son habitude. Refusant la scène de la salle des fêtes où se produisaient aussi, il est vrai, les clowns et les prestidigitateurs aux noëls des enfants du personnel de l'Elysée, il s'était fait installer une estrade à l'autre extrémité, ce qui l'obligeait à traverser toute la salle au milieu de ses invités. Le grand vieux jeune homme qu'on disait à l'aise en public et qui en réalité ne l'était pas se plantait à chaque fois. Le sourire guindé, le regard porté à six pas pour n'en pas croiser d'autres, il manquait donc ses entrées et l'on sait, dans son refus du théâtre, comment il manqua aussi sa sortie.

Le président Bunus, pour sa part, avait choisi le double registre. Il commençait, lui aussi, par traverser démocratiquement toute la salle, mais en se dirigeant vers la scène où l'attendaient, comme aux temps gaulliens, sa table et son fauteuil, les dignitaires du régime sagement rangés comme des pots de fleurs à ses pieds. Cela durait bien cinq minutes. Il s'arrêtait, parlait à l'un, à l'autre, se faisait présenter quelques journalistes étrangers, se penchait à une oreille comme pour une confidence, saluait certains d'un signe de tête, d'autres plus rares d'une poignée de main, souriant et donnant à tous l'impression qu'il avait du plaisir à les voir. Pour quelqu'un qui méprisait la presse, un très joli numéro de séduction. Mais en montant les trois marches de la scène, une métamorphose s'opérait. Il devenait réellement royal et cela frappait d'autant plus après tant de simplicité. Assis sur le côté au bout de la rangée des ministres en compagnie d'autres collaborateurs de l'Élysée, Boislieu comprit quel prodigieux comédien c'était là. Il s'identifiait à son rôle. Il le vivait. En quelque sorte un double dédoublement : le président se souvenait-il encore qu'autrefois il s'était appelé Alexandre et qu'il avait trahi son frère ?

La présidente était assise sur un fauteuil isolé, légèrement en avant des ministres, à demi tournée vers la salle et à demi vers son mari, les mains posées à plat sur les genoux, hiératique, impénétrable. Officier de la Légion d'honneur et médaillée de la Résistance, elle ne portait ni rosette ni ruban à son tailleur Chanel gris souris. A l'Elysée, on l'appelait *le Sphinx*. Personne n'était capable de mesurer son influence pour la raison qu'elle n'en usait jamais et c'est pourquoi chacun la redoutait : elle ne jouait pas le jeu. A un moment son regard croisa celui de Boislieu sans que s'établît entre eux le moindre signe de reconnaissance. Qu'avait-elle fait de sa mémoire ? Pourquoi l'avait-elle effacée ? Qu'était devenue la jeune fille grave et rieuse, exaltée et réfléchie, qui avait partagé la vie d'Antoine et de P.A. dans les maquis de la Sarthe et du Poitou ? Un jour, dans une forêt, traqués par des patrouilles, ils étaient restés tous trois cachés de l'aube à la nuit sous d'épais fourrés de ronces et de fougères, face contre terre, le corps collé au sol trempé, osant à peine murmurer. Sains et saufs, ils s'étaient jurés une amitié éternelle. Boislieu la regarda à la dérobée, ses cheveux blonds devenus gris sans qu'elle y apportât le moindre artifice, son port de tête hautain, l'immobilité de son visage où s'était abîmée toute son ancienne vivacité. Il lui vint la certitude qu'elle *savait*. Puisqu'un maillon avait sauté, le serment de jeunesse ne tenait plus...

— Mesdames, Mesdemoiselles, Messieurs, je vous remercie d'être là. Vous savez que...

La conférence de presse était commencée. Les magnétophones tournaient, les caméras filmaient, les plumes couraient sur les blocs-notes. Dans son petit bureau-forteresse sans fenêtre au sous-sol de l'ambassade d'Israël, rue Rabelais, le colonel Shimon Lévin s'installa devant sa télévision et enclencha le magnétoscope. Pour lui aussi l'opération Bragelonne s'amorçait. Des mots qui allaient être prononcés dépendraient bien des choses...

— Vous savez, poursuivit le président, que le peuple de France m'a élu parce que je lui ai parlé d'honneur. Un 18 juin 1940, quelqu'un l'avait déjà fait. Pour moi ce n'était pas un thème de campagne, mais une impérieuse conviction. Entre le peuple et son président un pacte a été passé. Il prend racine dans les valeurs morales qui fondent la pérennité d'une nation. Les engagements que prendra le gouvernement seront tenus et la vérité sera toujours dite aux Français. Sur le plan international, les rapports de force seront clairement mesurés avec pour souci de préserver la paix. On dit que la politique est l'art du compromis. C'est hélas vrai. Munich, Yalta et Helsinki en sont des exemples fâcheux. A mon sens, l'indispensable compromis ne doit jamais entraîner la perte de son âme ni la trahison de soi-même et de ses amis. J'aurai l'occasion d'y revenir et vous m'y aiderez par vos questions. Ah ! Mesdames et Messieurs, je vois comme il est difficile aujourd'hui d'aborder le mouvement du monde et celui des individus à l'intérieur d'une même nation par cette abrupte paroi de l'honneur, mais si vous me faites la grâce de me suivre dans cette périlleuse ascension vous verrez que parvenus au sommet, bien des problèmes réputés insolubles, qu'ils soient politiques, économiques ou sociaux, apparaissent sous un éclairage différent qui facilite la découverte de solutions nouvelles. Il me semble, par exemple...

Le président avait posé ses coudes sur la table et joint les mains à hauteur de son menton, la tête légèrement inclinée, comme s'il priait. Dans la salle, en dépit de leur cuir épais, les vieux crocodiles du marécage politique avaient cessé de prendre des notes. Ce qu'on appelait, en langage de presse, une exceptionnelle « qualité d'écoute ». Depuis le Malraux des meilleurs jours ou le de Gaulle des temps de crise personne n'avait réussi un numéro aussi époustouflant. Des hauteurs où il se plaçait, le président piégeait tout le monde. On s'expliquait son implacable dureté à l'égard de ceux qui faillissaient. Oublié, le scandale financier où lui-même avait failli sombrer quelque trente ans auparavant ! L'un des mandarins présents murmura à l'oreille d'un complice : « C'est avec de la merde qu'on érige les plus belles statues de commandeur... » Propos qu'il garderait pour lui, évidemment. Pas un mot là-dessus dans son éditorial du lendemain.

Mais le plus surpris, c'était Boislieu. Ce ton, cette conviction, cette élévation de pensée... La voix d'Antoine ! C'était Antoine qui s'exprimait dans la salle des fêtes de l'Elysée. De son âme nauséabonde, comment l'autre aurait-il pu tirer tant de mots étonnants qui faisaient mouche ? Prodigieux !

L'avant-veille, Boislieu avait déjeuné avec l'un de ses vieux camarades d'enfance, chef du service de pédopsychiatrie à l'hôpital Américain, membre de l'Institut, connu par ses études sur la gémellité. Adroitement questionné entre poire et fromage à propos d'une double naissance inventée pour la circonstance chez des amis « qui s'en faisaient du souci », le professeur avait déclaré : « Qu'ils viennent me voir, je leur expliquerai. S'il s'agit de vrais jumeaux, les concordances peuvent effrayer. L'un se casse la jambe, c'est l'autre qui a mal. L'un aime une fille, c'est l'autre que la fille aime et c'est celui-là justement qui en souffre. Pendant la guerre, on m'a cité le cas de deux jumeaux qui furent blessés exactement à la même seconde mais à des milliers de kilomètres de distance, l'un à la cuisse droite, l'autre à la gauche. Il suffit d'être prévenu. Une chose que l'on ne sait guère : les vrais jumeaux font rarement des croyants et j'en connais que cela désespère. Le concept de vie future ne leur est pas concevable. Comment croire à une âme immortelle alors que votre âme à vous, si vous en avez une, n'est que l'image de votre frère, et vice versa évidemment. Quelque chose de proprement insondable... » Boislieu avait alors demandé : « Et si l'image est son contraire ? » Le professeur avait répondu : « Cela arrive extrêmement rarement et dans ce cas-là pour l'un des deux c'est l'enfer. Il y a positif et négatif. Le manichéisme est parfait mais à l'intérieur du second c'est un combat permanent et horrible parce qu'il est prédéterminé.

Chez l'un le bien, chez l'autre le mal *avec* la perception du bien par de multiples concordances gémellaires. Rien n'y fait. Je ne le souhaite pas à vos amis... »

Le président parlait toujours. Il n'avait pas quitté sa pose inspirée. On discourrait le lendemain de son « charisme ». Employé à tout propos, le mot ne signifiait plus rien, mais comme disait *Goebbels*, ce serait toujours deux points de gagnés. Boislieu regarda le Sphinx. Il lui sembla que par moment un indéfinissable sourire errait sur son visage ridé. Un peu plus loin, le Bouffon frétillait comme un brave toutou. Il prenait fébrilement des notes sur ses genoux et quand il levait les yeux de son bloc, c'était seulement pour les porter en un regard d'adoration vers son maître. Dans son sous-sol de la rue Rabelais, le colonel Shimon Lévin n'était nullement fasciné. En amateur de coups tordus, il se contentait d'apprécier la performance présidentielle. Après tant de nobles vagues, le poisson serait sûrement noyé et la nouvelle qu'il attendait, pour surprenante qu'elle paraîtrait, serait emportée par le flot de l'honneur retrouvé. Du beau boulot...

— Et maintenant, annonça le président en disjoingnant les mains et en faisant face au zoo, je suis prêt à répondre à vos questions.

Un crocodile se leva.

— Pierre Ducorchet, *l'Humanité*. Monsieur le Président, estimez-vous conforme à l'honneur le contrat de vente de dix sous-marins d'attaque que la France vient de signer avec l'Afrique du Sud, et, plus généralement, quelle est votre politique à l'égard de ce pays raciste qui continue de tenir sous sa botte au mépris des droits de l'homme près de vingt millions de travailleurs noirs ?

— Je vois, monsieur Ducorchet, que sur le plan de l'honneur les communistes français sont toujours aussi pointilleux. Vous devriez en informer sans tarder les Polonais et les Afghans...

Nombreux rires serviles parmi la petite volaille que le président calma de la main.

— Mais je n'oublie pas non plus que dans les rangs de la Résistance je comptais de nombreux camarades communistes...

Sur les lèvres du Sphinx, l'imperceptible sourire avait cette fois disparu.

— Voyez-vous, monsieur Ducorchet, tout serait tellement plus simple si l'Union soviétique n'entretenait pas au large du Cap une flotte de guerre permanente dont le nombre et la puissance dépassent largement les...

La machine était lancée. Pendant une heure et demie d'horloge, l'illusion régna que les grands problèmes mondiaux pourraient trouver certaines solutions qui procéderaient de l'action de la France et de celle de son président. Cela semblait cohérent. La France avait des amis. Certains l'étaient plus que d'autres et de longue date. Cela créait des liens d'honneur et de fidélité. La France soutiendrait ces amis-là. Au Proche-Orient notamment... Rue Rabelais, le colonel Shimon Lévin mobilisa son attention. La question venait d'un journaliste du *Monde* qui jouait si souvent les barons que le surnom lui était resté au service de presse de l'Elysée.

— Monsieur le Président, avait-il demandé, que peut

faire la France pour aider le Liban à sortir du fatal enchaînement qui le conduit à la mort ?

L'intitulé de la réponse fournit l'un des titres de journaux du lendemain.

— Quel Liban ? monsieur Pontot, mais je vous remercie d'avoir posé la question (nouveaux rires). Mesdames, Messieurs, je vous en prie ! Des soldats français ont donné leur vie pour le Liban et ce sont eux qui pourraient nous poser la question. On m'a beaucoup reproché, au début de ce septennat, de n'avoir pas condamné les milices musulmanes. On a été jusqu'à avancer que j'aurais du même coup absous les plus dangereux représentants du terrorisme international. Je laisse la responsabilité de cette affirmation à ceux qui l'ont imprudemment lancée mais je tiens à souligner que le gouvernement de mon prédécesseur avait pris des engagements qu'il était difficile de renier. Quoi qu'il en soit, ce qui est fait est fait. Désormais, la donne n'est pas la même. Nous somme quittes...

Le colonel Lévin appela sa secrétaire.

— Retenez-moi une place dans n'importe quel vol pour New York dès demain.

— Voyez-vous, continuait le président qui avait joint à nouveau les mains, je me souviens du temps où la France était considérée comme le protecteur naturel des Maronites du Liban. Ne nous méprenons pas sur les mots : on appellerait cela aujourd'hui des garanties. Il ne nous est pas possible de préjuger ce que sera le Liban de demain, un Etat fédéral musulman, des cantons fanatiques et d'autres modérés, une province syrienne autonome, la partition... Dans chacun de ces cas, le destin de la courageuse minorité maronite préoccupe la France avec laquelle tant de liens ont été tissés au cours des siècles. Je tiens les Maronites pour des hommes de progrès, largement ouverts au monde comme ils l'ont amplement démontré. Dans l'intérêt de tous et d'abord de leurs voisins, il ne faut pas que cette flamme s'éteigne. Je n'ignore pas le danger qu'il y aurait à engager la France dans ce guêpier du Proche-Orient. L'histoire récente nous en administre la preuve. Aussi ne s'agit-il pas d'un engagement proprement dit mais d'une déclaration d'intention. J'aurai l'occasion de la préciser après avoir été consulter sur place les chefs d'État intéressés lors d'un voyage que j'entreprendrai dans cette région du monde dès mon retour du Saraguay. En attendant, pour marquer son souci d'un témoignage, le gouvernement a décidé d'ouvrir un consulat général relativement étoffé à Djouniyé, en zone chrétienne, et d'y redéployer, pour sa protection, quelques éléments du contingent français de la Force d'interposition. J'en ai terminé sur ce point...

Un petit vent se leva sous les lambris de la salle des fêtes et les cariatides nues qui veillaient depuis Sadi Carnot au bon équilibre du plafond virent un certain nombre de crânes chauves émerger soudain de la masse. Les crocodiles se réveillaient. Leurs interrogations fusaient de divers côtés.

— Allons ! dit le président, pas tous en même temps, je vous prie. Je n'ai rien à ajouter. Cependant, monsieur Wajmann, j'ai cru vous entendre demander si la position actuelle de la France à l'égard d'Israël s'en trouverait modifiée. A cette question je réponds nettement : non. Aucune initiative ne sera prise dans ce domaine qui puisse compromettre la recherche d'une issue pacifique et négociée. C'est ce que j'aurai l'occasion d'exprimer de vive voix au premier ministre d'Israël lors du voyage dont je vous ai parlé.

Le baron saisit la balle au bond.

— Alors, monsieur le président, vos « bons offices », en quelque sorte ?

— Si vous voulez, monsieur Pontot, encore que le terme me semble mal choisi. Il a des relents d'arrière-cuisine...

On rit beaucoup. Pontot se rassit lourdement. Être mouché faisait partie du métier. Au *Monde* la préretraite le guettait...

Le colonel Lévin baissa le son de sa télévision. Il en savait assez. La preuve « par défaut », celle qu'il avait avancée deux semaines plus tôt, au téléphone, parlant à Tony Rosette mais sans s'expliquer plus longuement, cette fois il la tenait. Partie subtile, impondérable, entre joueurs masqués, mais il avait gagné. Le dossier ultra secret Rosenberg, Jacob Rosenberg, ce jeune juif français déporté à Mattenbruck, compagnon de misère de Tony, combattant de l'Irgoun, puis tué à Jaffa en 48... De son récit aux services psychologiques de l'Irgoun, même en tenant la révélation pour vraie, il n'avait jamais été possible de déduire avec certitude que celui qui s'était confié à lui comme étant Antoine Bunus, compagnon de la Libération, dénoncé au Mans en 44 par son frère, n'était pas en réalité Alexandre cherchant à se cacher dans l'âme de son jumeau à l'approche d'une mort presque certaine. Cette hypothèse figurait clairement dans une étude sur la gémellité jointe au dossier Rosenberg. Elle avait été levée quelques instants plus tôt par le président Bunus en personne.

Voilà longtemps, en effet, que les Israéliens souhaitaient sans pouvoir l'obtenir de la France ou des États-Unis l'établissement d'un réduit chrétien puissant dans la montagne libanaise et autour du petit port de Djouniyé pour soulager leur frontière nord et faire peser une menace permanente sur les arrières des zones chiites et druzes. Ce réduit chrétien représentait pour Israël un formidable ballon d'oxygène, mais ce n'était que le premier acompte versé sur le contrat. Le solde concernait l'abandon du réarmement par la France, en cours de négociation ultra-secrète, des forces aériennes syriennes durement étrillées lors de récents affrontements au Golan et au Sud-Liban. Ce réarmement inquiétait au plus haut point Israël dont les relations avec l'Egypte s'envenimaient à nouveau. Lors de sa dernière visite à l'Elysée, peu avant la conférence de presse, le colonel Lévin avait précisé à demi-mot les termes du marché, assorti de la part de l'Israélien de diverses propositions alléchantes. Il n'est pas rare que les gouvernements « assurent » leurs négociations par des cadeaux d'un genre particulier. Ce sont le plus souvent les services de renseignement qui garnissent la corbeille. Celle du colonel Lévin en contenait tout un choix destiné à enrober pour la forme le seul qui comptât vraiment : Tony Rosette. Le président n'avait pas bronché. Il avait même souri : « Vous êtes trop généreux. Parlez-en donc au capitaine Birot, il a toute ma confiance. Vous le connaissez je crois... Ensuite il vous faudra attendre ma conférence de jeudi mais je puis vous révéler que mercredi, au conseil des ministres, doivent être arrêtées certaines mesures qui sur l'une des questions qui vous préoccupent vont à peu près dans le sens souhaité... » Tout cela avec aisance. Une tierce personne n'y aurait vu que du feu. Un rude joueur...

Le colonel Lévin composa un numéro à New York sur l'un de ses téléphones, de couleur bleue, équipé d'un dispositif ultra-sensible qui décelait et brouillait toute tentative d'écoute. Abrité sous de doubles murs en béton parcourus de champs magnétiques, son bureau formait comme une cloche isolante assurant l'inviolabilité des conversations. La rue Rabelais était elle-même une forteresse gardée jour et nuit aux deux extrémités par des pelotons de gendarmes qui protégeaient du même coup le siège voisin de ces messieurs du Jockey. Au reste, tout ce quartier de l'Élysée ressemblait à une ville en état de siège. Ce n'était pas gai mais on s'y habituait.

— Allo, ici Shimon, est-ce qu'il neige encore à New York ?

Le code de reconnaissance qu'on changeait chaque mois... Justement il neigeait à New York noyé sous des tourbillons blancs.

— Yom, tu viens me chercher demain soir à Kennedy, vingt heures trente. Et maintenant mets-toi au boulot. Il faut réactiver notre copain Samuel Lev, de la firme Asher, Lev and Lev, courtiers en laine. Tu lui renouvelles son passeport avec visa pour le Saraguay et tu lui réserves une first dans le premier vol pour Pedroquarto. Là-bas il aura besoin d'une Range-Rover en état de marche et d'un fusil à lunette avec un permis de chasser la vigogne. Il est en vacances. Il en profitera pour visiter quelques clients dans le Sud. Demande au vieil Asher des lettres commerciales pour faire vrai et trois ou quatre dossiers clients. S'il râle trop rappelle-lui le bon temps, le groupe Stern, la bombe du King David, il pleurera comme un veau et paiera...

La conférence touchait à sa fin. Le maquillage du président donnait des signes de lassitude. Son visage vieillissait à vue d'œil sur les écrans de contrôle et *Goebbels* s'énervait. Il lui fit passer un papier : « Il faudrait peut-être abréger. » C'est ainsi que ne furent pas traitées la position de la France dans le marché des satellites et les ventes d'armes au Monomotapa, ce que personne ne regretta. La chaleur était devenue intenable. Une jeune femme se leva, fraîche comme une rose. A l'hebdomadaire qui l'employait, elle conduisait une carrière fulgurante sans qu'on pût clairement distinguer si c'était sa chute de reins, sa plume ou l'admirable dessin de ses lèvres qui la poussait vers les sommets. Douée d'un culot monstre, d'une absence totale de scrupules et d'une intuition qu'elle ne contrôlait pas, la Belle Féfé, ainsi qu'on l'appelait, avait le chic pour dénicher un créneau d'où elle se faisait immanquablement remarquer.

— Monsieur le Président, dit-elle, vous vous rendez au Saraguay le mois prochain, un pays si peu connu et de puissance si modeste que l'initiative a surpris. On parle d'un important contrat d'uranium, mais pour cela le déplacement d'un ministre suffisait. Quelle est la véritable raison de ce voyage ?

Etrange question. Boislieu se souvint qu'en effet la décision d'un voyage officiel du président récemment élu dans ce pays de troisième ordre avait pris à contre-pied le haut personnel de l'Elysée qui s'attendait plutôt à l'Union soviétique ou aux Etats-Unis. Personne ne savait plus d'où en venait l'idée initiale, probablement d'un conseiller, ce qui ne prouvait rien : les conseillers souvent ne conseillaient que ce que leur avait soufflé le président. La méthode procédait du rideau de fumée dont il aimait s'entourer.

Le président de la République regarda la jeune femme comme s'il la découvrait. En réalité il n'ignorait plus rien d'une pulpeuse anatomie généreusement mise en valeur au premier rang des invités. Il lui sourit et Boislieu conclut aussitôt : « En voilà une qui sera du voyage... » Les yeux bleus du Sphinx se portèrent également sur le visage de la Belle Féfé et Boislieu qui tournait la tête au même moment y lut une sorte de mépris amusé.

— Ce sera la dernière question, répondit le président. Je la trouve, pardonnez-moi, mademoiselle, je la trouve un peu étourdie et légèrement impertinente. Il n'y a pas de mystère dans ce voyage, mais un lointain souvenir de jeunesse, au sortir des horreurs de la guerre dans cette Europe broyée, déchirée, où la honte et la victoire marchaient la main dans la main à travers un champ de ruines. Je vous le confie, mademoiselle, j'ai alors éprouvé un instant l'irrésistible désir d'aller porter ma jeune existence au-delà de l'horizon, là où l'espace et le vent offrent à l'homme une dimension que je voyais comme une éternité palpable et c'est au Saraguay qu'à vingt ans je pensais. Je ne connais pas ce pays. A l'époque j'en ignorais tout sauf qu'il touche au cap Horn et que son drapeau national, dans les livres, m'apparaissait chargé d'extraordinaires symboles...

Boislieu, stupéfait, songeait à ces « concordances de la gémellité » qu'avait évoquées pour lui son ami le professeur, membre de l'Institut. Il se mit à fixer ses mains, de peur de se trahir. Un silence rêveur s'était emparé de la salle. On n'entendait plus que la voix du président, presque lointaine, ailleurs, et les soupirs du Bouffon qui semblait rendre l'âme de bonheur. Etrange question, étrange conclusion...

Le président redescendit sur terre.

— Il ne faudrait pas en déduire, mademoiselle, que mon voyage au Saraguay découle de ce vieux rêve oublié. Ce ne serait pas sérieux. Vos confrères d'Amérique latine qui me font l'honneur de m'écouter voudront bien noter que je me rends au Saraguay pour saluer le doyen de tous les chefs d'Etat, dans un pays qu'on me dit heureux, fier, sans misère excessive et que le concert discordant des nations indiffère. Cela mérite notre estime et notre affection. La politique n'est pas tout, mesdames et messieurs. Je vous remercie.

Pour quelqu'un qui venait justement de parler de politique pendant une heure et demie et qui avait la réputation d'être le politicien le plus torve de France, la sortie n'était pas mal trouvée. Cela passa. Cela passa même bien. On prononça le mot d'humanisme, un brevet très recherché et « porteur ». Un crocodile, dans son éditorial, évoqua sans marchander « ce coin de voile qui s'était levé sur une âme ». *Goebbels* était ravi.

Eteignant sa télévision, le colonel Lévin siffla d'admiration. Avec un adversaire de cette force, le jeu ne manquerait pas de saveur...

# QUATORZE FEVRIER

La présidente occupait un bureau-boudoir à l'extrémité d'un couloir feutré au premier étage de l'aile gauche du palais donnant sur la rue de l'Elysée. Les trois bureaux qui précédaient étaient affectés au personnel de son cabinet sous la direction d'un jeune énarque ambitieux et morose qui s'était aperçu très vite que servir Elvire Bunus ne servait en rien sa carrière, contrairement au béaba de l'énarchie. Croyant choisir une voie royale dans l'ombre de Catherine de Médicis, l'infortuné surdoué s'était retrouvé dans un placard d'où personne ne souhaitait le déloger. Aux antipodes de celle qui l'avait précédée, la présidente, systématiquement, refusait de se mêler de politique et par-dessus le marché se désintéressait de l'aspect social de sa fonction. Ses secrétaires expédiaient le courrier selon des modèles-types facilement adaptables, répondaient aux solliciteurs, avec chèque ou sans chèque, intervenaient auprès des ministres, des maires ou des préfets. Elvire signait sans lire et en coup de vent. Il paraît que quelquefois cela marchait et *Goebbels* laissait entendre aux plus dévoués crocodiles que la présidente se penchait personnellement sur chaque cas douloureux et avait entrepris « une croisade pour humaniser l'administration. » En réalité elle avait dressé son énarque : « Une fois pour toutes, qu'on me fiche la paix ! Tout cela me tue d'ennui. Vous avez carte blanche. Mettez-vous dans la tête qu'ici c'est vous la nounou et pas moi ! » L'Elysée n'appelait plus le malheureux que « Nounou » et Nounou, chaque jour plus triste, intriguait sans succès pour un poste de sous-préfet.

Les seuls « cas douloureux » sur lesquels la présidente effectivement « se penchait », c'étaient les appels au secours de mères nécessiteuses venant de donner le jour à des jumeaux. Triplés, quadruplés, Elvire restait de marbre. Faux jumeaux, elle abandonnait vite. Mais jumeaux monozygotes, c'est-à-dire issus d'un même œuf fragmenté, là, elle se réveillait tout à fait et remuait ciel et terre. Layette, double landau, lits d'enfant, priorité de logement, aide familiale, elle ne négligeait rien. Elle payait aussi de sa personne, assistait aux baptêmes, s'intéressait de près aux bébés qu'elle visitait régulièrement et avait de longues conversations avec les jeunes mamans tout en prévenant Nounou que si cela se savait il se retrouverait en effet sous-préfet, mais à Pamiers ou à Romorantin. Des très rares amis n'ignoraient pas que femme de ministre, déjà, tout aussi discrètement, elle se livrait à cet étonnant passe-temps avec la compétence obstinée d'un entomologiste. « Quelqu'un qui m'a épaté, avait confié le pédopsychiatre à Boislieu lors de ce même déjeuner, c'est votre présidente. Elle me consulte assez souvent, elle m'envoie ses petits protégés. Ce qu'elle sait sur les vrais jumeaux est proprement surprenant mais elle en parle d'étrange façon, un peu comme un policier qui chercherait à percer une énigme... » Quelle énigme ? s'était demandé Boislieu. Celle des jumeaux Bunus ou la sienne ?

Ce jour-là à midi, comme chaque vendredi, Elvire bâclait son courrier, pressée de retrouver ses chiens, sa collection d'émeraudes et son jardin sur les bords de la Rance. A son habitude, elle fumait comme une cheminée. Le président ayant décidé d'aller prendre l'air à Brégançon en compagnie de la Belle Féfé à l'essai, elle se sentait de meilleure humeur. Rien ne pouvait lui faire plus plaisir que de passer le week-end seule à Dinard. Aussi accueillit-elle le secrétaire général adjoint de l'Elysée avec une amorce de sourire. Le bureau était meublé en Napoléon III de maison close de luxe avec velours et capitons.

— C'est hideux, ne trouvez-vous pas ? Je l'ai voulu et j'en suis satisfaite. Au moins n'ai-je aucune raison de m'y attarder trop longtemps. Vous voyez ce canapé ? Un bijou de mauvais goût. Savez-vous que c'est là-dessus que le président Félix Faure, âgé de cinquante-neuf ans, en jaquette, son pantalon sur les talons, s'offrait à Madame Steinheil. Je l'ai soufflé à mon mari qui voulait l'installer pour son usage personnel dans le petit salon privé. Il parlait de tradition républicaine. C'est son humour à lui. Désopilant, n'est-ce-pas ?

Boislieu demeura prudemment silencieux. Avec l'âge, le physique change, hélas, parfois jusqu'à la dérision quand l'âme n'a pas tenu ses promesses, mais la voix résiste plus longtemps et conserve des échos de jeunesse. Autrefois chaleureuse, la voix d'Elvire était sèche, glacée, puis brusquement l'ancien écho resurgit, mais lassé, comme s'il avait eu de la peine à se frayer un chemin à travers les ruines du passé.

— P.A., vous m'en voulez ?

— Non. Pourquoi ?

La présidente eut un geste qui pouvait signifier qu'elle ne se satisfaisait pas de la réponse.

— Je suis une lâcheuse, je le sais. Voilà combien de temps que nous ne nous sommes vus ?

Ils se croisaient à des réceptions, échangeaient dix mots de politesse, dans le salon des portraits ou celui des aides de camp. Deux ou trois fois aussi, à l'étage des conseillers, dans un petit salon de réunion où se traitaient des questions de protocole, de dîners officiels ou de déplacements publics du couple présidentiel. Il répondit cependant :

— Quarante et un ans, il me semble. Vous vous appeliez Elvire Malentraide. Vous aviez des trésors de courage et de générosité.

— Et à présent ?

— Je n'ai pas à vous juger, Elvire. Je m'en tiens à la jeune fille que je connaissais.

— C'est lui qui m'a faite ainsi. Auriez-vous cru cela possible ? De sa part, et de la mienne ?

— Ne me demandez pas de répondre. Je peux m'en tenir aussi au jeune homme qu'il était. Mais pourquoi ne pas l'avoir quitté ? Quarante ans de mariage, c'est long, si l'on est conscient des dégâts...

Elle alluma une cigarette à une autre qu'elle écrasa dans un cendrier déjà débordant de mégots. Puis elle ouvrit un placard où se dissimulait un petit réfrigérateur.

— Un scotch, P.A. ? Ne me laissez pas boire seule.

Elle ne versa guère d'eau dans le sien.

— Le quitter ? reprit-elle. J'aurais pu, en effet. Lui ne le désirait pas. Malhonnête, truqueur, c'est un porc, mais il tient à moi. D'une certaine façon il lui serait impossible de se passer de moi et en 1944, P.A., je l'ai aimé comme une folle. Mais là n'est pas la vraie raison. Je suis restée parce qu'Antoine Bunus me fascine. Je le hais mais il me fascine et n'a pas cessé de me fasciner. Pouvez-vous comprendre cela ?

Boislieu traduisit pour lui-même : de quelle façon comprendre cela ? Etait-ce Antoine ou Alexandre qu'elle avait aimé comme une folle ? Il lui aurait fallu poser toute une série de questions. Que s'était-il réellement passé dans la maison de la forêt du Mans, en 1944, entre Elvire et Antoine, entre Elvire et Alexandre, entre Alexandre et Antoine ? Et les jours suivants, lorsque Alexandre avait réapparu en se faisant passer pour Antoine miraculeusement réchappé et avait retrouvé Elvire dans le village où elle se cachait, quelle avait été la nature véritable des retrouvailles ? Le mal peut fasciner, autant et plus que le bien, l'ange noir plus que l'ange blanc, les ténèbres mieux que la limpidité, et la folie d'aimer s'applique justement aux contraires... Il répondit seulement :

— J'imagine...

Et puis il hésita. Devait-il poursuivre la conversation ? Il n'était plus tellement assuré d'avoir à en courir le risque.

— Je vous vois songeur, P.A. Puis-je savoir pourquoi ?

Un appel ? Une ruse ? Il décida d'attaquer de biais, et masqué.

— Antoine avait un jumeau qui l'avait dénoncé.

Disparu sans laisser de traces le jour même. Probablement mort en déportation.
— Je le sais, évidemment, répondit Elvire sans la moindre émotion : Alexandre. La maison dans la forêt... Je me souviens de cette nuit-là, croyez-moi. L'avez-vous connu ?
— Je ne l'ai rencontré qu'une seule fois, à Paris, en 43, lors d'une mission avec Antoine. Une ressemblance prodigieuse et une impression de malaise. Le miroir reflétait la haine, mais quand on examinait le miroir on n'y découvrait plus que le reflet apaisant de l'autre. Il avait des paroles méchantes, sur la Résistance notamment, et d'autres si affectueuses qui les effaçaient aussitôt. Antoine m'en parlait quelquefois : un être malfaisant, foncièrement mauvais, d'une dissimulation diabolique. Le cas est rarissime.
— Je sais, dit la présidente.

Ce n'était pas une réponse de circonstance, un retour de raquette dans le ping-pong de la conversation. Ce « je sais » les laissa tous deux silencieux.
— Il paraît, reprit Boislieu en examinant précautionneusement où il mettait les pieds, il paraît que dans ce cas particulier de jumeaux manichéens, si l'un vient à mourir, le survivant recueille par transfert les traits de caractère du disparu qui altèrent et dissolvent progressivement les siens. L'Eglise ajoute à cela que le reclassement se fait à la mort du second. Chaque jumeau reprend son bien et celui qui meurt le dernier rend à Dieu l'âme de sa naissance.

Elvire haussa les épaules.
— J'ai lu cela, en effet, mais je doute qu'Antoine ait une âme. Il existe une explication plus simple.
— Et vous l'avez trouvée ?

Elle hésita.

— Peut-être, quelle importance ?

Elle avala le fond de son verre d'un coup sec et s'en resservit un second en disant presque gaiement : « Rassurez-vous, je tiens la toile comme un marin breton. Savez-vous que j'ai un petit canot à voile à moi, là-bas ? Je tire des bords dans la Rance, je pêche le maquereau. Cela rend fou le G.S.P.R... »

Boislieu se replia en bon ordre. Impossible d'aller plus loin sans se trahir, et il n'était pas maître de la conversation. Il ouvrit un dossier qu'il avait apporté, celui du voyage au Saraguay. Informer la présidente entrait dans ses attributions. Celle-ci avait d'ailleurs déclaré : « Je veux tout savoir, je ne suis pas un paquet... » Déjeuners, dîners officiels, réceptions, inaugurations, visites, température, climat, étiquette et coutumes locales, protocole, toutes choses qui conditionnaient le choix de la garde-robe, des malles et des malles, des kilos de chaussures et de sacs, des chapeaux, une capeline pour la remontée de l'*avenida Dos de Mayo* en calèche découverte, tout cela en double, en triple, avec des variantes de genre et de couleur pour rectifier le tir au dernier moment, il importait de ne pas éclabousser les dames de l'*establishment* local sans renoncer aucunement au prestige de la haute couture française. Le général Grosswerner étant veuf, c'était sa fille qui recevait au *Palacio azul*, une pimbêche très à cheval qui affectionnait le rose pâle, couleur à éviter lorsque les deux « premières dames » se trouveraient en présence l'une de l'autre. Venaient ensuite des propositions de menu pour le grand dîner à l'ambassade de France, le choix des fleurs fraîches qui embarqueraient par centaines dans les soutes de l'avion présidentiel, la liste des invités, des officiels et du personnel qui accompagnaient le président et son épouse...

— La nouvelle pute aussi ? demanda Elvire qui n'avait pas peur des mots.

— Je le crains.

— Tant mieux. Les V.O. ne seront pas obligés de recruter sur place. C'est plus décent. Et le Bouffon ?

— Pareillement. Je n'ai pu l'éviter.

— La famille sera complète...

Ce fut le tour des fiches, notes signalétiques brèves à propos de personnalités susceptibles d'être rencontrées un peu plus longuement que d'autres. Elvire lisait rapidement. A un moment, elle demanda :

— Qui est ce Tony Rosette ?

Un certain temps ayant séparé les deux phrases qu'Elvire venait de prononcer, il était impossible de supposer que la seconde pouvait être rapprochée de la première, et cependant... Boislieu sentit son cœur battre à tout rompre. C'est la bouche sèche et la voix faussement neutre qu'il s'entendit répondre.

— Un type très bien, dit-on. Un Français installé là-bas depuis longtemps et qui a réussi dans l'élevage des moutons. Je ferai sa connaissance la semaine prochaine. L'estancia où il vous reçoit porte son nom. Le général Grosswerner le tient en grande estime. J'ai vu des photos aériennes du domaine. Superbe, grandiose et parfaitement désert.

— C'est donc chez lui (elle déclamait) que nous respirerons l'air pur des espaces inviolés qui régénèrent les âmes...

Puis elle ajouta : « signé Antoine Bunus ! »

Ils travaillèrent encore une vingtaine de minutes.

La présidente s'appliquait, ne laissait rien au hasard. S'il était vrai que le président la payait pour cela sur les fonds secrets de l'Elysée, cette fois elle ne volait pas son argent. Au moment de se quitter, elle avança la main et la posa sur celle de Boislieu en un geste d'amitié.

— P.A., aimeriez-vous pêcher le maquereau ce week-end ? C'est merveilleux, on se fait rincer. Entre les grains, à bord, on casse une petite croûte et on boit un bon coup de muscadet. Le soir on est heureux, en paix, au chaud près de la grande cheminée et on parle du bon vieux temps. Je n'ai rien oublié, vous savez.

— J'y serai.

# DIX-NEUF FEVRIER

Etrange conjuration, en vérité.

Au moment où son mécanisme commence à se mettre en mouvement de façon irréversible, les conjurés ne sont pas liés par serment, par ambition non plus, uniquement par répulsion, celle qu'ils éprouvent à l'égard d'un homme coupable de forfaiture. Leur réunion s'annonce proche, mais certains ne se connaissent pas encore. Entre Pierre-Aimé de Boislieu, George Niven et ses amis, Marc Ordenez le banquier, le lieutenant Costoni, du Corps des carabiniers, Linda de Hohenlo et Elvire, jusqu'à Elvire Bunus sans laquelle rien ne peut réussir, il n'existe pas d'autre lien que le sens de l'honneur, le remords ou l'amitié. Un seul y ajoute l'intérêt politique : le colonel Shimon Lévin. Ils sont résolus à punir. A punir mais pas à tuer. Dès le début, sans besoin d'en dire plus, le même mot clef leur était venu à l'esprit, suggéré ou non par Tony, pour définir leur entreprise. Ce mot : *Le Vicomte de Bragelonne*. L'histoire le prouve abondamment, il n'y a pas de complot sérieux sans une bonne dose de puérilité.

On connaît l'intrigue historique ingénieuse du *Vicomte de Bragelonne*, ce long roman d'Alexandre Dumas étiré sur plus de deux mille pages. Nous sommes en 1661. Un astre se lève au ciel de France, le Roi-Soleil, Louis XIV. Les derniers jours du surintendant Fouquet sont comptés et le petit Colbert place ses pions. Le pouvoir absolu est en marche et nul, jamais plus, ne pourra conspirer, ce qui désole à l'évidence notre vieille connaissance Aramis, l'un des quatre mousquetaires devenu général des jésuites. Dans un cachot de la Bastille se morfond depuis son enfance, sous le nom de Marchioli, un prisonnier mélancolique, mystérieux, traité avec égards mais dont personne, sous peine de mort, ne doit entrevoir le visage. Seul Aramis, naturellement, a soulevé le voile du secret. L'infortuné jeune homme de la Bastille, qui ignore tout de ses origines, n'est autre que Philippe, fils de Louis XIII et d'Anne d'Autriche, frère jumeau de Louis XIV ! De *vrais* jumeaux. Une ressemblance parfaite. On saisit tout le parti que pouvait en tirer Aramis. Résumons... Faux confesseurs, sceaux usurpés, berlines aux volets tirés, cavalcades nocturnes, escaliers secrets, c'est à Vaulx-le-Vicomte, chez Fouquet, lors d'une fête fastueuse offerte à Louis XIV, que la substitution aura lieu. Louis XIV se retrouve à la Bastille dans le cachot de Marchioli et Philippe au château de Vaux dans la chambre du roi. Le capitaine des mousquetaires, d'Artagnan, n'y voit que du feu. Philippe, déjà, se conduit en roi. C'est Fouquet, noble cœur, qui fera échouer le complot où il avait tout à gagner. Il le paiera de sa liberté, puis de sa tête. L'orgueilleux Louis XIV ne pardonnera jamais à celui qui l'avait sauvé. Sous la garde de d'Artagnan, loyal comme un gendarme que la légitimité soudain illumine, le malheureux Philippe s'éloigne vers son destin tandis que Fouquet, tristement, murmure : « Aramis avait raison : celui-ci est roi tout autant que l'autre... » Trop tard. L'ordre signé de la main de Louis XIV enjoignait au capitaine d'Artagnan « de conduire le prisonnier aux îles Sainte-Marguerite et de lui couvrir le visage d'une visière de fer que le prisonnier ni quiconque ne pourront soulever sous peine de vie ». Là, le roman rejoint l'histoire. Traîné de prison en prison, le Masque de fer mourut en 1703, à la Bastille...

Le plan imaginé par Tony était simple et bref, l'affaire de trois ou quatre jours. Par une lettre à mots couverts, adressée rue Fortuny, il en avait révélé la trame : neutraliser son frère quelque part à Rosette sous la garde de ses amis, prendre sa place avec la complicité de Boislieu, regagner Paris et s'adresser aux Français le soir même depuis le studio de télévision de l'Elysée. En cinq minutes tout serait dit. Il avait tout écrit, résumé, concentré, soir après soir, dans son bureau, les pièces du dossier noir étalées devant lui : « Je m'appelle Antoine Bunus, compagnon de la Libération. Cela, vous le saviez, mais je ne suis pas votre président. La ressemblance est trompeuse et l'on vous a trompés. J'avais un frère jumeau. C'est lui que vous avez élu. Sur mon honneur, je vais vous expliquer pourquoi, et comment, et pourquoi et comment je me présente ici, devant vous, à des milliers de kilomètres de chez moi, pour dénoncer une trahison. Le 1er août 1944, huit jours avant la libération du Mans, je me trouvais avec mes camarades combattants du réseau Honneur et Jeunesse... »

O Dieu, que jaillisse enfin la source qui emporte la boue...

Comme la mission préparatoire que dirigeait Boislieu ne comptait qu'une dizaine de personnes, il avait été décidé d'emprunter les lignes aériennes régulières plutôt que ces avions spéciaux utilisés profusément sous le précédent septennat. *Goebbels* avait assuré que les Français apprécieraient ce souci d'économie et cette fois il n'avait pas tort. Dans le même esprit, la suite du secrétaire général adjoint de l'Elysée avait été également réduite. Elle ne comprenait plus qu'un aide de camp du président, un médecin chargé de s'assurer qu'ambulance, hélicoptère sanitaire et salle d'opération seraient disponibles partout, le chef du protocole flanqué d'un directeur du Quai d'Orsay, un ingénieur de la télévision préposé aux relais par satellite (comme si le dieu déambulatoire ne pouvait se passer un seul jour de l'adoration des masses à l'heure du repas vespéral), un responsable des transmissions codées de l'Elysée (Gorbatchev, vilain garnement, prends garde à toi ! Je m'appelle Jupiter Tonnant, la petite boîte noire ne me quitte pas), l'intendant de l'Elysée, un commissaire divisionnaire des V.O. pour la sécurité générale et le supergendarme de la sécurité rapprochée qui s'entendaient comme chien et chat.

Ce dernier mérite une mention spéciale. Il s'agissait d'un jeune capitaine aussi tout-fou que redoutable dont s'était toqué le président. Son nom : le capitaine Birot. Il avait de mauvaises manières et de détestables manies, comme celle de glisser une fausse bombe sous la table du conseil des ministres ou de surgir, armé d'un lance-roquette, par un des égoûts du jardin, dans le seul but de démontrer que les gardes de l'Elysée n'étaient que des jeanfoutres. Un jour, avec une seringue, il avait injecté pour l'exemple du sucre dans la selle d'agneau du président, si bien que les cuisines du palais vivaient dans une psychose d'empoisonnement. Bref, il empoisonnait tout le monde et ne comptait que des ennemis. Son bureau de la rue de l'Elysée était tapissé de samouraïs hurlant, de médailles de tir et de photos de guerre toutes plus épouvantables les unes que les autres assorties de maximes bombées à la peinture sur les murs : « Tout ce qui ne me tue pas me rend fort » ou « Qui ose vaincra ! » A l'Elysée, on ne l'appelait que Zorro, tout en saluant ses compétences de chien de garde. En voyage il ne se déplaçait qu'accompagné d'un arsenal de tir et de transmissions ultra-sophistiqué qu'il ne quittait pas de l'œil une seconde et prétendait passer au détecteur de mine le moindre mètre carré où pourrait s'aventurer le pied sacré du président. Attentif, intelligent et méfiant, dissimulant son ambition sous une désinvolture affectée, il posait un problème que Boislieu ne parvenait pas à résoudre de quelque façon qu'il le retournât : à l'estancia Rosette, comment neutraliser Zorro ? Le secrétaire général adjoint avait bien tenté de le remplacer d'autorité sur la liste des membres de la mission préparatoire comme sur celle de la suite présidentielle lors du voyage officiel, mais le président avait opposé son veto et rétabli de sa propre main le nom de son encombrant protégé.

A peine installé dans l'avion qui avait décollé de Paris le 18 à midi en direction de Pedroquarto avec escale à Rio, deux fauteuils en arrière de celui de Boislieu dans la bulle du 747 qui leur était réservée, Zorro avait aussitôt déployé la carte d'état-major du *distrito Coronel-Cornichon* qu'il lardait de traits de feutre rouges et verts comme un général à la veille d'une bataille. A un moment, il avait dit : « Ah ! c'est pondu, monsieur le Secrétaire général adjoint, le nom de ce patelin ! D'ailleurs le président s'est marré. Heureusement, la presse n'en saura rien, vous voyez les rapprochements douteux... En attendant, pour la sécurité, c'est coton. Il faudra surtout compter sur le secret. Le président veut garder la faculté de s'y promener librement, sans voir l'ombre de la queue d'un seul carabinier... » C'était ainsi qu'il s'exprimait, Zorro. Boislieu avait levé les yeux au ciel. A la vérité, il aurait dû sursauter, le cœur battant, les mains moites de sueur, un gouffre subitement ouvert à ses pieds, et annuler tous ses projets, au lieu de quoi ce colonel Cornichon, *qui avait fait marrer le président*, ne représentait rien d'autre pour Boislieu qu'une curiosité toponymique qu'on pouvait en effet trouver distrayante une seconde sans s'y attarder davantage. Jamais, dans leur jeunesse, Antoine Bunus n'avait fait allusion à cette enfantine histoire que Me Sébastien Bunus, avocat, décédé en 1929, racontait à ses deux fils jumeaux, alors âgés de cinq ans. Cette information soudainement surgie par hasard ne pouvait donc lui servir à rien...

En revanche, du côté d'Elvire, l'horizon s'était miraculeusement éclairci. Boislieu était arrivé le samedi à Dinard et ils avaient aussitôt embarqué. La présidente barrait son petit voilier et buvait en effet comme un marin breton, sans un regard pour les hommes du G.S.P.R. qui longeaient parallèlement en Zodiac, moteur au ralenti, les deux rives de la Rance. « Il y a une chose que je leur ai interdite, avait-elle dit à Boislieu, c'est de tourner leurs jumelles vers moi. Ce sont de vraies teignes. Il faut défendre son espace vital... » Le maquereau n'avait pas donné et leur meilleure pêche fut celle du muscadet, joyeusement au frais dans l'eau et qu'ils traînaient en remorque solidement ficelé à une ligne. Le temps était gris mais sans pluie. Vers une heure, Elvire avait mouillé le bateau dans une petite anse déserte à l'abri d'une jetée en ruine où les gabares de la Rance relâchaient autrefois à la renverse des marées. Elle avait dit : « On est bien ici. On peut parler. » A l'Opinel elle avait attaqué le pain, le camembert, le saucisson à l'ail, proscrit de la table de l'Elysée tout comme l'ail dans le carré d'agneau, l'échalotte dans la salade ou les escargots bourguignonne. L'école buissonnière... Au café tiré d'un thermos elle avait ajouté une large rasade de rhum, puis regardant Boislieu dans les yeux, amicalement, presque rajeunie, elle avait dit : « P.A., je veux la vérité. Hier, dans mon bureau, c'est vous qui m'avez parlé d'Alexandre. Vous n'étiez venu que pour cela. Tenez, je vous fais une proposition loyale. Echangeons nos vérités. Cela ne sera pas difficile, nous nous sommes déjà devinés... »

En effet, leurs vérités concordaient : « Antoine n'est pas Antoine, je le sais depuis quarante ans, mais voyez-vous, P.A., c'était lui que j'aimais. Quand je les ai vus tous les deux réunis et pour la première fois, face à face, dans la maison de la forêt, je l'ai compris tout de suite. Un coup de tonnerre plus qu'un coup de foudre. Le charme vénéneux, la séduction du diable, expliquez cela comme vous voulez. Moi je n'y avais pas un instant réfléchi. Et puis il était malheureux, mal dans sa peau, le papillon noir enfermé dans sa chrysalide tandis que l'autre a déjà brillé de tous ses reflets mais commence à pâlir. Antoine n'avait pas d'ambition, vous le savez. C'était un brave garçon, un chic type, un cœur pur. Peut-être, sans m'en rendre compte, en avais-je soupé des héros, de l'idéal, des grands principes. Peut-être avais-je assez joué. Les femmes n'ont pas d'honneur, P.A. Cela aussi je l'ai appris à mes dépens lorsque Antoine est venu me rechercher le surlendemain de cette même nuit dans le village où j'étais cachée. Car je croyais que c'était Antoine et il ne m'avait pas détrompée. Ce matin-là, il *était* Antoine et je ne m'étais doutée de rien. Désespéré, il m'avait tout raconté, la trahison de son frère, pourquoi il le croyait déporté, et comment il avait pu lui-même s'échapper en sautant en marche du camion des SS dans un fourré de ronces. Il était couvert de sang séché, il boîtait, et moi qui aurais dû être heureuse de le retrouver vivant, je me sentais triste comme la mort, je ne pensais qu'à Alexandre, à Alexandre que je ne reverrais jamais. Je vais vous révéler, P.A., jusqu'où peut conduire l'absence d'honneur des femmes. Plus tard, il a baissé sa garde, il l'a baissée sciemment, m'ayant jugée telle que j'étais. C'est alors que j'ai reconnu Alexandre. Vous n'imaginerez jamais l'emportement de bonheur que j'ai connu en cet instant. Ensuite je l'ai chèrement payé. Je ne regrette rien. Ça valait cela... »

Le Sphinx avait livré son secret.

Dans le bateau, à l'ancre, ils étaient demeurés silencieux, puis Boislieu avait demandé : « Quand avez-vous reconnu Alexandre ? Je veux dire, pouvez-vous le préciser ? Un an plus tard ? Un mois ? Quinze jours ? Une semaine ? Moins peut-être ? » Elle avait balayé l'air de la main : « Quelle importance... Et puis ce n'est pas triste, cessez de faire cette tête-là. C'est simplement la vie, la naturelle putréfaction humaine. Qui d'entre nous n'y a pas un jour ou l'autre pataugé... » Il n'avait pas insisté. Dans toute confession sincère, il est prudent de respecter les zones d'ombre. Sinon c'est la fission de l'âme.

La Rance est une rivière morte en hiver. Le vent était tombé. On n'entendait que le bourdonnement des Zodiac qui patrouillaient aux frontières de ce désert aquatique. Elvire avait été chercher sous le rouf un petit moteur hors-bord et le fixait avec dextérité au tableau arrière du canot. Cette opération terminée, Boislieu avait enchaîné : « Pas triste, dites-vous ? Est-ce qu'Antoine vous aimait ? » Elle avait acquiescé d'un signe de tête en répétant : « Quelle importance... S'il savait *qui* l'avait trahi, en revanche il ne pouvait pas savoir par *qui* je l'avais remplacé. Quelle que soit la façon dont il est mort, au moins n'a-t-il pas souffert dans son cœur. Cela, je ne me le serais jamais pardonné... » Cette gravité vraie avait emporté les dernières méfiances de Boislieu : « A mon tour, Elvire. Voici ma vérité. Antoine Bunus n'est pas mort. Il se porte très bien. Vous le verrez le mois prochain. Tony Rosette, c'est lui. » D'une voix bouleversée, elle avait seulement dit : « O mon Dieu... » Puis : « Rentrons. »

Ils étaient revenus sous une petite pluie fine qui trempait la chevelure grise d'Elvire et ruisselait le long des rides de son visage comme des larmes, et peut-être s'y mélangeait-il de vraies larmes. Debout à l'arrière du canot, elle avait barré sans prononcer un mot, puis rangé soigneusement le bateau, au débarcadère de la villa, posément mais toujours en silence, lovant les écoutes, balayant la moindre miette de pain, fixant la bôme et la barre. Elle avait des gestes d'automate. En sautant à terre elle avait dit : « J'ai besoin de réfléchir, d'être seule. Nous nous reverrons ce soir. Vous m'emmènerez dîner. Je connais un petit restaurant sûr. Il y a eu des ouvriers récemment et je me demande si cette maison n'est pas maintenant truffée de micros. Vous ne connaissez pas le président. Le don qu'il a de susciter les plus immondes dévouements. Ses âmes damnées le renseignent fidèlement quelle que soit la nature des renseignements... »

A Saint-Malo, près de la cathédrale, ils avaient dîné dans l'arrière-salle d'un bistro de poisson à l'abri des regards et des oreilles indiscrètes, après s'être débarrassés, non sans mal, des anges gardiens du G.S.P.R. qui prétendaient, selon les ordres, s'installer à une autre table, près de la porte, et avaient finalement accepté de se replier dehors, dans leur voiture banalisée garée en face du restaurant. « Je ne sais ce qu'ils ont, en ce moment, avait remarqué Elvire. Ils ne me lâchent pas d'une semelle. » Elle avait demandé un double scotch, puis un autre, avec glace et sans eau, en attendant les praires, les langoustines et le bar grillé. Boislieu avait tout raconté sans omettre un détail, la lettre de Tony, leur conversation au téléphone, laquelle avait été suivie d'une autre, purement formelle celle-là, à propos de la visite présidentielle, sa propre enquête au cimetière et à la mairie de Beaufort-sur-Dême. Là, Elvire avait dit : « Vous voyez bien, P.A., quand je vous parlais de ses âmes damnées... » Elle avait écouté calmement, gravement, et Boislieu retrouvait dans ses yeux quelques reflets clairs de l'ancien regard ; celui d'Elvire Malentraide. « Bon. Et maintenant ? avait-elle déclaré. Sachant ce que nous savons, si le secrétaire général adjoint de l'Elysée, responsable et organisateur du voyage présidentiel au Saraguay, et si Antoine... enfin, Tony... bref si vous vous êtes accordés tous les deux pour maintenir l'estancia Rosette au programme du président alors qu'il vous était facile d'en proposer une autre, c'est que vous préparez un coup, vous avez une idée derrière la tête. je veux les connaître. Je veux en être. Je change de camp. La donne n'est plus la même. » Avançant la main par-dessus la table et la posant sur celle de Boislieu, geste qui lui était familier autrefois, elle avait ajouté : « Dans ce qui me reste de conscience, désormais je dois compter avec quarante années d'arriéré... Je ne pouvais rien imaginer de pareil. Alexandre... enfin, Antoine, avait fait faire des recherches, éplucher toutes les listes de déportés rapatriés, y compris celles des camps libérés par les Russes. S'il l'avait retrouvé vivant, je n'aurais pas donné cher de sa peau, et je crois, c'est affreux, je crois que je ne l'aurais pas pleuré. C'est ce sentiment-là qui me remplit d'horreur aujourd'hui. Qu'avez-vous décidé ? »

Boislieu le lui avait dit, traçant les grandes lignes du projet qu'il avait reçu de Tony, la substitution en douceur grâce à ses amis là-bas, le retour à Paris et les révélations à la télévision, ajoutant qu'avec le renfort inespéré d'Elvire, il ne devait plus être difficile d'abuser le jeune Zorro. Elle dégustait à petits coups de langue gourmands un Armagnac hors d'âge en ponctuant chaque gorgée d'un « merveilleux », « admirable », sans préciser si cette jubilation naissait de la perfection de l'alcool ou de celle du mécanisme implacable de la conspiration. « Sublime, P.A., sublime... Un cataclysme politique ! Un séisme chez les cloportes ! Moralement des milliers de morts qui ne l'auront pas volé. Tous ceux qui grouillaient autour de lui à jamais déconsidérés. Et lui, déshonoré, mis à nu, au pilori de l'actualité et face au monde entier... Mais qu'en ferez-vous, là-bas ? » Boislieu avait répondu qu'ils n'étaient pas des justiciers et qu'une fois la vérité rétablie, exactement à la même heure, le prisonnier serait conduit en Range-Rover, sous la garde des amis de Tony, par un col non gardé des Andes jusqu'au premier hameau chilien où il serait abandonné, nanti d'une certaine somme d'argent et d'un passeport sous un faux nom. A lui de décider de se livrer aux autorités pour se mettre à la disposition de la justice ou de se cacher et de changer de vie, cela ne les concernerait plus.

« Je le connais, avait dit Elvire, c'est un lâche, mais un lâche prévoyant. Il s'y est depuis longtemps préparé. Il a plusieurs comptes numérotés abondamment approvisionnés. On ne le retrouvera jamais. Qui d'ailleurs y aurait intérêt ? Il sait tant de choses sur tant de gens... » Boislieu avait alors demandé : « Mais vous, Elvire, que deviendrez-vous ? Avez-vous songé au risque ? Vous serez sans doute arrêtée, au moins retenue de longs mois pour être interrogée... » Elle avait haussé les épaules. « P.A., vous n'avez pas changé. Vous êtes un incorrigible naïf. Si l'on me croit complice, on se gardera bien de le crier sur les toits de peur que moi aussi je ne déballe tout ce que je sais. Je sais beaucoup de choses. Complice, en quelque sorte, je l'étais... Mais non, on affectera de me plaindre, on glosera sur ma sotte innocence, on feindra de respecter ma dignité d'épouse dupée, on me soustraira à la curiosité et l'on m'aidera à disparaître le plus vite et le plus loin possible, n'importe où pour qu'on n'entende plus jamais parler de moi, au diable ! C'est justement là que j'irai, au diable, rejoindre Alexandre. Cela vous surprend ? Parce que je vous avais dit que je le haïssais ? Je le hais toujours et de plus belle, mais sur mon âme je ne voudrais pas manquer le dénouement : Alexandre Bunus face à lui-même et sans échappatoire, condamné après quarante années à réintégrer sa propre peau à l'intérieur de laquelle il n'avait jamais pu se supporter, et plus la moindre espérance d'en sortir à nouveau pour voler celle de son frère, ce qui était l'œuvre de sa vie. Une œuvre magistrale, P.A., digne d'un génie, n'en doutez pas. A la vérité, je l'ai vu naître. C'est moi qui l'ai mis au monde à l'instant même où il a compris que c'était lui que j'aimais. Maintenant je veux le voir mourir à petit feu. C'est mon plaisir et c'est mon droit... »

Abasourdi, interloqué, Boislieu avait seulement bredouillé : « Comme vous voudrez, Elvire... »

En quittant le restaurant, elle titubait et s'était

pendue à son bras pour traverser la rue et passer dignement sous le regard de ses anges gardiens. Dans la voiture de Boislieu, sur la route qui les ramenait à Dinard, elle avait été prise d'une crise de rire. Elle hoquetait : « Je vois double. Double ! P.A. Vous comprenez ? »

Au Saraguay, pourtant république, les titres ronflaient, les talons claquaient, les noms sonnaient comme des fanfares en un cocktail hautement exotique de junkers et d'hidalgos. Cela avait commencé par de terribles roulements de r dans les haut-parleurs de l'avion dès l'annonce de l'atterrissage à l'*aeropuerto internacional de Pedroquarto Général San Cristobal.*

Les attendaient dans le salon d'honneur toute une brochette d'officiers supérieurs en tunique blanche ou gris souris constellée de fourragères à glands et de boutons dorés aux armes du Saraguay. En complet d'alpaga noir et chemise blanche immaculée, cravatés jusqu'au menton, les civils semblaient sortir à l'instant même des vitrines de mode de l'*avenida Dos de Mayo.* Il y avait des visages glabres surmontés de cheveux en brosse et d'autres avec de formidables moustaches noires et des crinières de lion, mais c'était souvent les *caballeros* à moustaches qui portaient des noms germaniques et les tondus des noms hispaniques. Un *abrasso* cordial et digne avait donné le ton aux relations entre ces deux pays « que tout rapprochait », ce qui représentait l'évidence même puisqu'il ne s'était jamais rien passé, de bon ni de mauvais, entre la France et le Saraguay, puis tous s'étaient engouffrés deux par deux dans d'énormes limousines démodées et rutilantes comme des carrosses, chacun flanqué de son homologue. Celui du secrétaire général adjoint de l'Elysée s'était présenté le plus simplement du monde comme *el superintendente civil y militar del Palacio azul* tandis que le double de Zorro s'intitulait plus modestement *capitan general de la Securidad del Señor Presidente de la Republica.*

Ces deux-là s'étaient immédiatement détestés. La guerre avait été déclarée quand Zorro, vexé comme un pou de n'être que le capitaine Birot, avait exigé que sa valise-panoplie fût déposée sur le siège, à côté de lui, et non dans le coffre de la voiture, déclarant d'un ton méprisant qu'il ne faisait confiance à personne. Puis il avait demandé, tandis que la limousine effectuait en dix minutes à travers les faubourgs le trajet de l'aéroport à la ville par une route à quatre voies plantée d'arbres et bordée de jardins et de jolies petites maisons de bois : « Mais où sont donc les bidonvilles ? Vous voulez nous les cacher ? » A quoi l'autre avait répondu : « Il n'y a pas de bidonvilles au Saraguay, capitaine (ce qui était la vérité). On ne vous a jamais dit que nous étions la Suisse de l'Amérique latine ? » Bref, on sentait que les peaux de banane fleuriraient sous les pas de notre supergendarme, ce qui plus tard, par parenthèse, faciliterait grandement la tâche des mousquetaires. Quant à l'ambassadeur de France, un petit bonhomme moche et triste, avec cette crainte atavique du pépin et ce besoin immodéré de parapluie qui caractérisent les diplomates français, il avait supplié, prenant Boislieu à part : « Surtout, monsieur le Secrétaire général adjoint, de la prudence ! du doigté ! Les Quarténiens sont effroyablement susceptibles et le caractère du général Grosswerner terriblement irascible. Je vous aurai prévenu ! Par exemple, comme cadeau personnel au président, attendez-vous à quatre poneys de polo particulièrement vifs et nerveux du propre élevage du général. Si vous n'avez pas prévu un avion spécial équipé, avec vétérinaire et palefreniers, pour ramener aussitôt en France ces fichus canassons dans les meilleures conditions, Dieu nous protège ! Je prévois le pire ! Mettez-vous dans la tête que le général Grosswerner ne s'intéressera qu'à cela et que c'est là-dessus qu'il nous jugera. » Boislieu n'avait pu s'empêcher de lui répondre : « Croyez-vous, monsieur l'Ambassadeur, que le jugement de ce général d'outre-tombe présente encore un quelconque intérêt pour la France ? » L'ambassadeur avait rétorqué : « Alors pourquoi le président se donne-t-il la peine et le temps d'une visite ? » C'était une bonne question. Boislieu aurait dû la méditer...

Les Quarténiens avaient eu le bon goût de ne pas mélanger les genres. Pour eux richesse et prospérité n'avaient nul besoin de s'exprimer dans la verticalité. Pedroquarto était restée ville « royale ». Ce qualificatif mérité figurait sur tous les dépliants touristiques. Tracée en damier au bord de la mer, elle ressemblait, vue d'avion, à l'une de ces extraordinaires boîtes plates de fruits confits variés admirablement présentés et rangés que les confiseurs exposent dans leurs vitrines à l'époque du Jour de l'An. Quelques sublimes pâtisseries s'élevaient au-dessus de l'ensemble, la cathédrale *San Pedro*, le *Palacio azul*, le palais des *Cortès*, la *fortaleza Don Carlos*, caserne des carabiniers de la garde, aux murs crénelés rose bonbon d'où s'échappaient à tout moment d'impérieuses sonneries de trompette, sans oublier le célèbre *Vice Rey*, le plus vieil hôtel de la ville, le plus snob également, bijou baroque merveilleusement entretenu au milieu d'une profusion de fleurs et de patios. Une règle tacite y imposait le port de la veste et de la cravate dès midi. Dix appartements et salons avaient été retenus pour la délégation française.

Les réunions de travail avaient aussitôt commencé, les unes au *Vice Rey*, les autres au *Palacio azul*. Un métier harassant. Compte tenu du changement d'heure, presque deux jours sans sommeil. Un mécanisme d'horlogerie de précision à monter de toutes pièces et à éprouver. De part et d'autre les questions fusaient : Combien de personnes suivent le président ? Quel est son groupe sanguin ? Parle-t-il espagnol ? Comment doit-il être appelé ? Au Saraguay, on dit : *Excelencia*. Peut-on communiquer la version officielle et authentique de *la Marseillaise* sans oublier son tempo ? Quelles sont exactement les proportions des trois couleurs dans le drapeau français ? De quelle façon le président, qui n'a pas l'habitude des calèches, devra y monter et en descendre sans compromettre sa dignité ? Le président craint-il le soleil ? En matière de gastronomie, a-t-il des répulsions ? Le général Grosswerner, que nos amis français veuillent bien s'en souvenir, ne boit que du champagne et déteste homard et foie gras. Quelles sont les fleurs préférées de la présidente ? Acceptera-t-elle de se plier au protocole du *Palacio azul* qui prescrit la révérence et le baise-main ? Attention, le général Grosswerner ne serrera la main qu'au président, Son Excellence souffre de rhumatismes... On notait fébrilement. Des pages et des pages de documents qu'à Pedroquarto et Paris on éplucherait attentivement. Venaient ensuite les morceaux de résistance, discours, sécurité, composition des cortèges, durée des entretiens, minutage des déplacements. La remontée de l'*avenida Dos de Mayo* fut répétée en temps réel, montre en main, avec calèches et escadron de carabiniers à cheval. Zorro se montrait nerveux, jetant des regards courroucés à la multitude de balcons ouvragés et de murs de terrasses festonnés qui faisaient le charme de l'avenue, assurant que c'était un coupe-gorge, un véritable champ de tir et qu'on allait tout bonnement au « casse-pipe », à l'attentat. Blême de rage, le *capitan general de la Securidad del Señor Presidente de la Republica* jeta trois mots en espagnol dans le micro de son talkie-walkie, trois mots qui firent jaillir de tous les toits, balcons, vérandas, recoins divers et colonnes d'arcades des centaines de silhouettes armées jusque-là totalement invisibles, et devant Zorro, pantois, il ajouta seulement :

— Vous faites mieux, à Paris ?

— Assurément non, se hâta de répondre Boislieu. Mes félicitations, monsieur le capitaine général.

Et il pensait avec satisfaction : « Au moins ne risquons-nous pas le faux bond. Un comble, quand même, s'il mourait prématurément en héros... »

Répétition générale, en temps réel et en hélicoptère, de la visite présidentielle à la nouvelle mine d'uranium, toute la chasse saraguayenne en l'air, tournoyant comme un vol de frelons... Réunion à l'ambassade de France : personnalités à décorer, organisation du dîner, places à table, menu, protocole... Puis retour au *Palacio azul* pour les dispositions à prendre dans les appartements d'honneur... Matelas dur pour le président ? Matelas mou ? Le musée de Pedroquarto prêterait quelques impressionnistes français. Nous avons aussi d'excellents Picasso. Bon, pas de Picasso... Topo sur la sécurité. Le capitaine Birot ne serait pas autorisé à introduire au palais son arsenal ambulant, seulement un pistolet. Zorro s'était écrasé. Un coup d'œil au jardin truffé de gadgets électroniques avait suffi à l'édifier. Suivit un divertissant intermède. Le *superintendente civil y militar* avait attiré Boislieu dans un coin, le prenant par le bras, amicalement, sur le ton de la confidence.

— Qui faudra-t-il envoyer du *Mouton à cinq pattes* ? Une brune ? Une blonde ? Une rousse ? Une noire ! A quelle heure de la nuit ? Comment ! Votre ambassadeur ne vous a rien dit ! Cela ne peut traîner sur les notes officielles, évidemment, ni même confidentielles, mais c'est une coutume, ici, fort appréciée de nos hôtes. Après une rude journée, l'apaisement... Le *Mouton à cinq pattes* est une respectable institution nationale. Les filles les plus somptueuses d'Amérique. Le chancelier K., le prince C., le président R., en ont fait compliment au général Grosswerner.

— Pourquoi, au général ?

— Le *Mouton à cinq pattes* lui appartient, ne le saviez-vous pas ? Son Excellence y apporte autant de soins, sinon plus, qu'à son haras ou à son équipe de polo. Elle serait très fâchée de voir son offre dédaignée. Cela n'est jamais arrivé.

— Je transmettrai votre invitation, dit Boislieu avec un petit salut amusé.

— Non seulement l'invitation, mais aussi le catalogue sélectionné par Son Excellence en personne. Tenez, voici un numéro de téléphone. Vous n'avez qu'à appeler, ce soir, du *Vice Rey*. Quelqu'un vous l'apportera. Ah, encore un mot, *amigo* : si vous le désirez, ce quelqu'un peut aussi prendre le petit déjeuner demain matin en votre compagnie...

Il était près de neuf heures du soir de cette deuxième journée lorsque le secrétaire général adjoint de l'Elysée put enfin regagner son appartement du *Vice Rey*. Le lendemain, tôt dans la matinée, il devait s'envoler pour l'estancia Rosette dans un avion des F.A.S. (*Fuerzas Aeras del Saraguay*). Il n'avait pas encore dîné. Il prit une douche, se rasa, se changea et commanda un *pisco macho*, breuvage national quarténien conçu pour réveiller les morts. Il en avait besoin. Il était exténué. L'effort pour s'intéresser à ce qu'il faisait lui avait beaucoup plus coûté que ces trente heures presque ininterrompues d'agitation et de tension. Cela semblait si vain... Il ne resterait rien de cette visite, pas même un président de la République française. Le piège avalerait tout. Dans un salon voisin, Zorro et les autres continuaient de travailler. Ils s'acharnaient sur les derniers détails. Un voyage officiel réussi, c'est souvent une espérance de promotion, une note élogieuse sur le tableau d'avancement, au moins un satisfecit qui vous rapproche du soleil. Ah ! la tête qu'ils feraient, au retour, le 16 mars prochain, face à leur astre mort...

Il appela Tony au téléphone. Ligne sur écoute, il l'avait lui-même demandé. Les rapports d'écoute n'avaient rien révélé que le courant de la vie d'un éleveur de moutons perdu dans le grand Sud. Ainsi Tony s'apprêtait-il à recevoir un certain Samuel Lev, courtier en laine de New York et amateur de chasse, qui effectuait, pour son plaisir, le voyage en auto.

Tony et Boislieu furent parfaits, se donnant du « monsieur Rosette » et du « monsieur le Secrétaire général adjoint ». L'heure d'arrivée fut confirmée, puis le logement à l'estancia du secrétaire général adjoint et de l'un des membres de sa délégation, probablement le capitaine Birot, qui avait beaucoup insisté en raison de dispositions à prendre. Les autres seraient reçus dans les estancias du district ou au poste des carabiniers, tout à fait confortable. S'il souhaitait dès ce soir des renseignements d'ambiance, il pouvait appeler sans problème deux amis de Tony, familiers de l'estancia, l'un, Marc Ordenez, son banquier, l'autre, une femme charmante, Linda de Hohenlo, épouse d'un de ses voisins... Message reçu. Il téléphona aussitôt à Linda.

Voix harmonieuse, assez maniérée, le débit peut-être un peu rapide. Sans doute attendait-elle auprès de son téléphone, impatiente de jouer un rôle dans ce complot. Quel rôle y jouait-elle, en effet, et pouvait-on compter sur elle ?

— J'ai des photos à vous montrer, dit-elle. Vous verrez, c'est une région superbe. Venez donc boire un verre cinq minutes. *Casa Hohenlo*, tout le monde connaît. Votre chauffeur vous y conduira.

Elle habitait Almeida, le quartier des millionnaires. Fontaines lumineuses, jardins et eucalyptus centenaires savamment éclairés. La limousine glissait à travers un air embaumé. A tous les carrefours, dans des guérites vitrées, veillaient des carabiniers en blanc, revolver *Beretta* au côté.

— *Securidad, muy buena*, dit le chauffeur.

A Pedroquarto, selon lui, les dames pouvaient revenir à pied d'une réception, en pleine nuit, couvertes de bijoux. On ne volait jamais une voiture et si le *senõr francés* perdait son portefeuille dans la rue, il lui serait rapporté aussitôt avec tout ce qu'il contenait. Enchanté de son effet, il avait demandé : « Et à Paris ? » Boislieu n'avait osé répondre.

Une grille monumentale était ouverte à deux battants sur une interminable allée bordée de palmiers royaux que des projecteurs verts rendaient plus verts encore. Les pneus de la limousine crissaient sur le gravier. A gauche, un fabuleux saphir translucide, la piscine. Plus loin, une sorte de temple grec avec son péristyle, la *casa Hohenlo*. Deux vénérables Rolls assoupies devant le perron ressemblaient à d'énormes chats gris. Un valet descendit sans hâte les marches à double révolution et vint ouvrir la portière de la voiture. A l'égard de cette coutume franchement réactionnaire, au moins personne, ici, ne semblait faire la fine bouche.

— Madame vous attend. Donnez-vous la peine de me suivre.

Le valet s'habillait sur mesure. Son spencer blanc immaculé mettait sa taille fine et ses larges épaules en valeur. Boislieu se donna la peine, traversant une enfilade de salons pour se retrouver dans une bibliothèque tapissée de livres reliés et de boiseries. Des fleurs partout. De profonds canapés recouverts de peaux de vigogne avec ce soupçon d'avachissement qui corrige le luxe par le bon goût. Un certain désordre sympathique contrastait avec la solennité de la maison.

— Soyez le bienvenu, vous êtes chez moi, monsieur le Secrétaire général. C'est ici que je me tiens de préférence. Que ferais-je de quarante-deux pièces ?

La voix appartenait à une ravissante et blonde

vieille poupée admirablement réparée. Malgré le ton archisnob, Boislieu la trouva sympathique. Elle souriait du cœur et pas seulement des lèvres. Sourit aussi amicalement un homme de haute taille, d'une soixantaine d'années, vêtu de shantoung d'un noir très quarténien et que la maîtresse de maison présenta sous le nom de Marc Ordenez, banquier, fondé de pouvoir et ami intime de Tony.

— Avez-vous soif ? Avez-vous dîné ? Ricardo nous a préparé de merveilleux petits sandwiches. Que deviendrais-je sans Ricardo ?

On se le demandait, en effet. Mais encore une fois le ton ne pouvait effacer ce qu'il y avait de chaleureux et de spontané chez Linda. C'était une femme qui ne truquait pas. Dans un coin de la pièce se trouvait un petit écran sur trépied avec sa lampe de projection de diapos. Ordenez alluma la lampe.

— Je suis allé voir Tony il y a dix jours et j'ai pris toute une série de photos de lui qu'il m'a prié de vous montrer. La ressemblance l'inquiète. Il se demande si elle est toujours parfaite. Vous seul pouvez répondre.

Tony Rosette en gros plan, en pied, en plan américain, de face, de profil, de dos, de trois quarts, de près, de loin, marchant, assis, riant, sérieux, en smoking, en canadienne, avec chapeau, tête nue, il y avait même des études de mains et des détails du visage.

— Antoine, Antoine Bunus ! dit Boislieu. J'avais beau être convaincu, je suis quand même stupéfait. Voyez là, cette triple ride en V, sur le front, à la racine du nez, une ride qui marque le poids de la vie. Il n'en portait aucune trace à vingt ans, aucune amorce, eh bien, c'est prodigieux, on dirait le moulage parfait de la même ride pris hier sur le front de son jumeau. Vous connaissez son histoire, naturellement ?

— Hormis son véritable nom que j'ai seulement découvert récemment, je la connais depuis quarante ans.

— Et moi depuis trois semaines, dit Linda. Pour que je tienne ma langue, on m'a mise dans le secret, Tony, Ugo. Ugo, c'est mon mari. Ils ont eu raison. J'ai tant d'affection pour Tony. Je comprends ce qu'il veut faire. Je l'aiderai. Ce sera tout à fait fantastique, non ? (Là encore l'affectation maniérée de la voix ne parvenait pas à gâter la pureté des intentions). Quand je pense que tout a commencé ici, par hasard, autour de cette table (elle désignait une table de bridge), il y a un mois. Le général était venu bridger. Nous sommes de vieux amis. On boit du *maté*, on mange des sandwiches au concombre, on joue à un *centavo* le point et on échange des petits potins de salon. Ça le détend. Il est ravi.

— Vous allez lui jouer un mauvais tour, remarqua Boislieu.

— Oh non. Je le connais. Dans les affaires d'honneur, il ne recule jamais. Savez-vous qu'on se bat toujours en duel, dans ce pays ? Le général ferme les yeux et personne ne l'ignore. Un officier qui refuse un duel d'honneur voit sa carrière brisée. Quand la nouvelle tombera, je suis certaine qu'il exprimera sa satisfaction officielle. Il ne regrettera que ses poneys. Bref, où en étais-je ? Ah oui, figurez-vous que ce soir-là Son Excellence m'a dit : « Il nous tombe le nouveau président français sur les bras. Linda, faites quelque chose pour moi. Notre invité voudrait visiter une estancia du Sud, quelque part dans un district lointain.

Il y en a un qui porte un drôle de nom je crois, *coronel... coronel... coronel* quelque chose. N'est-ce pas là-bas que votre mari possède je ne sais combien de milliers d'hectares ? Vous feriez un guide tout trouvé... » Et puis, j'ai oublié comment c'est venu dans la conversation, nous nous sommes mis à parler de Tony et de l'estancia Rosette. Le général a dit : « Un Français ? Ce serait une bien meilleure idée, en effet... » Et nous avons parlé d'autre chose.

Qu'on veuille bien s'arrêter ici un instant.

Pour Boislieu, nous l'avons déjà souligné, ce terrible colonel Cornichon qui dans la prime enfance des jumeaux s'en allait conquérir le Monomotapa, n'évoque strictement rien. Qu'il ait été deux fois mentionné, par Zorro, dans l'avion, et par le général Grosswerner cité dans les propos de Linda, n'éveille nullement son attention. Il n'y voit que l'effet du hasard et une idée providentielle de Linda, qui ignorait encore tout, ou du général Grosswerner, qui ne sait rien. Que cette idée pût venir d'ailleurs, de Paris par exemple, ne l'effleure pas. Ce détail fondamental lui échappera jusqu'au terme. Et de un.

Il y a aussi cette phrase anodine et qui en réalité ne l'est pas sans que Linda de Hohenlo, qui vient de la prononcer, en eût la moindre conscience : « Et puis, j'ai oublié comment c'est venu dans la conversation, nous nous sommes mis à parler de Tony... » Dans l'esprit de Boislieu, seule Linda, cela tombe sous le sens, a pu en parler la première puisqu'elle est de ses amis et que le général ne connaît pas Tony. Il ne lui apparaît pas une seconde que le général Grosswerner a pu lui-même avancer le nom de Tony Rosette, parce que ce nom, justement, lui avait été signalé auparavant par Paris. Il n'ira pas plus loin. Il ne posera pas de question. Si Linda, pressée de se souvenir, avait fini par répondre : « Mais oui, je m'en souviens maintenant, c'est précisément le général qui... », comme pour le nez de Cléopâtre, la face des choses en eût été changée. Et de deux...

Ordenez avait rallumé le projecteur et remplacé le carrousel de photos.

— Et maintenant, annonça-t-il, voici un autre Tony Rosette, celui qui vous accueillera demain et qui le 15 mars jouera ce rôle auprès de votre président.

L'homme qui venait de surgir sur l'écran était sensiblement du même âge que Tony. Pour le reste, évidemment, il ne lui ressemblait en rien, plus grand, plus mince, plus aristocratique, avec un petit sourire en coin qui marquait un certain détachement.

— Qui est-ce ? demanda Boislieu.

— George Niven, un Anglais, installé dans le Sud depuis la fin de la guerre. A Pedroquarto, personne ne le connaît. Il n'y met jamais les pieds. Solitaire et célibataire. Un ami solide et fidèle. Une imagination fertile, romantique. Officier de liaison en 43 et 44 auprès des Forces françaises libres, il parle un français sans accent. Dans un rôle de composition, il fera un Tony Rosette mieux que vrai. Vous pourrez donc jouer votre partie tranquillement, enfin je l'espère pour vous.

— Il sera parfait.

— Quelque chose les inquiète, cependant. Là-bas, évidemment, George Niven est un personnage qui est familier à tous. Cela a beau faire très peu de monde en dehors de nos amis et du personnel de l'estancia Rosette qui est dévoué corps et âme à Tony, il y a quand même un risque certain de voir tel ou tel quidam du chef-lieu manifester quelque étonnement devant ce nouveau Tony Rosette accueillant le sosie de celui qu'ils connaissent.

— Ils ne verront rien, dit Boislieu. Tout sera bouclé. La visite ne sera pas annoncée. Presse, radio et télévision resteront muettes. S'il n'y a pas eu d'indiscrétion là-bas, ils ne sauront même pas qui leur tombe du ciel et pourquoi. Sous le prétexte de grandes manœuvres, cinq escadrons de carabiniers et de parachutistes empêcheront toute approche du terrain. Les voitures viendront prendre le président et sa suite en bout de piste dès leur atterrissage. Toutes les routes conduisant à l'estancia seront barrées et la circulation au chef-lieu interdite. Vos amis peuvent dormir sur leurs deux oreilles.

Zorro avait tant provoqué l'état-major des carabiniers qu'en effet celui-ci, déchaîné, avait mis le paquet.

— Je vois, dit Ordenez, pensif. Tout s'arrange trop bien. On ne peut plus espérer que vous fassiez marche arrière.

— Pourquoi le ferions-nous ?

— Oui, pourquoi ? demanda Linda à son tour. Pour une fois qu'en ce bas monde un salaud va expier (elle avait employé un mot espagnol plus cinglant. C'est une langue très douée pour le mépris). Et nous n'avons rien à craindre du général Grosswerner, je vous le répète.

— Je n'en doute pas, répondit Ordenez. Mais avez-vous pensé à Tony ? Pour ma part j'ai tout fait pour le détourner de ce projet. Il lui suffisait de se mettre au vert huit jours, en vacances, loin d'ici. N'importe quelle autre estancia de la région pouvait convenir, à commencer par la vôtre, Linda. Au lieu de quoi je ne distingue rien de bon pour lui dans la confrontation qui s'annonce. Il a déjà changé. Il passe sans transition raisonnable d'une gaieté forcée au plus profond abattement. Exactement le jeune homme que j'avais connu il y a quarante ans au sortir des épreuves que vous savez. J'ai un peu étudié moi aussi le problème des vrais jumeaux, autrefois. Ce qui se prépare dans cette affaire et que je vois venir avec inquiétude, c'est une sorte de retour au sein de l'œuf originel après une longue séparation. Le plus souvent c'est un bonheur, une harmonie presque divine. Dans le cas de jumeaux contradictoires, il s'agit tout crûment d'un drame. Le combat interrompu reprend et c'est un combat ambigu. Entre les deux jumeaux, les différences de nature sont redevenues poreuses, comme dans l'œuf. C'est difficile à expliquer clairement, je le sais. Mais les dégâts peuvent être considérables chez le meilleur des deux. Tony regrettera peut-être toute sa vie de s'être détruit lui-même en détruisant son frère...

Boislieu songeait à cet ami médecin avec lequel il avait déjeuné deux jours avant la conférence de presse. Les mêmes mots, mais aggravés ; « Dans ce cas, c'est l'enfer... » Parlant d'Alexandre, Elvire avait annoncé à peu près la même chose.

— Marc, dit Linda, vous avez toujours dramatisé.

— Je le souhaite. Je peux aussi me tromper. De toute façon, Tony est décidé. c'est pourquoi je l'ai aidé. Mais je n'irai pas plus loin. Je me tiens en réserve. Il y aura des morceaux à recoller.

Puis ils avaient parlé de l'estancia, de la vie dans le Sud. la conversation était vite revenue sur les souvenirs de guerre de Boislieu, c'est-à-dire sur Antoine. Linda en avait les larmes aux yeux et ils s'étaient quittés tard et plus déterminés que jamais.

Au *Vice Rey*, le portier de nuit lui remit plusieurs messages : deux journalistes à éconduire, l'ambassadeur et le *superintendente civil y militar* qui lui rappelait qu'en rentrant il avait encore un coup de téléphone à donner.

— Un de vos collaborateurs vous attend au bar, dit l'homme aux clefs.

C'était Zorro, affalé dans un fauteuil, un verre de bière à la main. De la bière à cette heure-ci ! Boislieu frémit à ces façons de gendarme.

— Pas encore couché ! demanda-t-il. Et les autres ?

— Les autres si. Ils sont crevés.

— Moi aussi. Nous décollons demain à huit heures. Tout va bien ?

— A peu près. Mais je me pose des questions sur l'estancia Rosette.

— Nous y répondrons demain, voulez-vous.

Zorro eut l'air de réfléchir.

— Vous ne m'aimez pas, n'est-ce pas, monsieur le Secrétaire général adjoint ? Vous n'aviez pas du tout envie de me traîner avec vous.

— Croyez-vous que ce soit l'heure d'en discuter ? Vous êtes là, que souhaiter de plus ?

— Votre confiance.

— Professionnelle ? Mais vous l'avez, Birot !

— Pas Birot. Zorro. A la baraque c'est comme ça qu'on m'appelle. Cela ne me déplaît pas. Zorro, c'est ce mec super qui arrive toujours au dernier moment pour tirer les bons des pattes des méchants.

— Et alors ?

— Alors rien, reprit Birot. Vous faites partie des bons, je suppose. Je sais qui vous étiez : le contraire d'un salaud.

Boislieu haussa les épaules.

— C'est enfantin. La bière ne vous vaut rien. Un proverbe local dit : il ne faut jamais mélanger la bière, le pisco et le whisky. A demain.

— A demain.

Le supergendarme ne jouait plus les matamores. Il souriait comme un gamin.

Revenu chez lui, Boislieu rappela l'ambassadeur. Le petit homme était éveillé comme une puce. Compter et recompter tous les pépins possibles devaient l'empêcher de dormir. Il en avait levé un nouveau.

— Monsieur le Secrétaire général adjoint, je suis un peu surpris. J'ai fait faire des recherches dans les archives du consulat sur les quarante dernières années, pas trace de votre Tony Rosette. Curieux Français, ne trouvez-vous pas ? Pourquoi ne s'est-il pas inscrit sur nos registres ? Imaginez que ce soit un type de Vichy, un milicien, un *Waffen* SS de la division Charlemagne. Le scandale ! Il ne fréquente personne, ici. Je sais que le crédit de sa firme est solide dans les banques et les milieux d'affaires, mais son passé ? Son passé ?

Boislieu éprouvait de légers picotements dans les doigts, signe d'alerte. En cinq minutes, Zorro, puis ce vieux sapajou...

— Je puis vous tranquilliser, monsieur l'Ambassadeur. M. Rosette s'est fait naturaliser en 1946, l'année de son arrivée, avec la caution de M. Ordenez, aujourd'hui directeur général au *Credito Commercial*. Il avait ses raisons. Il voulait oublier. C'est un ancien déporté du camp de Mattenbruck, arrêté en 1943 par la Gestapo de Limoges pour activités de résistance au sein d'un réseau de la Haute-Vienne. Titulaire de la carte de déporté politique n° 47299. C'est même ce qui a décidé le président. Un dossier en béton, directement des R.G...

— Ah bon, fit l'ambassadeur, voilà que vous me donnez envie de faire sa connaissance. Croyez-vous, cher ami, qu'il y aurait une petite chance de me compter dans la suite privée du président, le 15 mars, pour ce voyage ?

Boislieu sourit. Les picotements disparurent. C'était donc cela ! Le bonhomme se fichait éperdument de Tony. Simple entrée en matière... Tout ce qu'il cherchait, c'était se placer. Une journée dans l'intimité du président de la République, cela peut vous regonfler un diplomate raté. Encore un que la trappe avalerait. L'énorme pépin lui resterait en travers de la gorge...

— Je transmettrai, monsieur l'Ambassadeur. Sans succès, je le crains. Songez que le président a même décidé de se passer de son aide de camp. Côté français, nous ne serons que cinq : la présidente, le médecin particulier, le préposé aux transmissions, le capitaine Birot et moi.

— Je vois... dit l'ambassadeur, lugubre.

Boislieu prit une douche bouillante et enfila sa robe de chambre. Sur la table du petit salon, un en-cas était préparé, avec du champagne dans un seau à glace et un bristol en évidence : « La direction du *Vice Rey* présente ses compliments et ses souhaits de bonne nuit au señor Pierre-Aimé de Boislieu. » Il compta trois coupes sur le plateau. Le nombre l'intrigua. Deux, cela semblait l'évidence après les conseils à peine voilés de l'*amigo superintendente*. Mais trois ? Il composa le numéro, puis se nomma. Une voix féminine répondit, très musicale, rieuse, enjouée, perlée, une voix de paradis.

— Ah, señor, nous vous espérions. On doit vous apporter un important document secret. Etes-vous de bonne humeur ?

La question le fit rire, et le ton de la voix anonyme s'y prêtait. De bonne humeur, il l'était, soudain conscient que depuis longtemps il ne s'était autant amusé.

— Voilà qui est parfait, dit la voix. Patientez cinq minutes. La messagère arrive. Il y aura une surprise.

Cinq minutes plus tard on frappait, deux légers coups discrets suivis de l'apparition immédiate d'une superbe créature à la chevelure noire répandue sur ses épaules nues. Elle fit trois petits tours dans la pièce, virevoltant comme un papillon, sa robe rouge presque transparente découvrant des jambes admirables, puis abandonnant sur une table le paquet plat qu'elle tenait, vint se planter devant Boislieu.

— Le catalogue, dit-elle. Vous le regarderez un autre jour. Ce soir, señor, c'est moi qu'on regarde ! Je m'appelle Vanina.

Le climat chaud de Pedroquarto dispensant les femmes élégantes de vêtements superflus, la robe rouge ne fut bientôt qu'un gracieux souvenir de décence sur le tapis. A ce moment-là, deux autres petits coups légers retentirent à la porte qui aussitôt s'ouvrit sur une seconde apparition à la même chevelure noire répandue sur des épaules nues.

— Ma sœur, annonça Vanina. Ma sœur jumelle : Amanda.

Deuxième flaque de soie rouge sur le tapis.

— Et vous voyez, señor, dit la ravissante Amanda, même ce grain de beauté là, indiscret (elle désignait un canton tendre de son anatomie), ma sœur l'a, identique.

Suivit un ahurissant ballet, irréel, hallucinant. Comme au bonneteau, ces deux merveilles se croisaient, se rejoignaient, s'enlaçaient, se séparaient, l'une de face, offrant ses seins, l'autre son ravissant derrière rond, puis à nouveau réunies, se tenant par la main et saluant très bas en balayant le sol de leur double chevelure. Elles riaient.

— Qui est Amanda ? demandait l'une.

— Qui est Vanina ? demandait l'autre en écho.

Même leurs voix se confondaient. Etrange cadeau de bienvenue...

Sur le moment, évidemment, Boislieu ne se posa pas de question. L'aubaine d'abord, le pourquoi ensuite. Plus tard, en reconsidérant cette scène, il n'y découvrit pas de réponse, simplement un peu de chaleur comme un baume sur son cœur navré. Ce fut, probablement, l'unique coïncidence fortuite de ce récit, et sans autre hypothèse, le seul bon souvenir que le malheureux conserva des surprises et des machinations de la gémellité.

# VINGT-ET-UN FEVRIER

Boislieu se sentait en forme, quoique les jambes un peu molles.

C'étaient plutôt des vacances, une pause avant le grand saut, car certaines inconnues demeuraient. Comment se débarrasser de Zorro à l'estancia Rosette, au moins le temps de retrouver Antoine et de réunir ses amis ? Comment l'Anglais, Niven, jouerait-il le rôle d'Antoine ? Pour l'heure, Zorro ronflait, sous le regard de dédain de son homologue quarténien, le *capitan general de la Securidad.* Comment pouvait-on dormir devant un tel paysage ? Le spectacle en effet coupait le souffle. Par les hublots du côté droit de l'avion défilait une succession prodigieuse de pals et de fers de hache dressés à plus de trois mille mètres vers le ciel, avec des reflets cuivrés étincelants et des dégradés de couleur comme seules les Andes peuvent en offrir. Voisin de fauteuil de Boislieu, un charmant général de carabiniers, le général Castellano, faisait les honneurs de ses montagnes.

— C'est un écrivain de chez vous qui les a le mieux décrites. Roger Caillois, je crois. Il parle d'un théâtre épique, de forces extraordinaires qui s'opposent. Je suis allé en Europe. Les Alpes viennent vous chercher quasiment à la gare. Les vallées descendent jusque dans les faubourgs de vos villes. Vous ne méritez pas vos montagnes. Chez nous, c'est le désert. Des marches d'approche interminables. Bien des destins s'y sont dénoués. Tenez, là-haut, sur le volcan Praxi, il y a une croix. Vous ne pouvez pas la voir, bien sûr. C'est un prêtre slovène, voilà une quarantaine d'années, qui la hissa et la planta seul. Il s'appelait José Kastélik. Au terme de ce golgotha, épuisé, il expira. Et là, au pied de ce massif, si nous volions plus bas, vous apercevriez une cabane en bois que nos patrouilles frontalières entretiennent pieusement depuis cent ans. Dans cette cabane, sous le nom de Jean Orth, mourut en solitaire l'archiduc Salvator de Habsbourg, fuyant les miasmes de Mayerling. Les Andes du Sud, pour certaines âmes, c'est un rachat. Pour d'autres, une expiation...

La voix du pilote retentit.

— Atterrissage dans vingt minutes. Nous allons être secoués, *caballeros* ! Attachez vos ceintures. Grêle et neige droit devant. Température minimale au sol : moins cinq degrés. Maximale : trente-deux. *Son cosas del Sur*...

Ce qui signifie à peu près : C'est le Sud, que personne ne cherche à comprendre...

C'est à peine s'ils entrevirent par une déchirure de nuage la demi douzaine de bâtiments qui composaient le chef-lieu de district et la grande éolienne qui tournait furieusement. Une pluie de grésil martelait la carlingue. Le général prit un air dégoûté, disant d'un ton lugubre :

— Bienvenue à *Coronel-Cornichon*, l'endroit le plus sacrément désolé de tout le Saraguay ! Sans vouloir manquer au respect que je lui dois, monsieur le Secrétaire général, Son Excellence le président Bunus est un original. L'étrange idée, vraiment...

On avait équipé les Français de canadiennes fourrées et de bottes de l'armée. Ils étaient quatre : Boislieu, Zorro, un médecin, le docteur Weber, et le préposé aux transmissions présidentielles, appelé plus communément « le téléphoniste du président », qui répondait au nom de Dumas. Les autres, aide de camp, protocole, télévision, V.O., étaient restés à Pedroquarto pour fignoler les détails. Côté saraguayen, un déploiement plus étoffé, toute une brochette d'officiers, de policiers, d'interprètes et de médecins militaires. Le général Castellano représentait personnellement le général Grosswerner. Il enfila sa pelisse de breitschwanz, s'assura que sa casquette était suffisamment vissée à son crâne et quand la porte de l'avion s'ouvrit, aspirant l'air glacial, il s'avança le premier en disant d'un ton résolu : « Allons ! », comme s'il se jetait à l'eau. Le vent faisait osciller cinq silhouettes au garde-à-vous au pied de la passerelle, le lieutenant Costoni, Don Juan, et trois carabiniers formant la garnison du district. Derrière eux, quatre civils, mains dans les poches et col de blouson relevé : George Niven, Ugo de Hohenlo, Almagro et Garcia. Une section de parachutistes patrouillait aux abords du terrain où trois hélicoptères des F.A.S. étaient rangés le long de la piste, dont une banane à double rotor peinte aux couleurs de la Croix-Rouge. Courbé en deux sous les rafales, le général abrégea.

— Messieurs, nous ferons connaissance au chaud. Costoni, nous vous suivons.

Il était midi. Au bar, un petit buffet avait été dressé.

— Qui est le señor Rosette ? demanda le général.

George Niven s'avança. Ils se serrèrent la main.

— Je suis heureux de vous connaître. Votre discrétion est exemplaire. Vous n'aimez pas Pedroquarto ? On ne vous y voit jamais.

— Mon Dieu, mon général, répondit Niven en espagnol avec un soupçon d'accent français superbement imité, ce sont deux mondes si différents. Passer de l'un à l'autre n'est pas un exercice facile.

— A qui le dites-vous ! A mon tour de vous présenter à vos compatriotes. Voici M. de Boislieu, secrétaire général adjoint de l'Elysée, le capitaine Birot, dont vous aurez à supporter, le quinze mars, les exigences de sécurité, le docteur Weber, qui ne vous dérangera pas, il ne quittera pas ce jour-là son gros hélicoptère, enfin l'ingénieur Dumas, par qui votre président, dans votre propre maison, restera en mesure de déclencher la foudre. Nous sommes un petit pays, heureusement, ces soucis nous sont épargnés...

On le sentait tout à fait sincère, légèrement condescendant même, prêt à s'apitoyer sur le sort de ce malheureux président condamné à vivre jour et nuit en compagnie de sa panoplie de sous-marins atomiques et de missiles. La conversation devint générale et bilingue. En français, Niven avait choisi de s'exprimer avec une pointe d'accent espagnol, comme quelqu'un qui a trop vécu loin de son pays. Il s'y était entraîné longuement. Cela lui permettait de déguiser ce qui subsistait de son accent anglais. Boislieu entendit

Zorro lui poser des questions précises : la Résistance, la déportation... Au mot de Mattenbruck, Boislieu frémit, puis se rendit compte que Tony avait dû largement le renseigner. Niven répondait dignement, sans emphase, par petites phrases brèves et neutres sous-tendues d'émotion, jouant magistralement le rôle de celui qui a souffert mais qui s'est retrouvé. A un moment, Zorro lui demanda pourquoi il n'avait pas été décoré. « Même pas la médaille de la Résistance ? » C'était bien une question de gendarme.

— Un regrettable oubli, en effet, remarqua Niven, amusé. Cela ne me manque aucunement. N'oubliez pas, capitaine, que je ne suis plus français.

— Justement, dit Zorro, et dans ces conditions, puisque vous avez choisi de vivre à l'étranger loin de tout, pourquoi avoir invité le président ? Car vous l'avez invité ? Personne ne vous y forçait ?

— En effet, capitaine. Un très ancien souvenir, une vieille dette de fidélité, pour solde de mon compte. Je n'ai pas tout oublié...

Son regard croisa celui de Boislieu. Ils n'avaient encore échangé que des banalités. Boislieu craignait de jouer faux devant les autres. La réponse de Niven à Zorro lui était en réalité destinée. Clin d'œil de complicité en langage codé, elle pouvait signifier aussi : « Reposez-vous sur moi, mon vieux. Je possède le rôle à fond... » En aparté, Zorro dit à Boislieu :

— Il est bien ce Rosette. Qu'en pensez-vous ?

Encore une question de gendarme. L'intervention du général le dispensa de répondre.

— Messieurs, dit celui-ci, au travail ! J'ai de l'estime pour nos amis qui font flotter le drapeau de la République sur ce canton perdu de la planète, mais je n'ai pas l'intention de m'y éterniser. Notre mission est d'assurer à notre hôte vingt-quatre heures de plein air (à ce mot, il ne put s'empêcher de soupirer), de réflexion, de vraie liberté, un luxe pour les grands de ce monde (autre soupir de commisération), selon le souhait qu'il a exprimé. Un seul moyen : interdire toute circulation terrestre et aérienne dans ce district. Nous verrons les détails d'exécution entre responsables de la sécurité. Pour le moment je m'adresse aux civils. Toutes les estancias du district seront occupées par les carabiniers, à l'exception de la vôtre, monsieur Rosette, évidemment, vous bénéficierez en quelque sorte d'un privilège d'exterritorialité. Nos patrouilles se tiendront à deux ou trois kilomètres, hors de la vue du président. Et d'abord, une question, le secret a-t-il été gardé ?

— Absolument, mon général, dit le lieutenant Costoni. Selon le plan prévu, les gens d'ici s'attendent à de grandes manœuvres. Ce sont plutôt de braves brutes, vous savez.

— Parfait. Et celui-là ?

Il désignait Illic, le barman-épicier yougoslave, occupé à débarrasser le buffet.

— Je suis sourd et aveugle, mon général ! dit l'autre en souriant de toutes ses dents au milieu de l'hilarité générale.

— Vous en répondez, Costoni ?

— Absolument, mon général.

— Bon. Dites-lui de filer. La police l'interrogera tout à l'heure. Antécédents, activités, ressources, répondants, etc. Aveugle et sourd, c'est bien. Muet, ce sera mieux. Même s'ils ne savent rien, qui faut-il rendre muet ? Dressez-moi une petite liste. Pour vous, messieurs, c'est déjà fait. Pas de veto de notre police. Vous avez toute ma confiance. (Il consulta une fiche). Mais je ne vois pas le señor Niven. George Niven...

Puis se tournant vers Niven :

— Señor Rosette, George Niven ne fait-il pas partie, ainsi que ces messieurs, des amis que vous vous proposez de réunir à dîner autour du président ? Nous devons faire sa connaissance impérativement. Où est-il ?

— C'est vrai, où est-il ? dit Zorro en écho alors qu'on ne lui demandait rien.

Le grain de sable... Le grain de sable imprévu... Boislieu n'osait regarder Niven. Il appliquait toute son énergie à dissimuler la panique qui l'envahissait.

— George nous manquera, mon général, répondit tout naturellement Niven. C'est un excellent compagnon, très représentatif de ce pays. Malheureusement, lui qui ne bouge jamais d'ici, son notaire de Londres l'a convoqué d'urgence pour régler un problème d'héritage. Il est parti la semaine dernière en Jeep pour Punta Arenas, au Chili, où il possède un comptoir. A l'heure qu'il est, il doit voguer sur l'Atlantique en cargo. Il déteste l'avion. Nous ne le reverrons pas avant trois mois.

Le général jeta un coup d'œil sur sa fiche.

— Vous avez tous été passés à l'ordinateur central, messieurs, c'est la règle en pareil cas. Mais pour M. Niven, je ne vois aucune notification de sortie du territoire de la République.

Le lieutenant Costoni toussota, très naturel lui aussi.

— La piste de Punta Arenas ne comporte pas de poste frontière, mon général. Elle n'est guère fréquentée et se termine ici. Nous effectuons les contrôles au chef-lieu.

— Et dans le cas du señor Niven ?

— C'est de ma faute, mon général. Nous sommes très amis tous les deux. Nous n'y avons pensé ni lui ni moi.

Le général déchira la fiche.

— N'en parlons plus. Mais à l'avenir, un peu plus de rigueur, je vous prie. Maintenant, Señor Rosette, expliquez à nos amis français et à moi-même le programme préparé pour notre hôte. Car si nous ne veillerons que de loin, discrètement, en laissant au capitaine Birot et au désert qui vous entoure le soin de la sécurité rapprochée, vous devez quand même tout nous dire, heure par heure, sans que rien ne soit changé plus tard à moins de nous l'avoir précisé...

Il fut encore plus difficile à Boislieu de dissimuler son soulagement. Vraiment, les conjurés avaient pensé à tout...

— Mon général, commença George Niven, nous sommes partis du principe d'un face à face avec la solitude qui est la réalité de ce pays.

— Excellente idée, dit le général sur le ton le plus sérieux. Ce ne doit pas être difficile.

— A condition de ne pas tricher. Les déplacements, par exemple, devront être accomplis en Range-Rover, et non en hélicoptère. Pas de convoi non plus. Mes amis Hohenlo et Almagro dans une première voiture, avec le capitaine Birot et le téléphoniste, puisque nous ne pouvons les éviter...

— Merci quand même, dit Zorro. Je ne devrais pas quitter le président d'un pouce...

— Le président, son épouse, Mme de Hohenlo et

moi-même dans la seconde. Angelo, je veux dire le lieutenant Costoni, nous rejoindra à l'estancia. Il y sera présent en ami. Cela vous rassurera.

— Ce qui est prévu chez vous, à l'intérieur de vos murs, ne concerne que les Français, précisa le général. Nous n'avons pas à en connaître. Les déplacements seulement nous intéressent.

C'était faire preuve de tact. Un petit peu trop, peut-être ? Boislieu se posait la question. Une façon de se laver les mains s'il arrivait quoi que ce soit ? Plus vraisemblablement le vent heureux du hasard qui gonflait les voiles du complot...

— Bon, reprit le général. L'avion présidentiel est arrivé à midi. A midi cinq vous êtes partis. Et après ?

Niven avait déployé une carte au 50 000e.

— Après, dit-il, je propose un arrêt pique-nique au bord du rio Chico. Il sera à peu près une heure. C'était la frontière indienne autrefois. L'endroit est beau, révélateur. Ma femme nous y rejoindra. Elle est, comment dirais-je (et pensant à Maria, il souriait), très assortie à ce pays.

— Vous êtes marié ? demanda Boislieu, sans avoir besoin de feindre la surprise.

— Depuis huit jours. Je n'ai pas d'héritier. Il serait grand temps...

Information de dernier moment. De quelle façon l'interpréter ? Modifiait-elle les données de la partie ? Cela ne plaisait qu'à moitié à Boislieu. Une heureuse nouvelle qui ressemblait à un testament...

— Sympathique coïncidence, grommela le général. Mes compliments. Poursuivons. Qui encore, au rio Chico ?

— Une vingtaine de cavaliers et quelques centaines de moutons pour le décor.

— Vous répondez de vos gens ? demanda brutalement Zorro.

— Voilà une question qu'on ne pose jamais à un maître d'estancia ! répondit superbement Niven. Nous ne sommes pas en Europe, pour mon bonheur ! Le Sud est un territoire féodal.

— Nous y glisserons quand même quelques carabiniers crasseux à souhait et vêtus de peaux de mouton, trancha le général. Continuez.

— Arrivée à l'estancia vers trois heures. Installation. Visite des lieux...

— Ça ne me regarde pas. Ressortez-vous ? Il reste cinq heures de jour.

— Assurément, dit Niven, sinon pourquoi venir de si loin ? L'endroit s'appelle la Cavalerie. Ce sera l'affaire de trois petites heures. Sur la carte, il n'a pas de nom. C'est moi qui l'ai découvert et baptisé ainsi il y a vingt ans. Je crois, comment dirais-je... que la sensibilité de notre hôte trouvera l'occasion de s'y exercer.

Il décrivit la dune, les vautours, les arbres décharnés, les ossements blancs des chevaux de guerre des Tehuelches pointant du sable par centaines, l'intensité presque palpable du souvenir... Le général donnait des signes d'impatience. La « sensibilité » du président Bunus lui était totalement étrangère.

— Bien, bien, abrégeons. Vous revenez : dîner, soirée, dodo. Retour le lendemain matin du président et de sa suite en hélicoptère des F.A.S. Le reste nous regarde. Je survolerai votre ossuaire cette après-midi, ainsi que la piste et l'estancia. Qui veut venir avec moi ? Monsieur le Secrétaire général ?

Boislieu expliqua que sa mission lui imposait d'effectuer la reconnaissance du trajet dans des conditions aussi voisines que possible de ce qu'elles seraient pour le président.

— Heureuse perspective ! Le soleil vient juste de se pointer. A deux heures ! Le capitaine Birot, peut-être ?

— Je suis un homme de terrain, mon général. Je vois mieux à ras de terre.

Boislieu réprima une grimace. Pas moyen de le décoller, celui-là !

— Eh bien, au revoir. Nous nous reverrons à Pedroquarto. Chacun sait ce qu'il a à faire...

Don Juan emmena le docteur Weber inspecter le dispensaire dont une pièce venait d'être spécialement transformée en salle d'opération et de réanimation, puis l'hélicoptère sanitaire des F.A.S., avec répétition au sol et en vol. Le général Castellano s'enferma avec ses officiers dans la salle de réunion du poste des carabiniers où était affichée une immense carte d'état-major de la région : blocage des routes, patrouilles, surveillance aérienne, contrôles d'identité... Dumas, le « téléphoniste », testait ses différents relais. Les techniciens quarténiens lui avaient installé un camion de transmissions impeccablement équipé que viendraient compléter les machines à coder ainsi qu'un matériel ultrasophistiqué venu de France, ce que les militaires appellent « la redondance », c'est-à-dire la multiplicité de systèmes afin que le fil ne soit jamais coupé.

Pendant ce temps-là, deux Range-Rover roulaient

vers l'estancia Rosette. Dans la voiture de Niven, Boislieu n'avait pu éviter la compagnie de Zorro. Le supergendarme inspectait les abords de la route d'un œil d'aigle comme si chaque dune de sable dissimulait une embuscade. Parfois il n'y tenait plus. Il faisait arrêter la voiture et courait pour examiner le paysage. A la fin, exaspéré, Boislieu lui dit :

— A quoi jouez-vous, Birot ? A Fort Apache ? A la R.C.4 ? Vous ne croyez pas que vous en faites trop ?

Il eut cette réponse étrange :

— C'est ça, payez-vous ma tête, monsieur le Secrétaire général adjoint. Si le président se fait flinguer sur cette route, c'est vous qui serez chocolat...

Puis il changea de ton et de sujet. Ce qu'il disait était tout à fait étonnant dans la mesure où cela n'avait rien à voir avec leurs préoccupations du moment. On se demandait d'où ça venait, et pourquoi ?

— La R.C.4, je n'ai pas connu, j'avais cinq ans. Les Aurès non plus, j'en avais quinze. En revanche, les routes de montagne du Chouf, ça je connais. Vous l'ignoriez sans doute, monsieur le Secrétaire général, cela ne figure pas dans mon dossier, mais quand j'étais jeune lieutenant, je me suis fait mettre en congé sans solde pour entraîner les commandos des phalanges libanaises. J'avais même un nom de code. C'était déjà Zorro, justement. Mais les petits gars, là-bas, ne l'employaient pas pour se foutre de moi. Aujourd'hui, congé ou pas, ça me serait interdit. Officiellement comme en douce, par-devant, par-derrière, on les laisse salement tomber, voilà ! Vous avez vu ce qui se passe en ce moment, les massacres, les villages incendiés, l'exode une fois de plus... On ne lèvera pas le petit doigt, ils peuvent bien crever. Ça m'écœure, et puis, voyez-vous, cela me fait aussi beaucoup de peine...

Deuxième surprise de la journée après la remarquable composition de Niven, Boislieu découvrait un Zorro presque humain.

— Mais, Birot, la conférence de presse... Il semble que quelque chose soit en train de changer. Le président...

Zorro haussa les épaules.

— Du vent !

Boislieu lui jeta un regard en coin. Il n'était qu'à demi convaincu.

— Des états d'âme, Birot ? Chez un supergendarme de la gendarmerie, l'arme qui avale tout par excellence, les yeux fermés, la bouche ouverte...

— A qui le dites-vous et cela ne tardera pas, je vais me faire muter dans la Légion.

Exactement comme au bar de l'hôtel, la veille au soir, il avait un sourire de gamin.

Il était près de quatre heures lorsqu'ils franchirent les deux porches de l'estancia Rosette. Dans la seconde cour privée, une Range-Rover bleue était garée, maculée de boue et de poussière de sable. Sa plaque d'immatriculation indiquait : *Pedroquarto ciudad reale*. Une jeune femme les attendait sur le seuil. Niven la présenta.

— Maria, ma femme.

Elle aussi tenait son rôle. Rien ne se lisait dans son regard noir qu'une bienvenue polie.

— Venez, dit-elle, je vais vous montrer vos chambres. Carlos s'occupera de vos bagages.

— Je m'installerai plus tard, dit Zorro. Si M. Rosette

me prête sa voiture, j'aimerais reconnaître les environs. Nous n'avons guère de temps.
— D'accord, répondit Niven. Rafaél vous accompagnera. Ne quittez pas les pistes et refermez derrière vous les barrières à moutons.

Sitôt le capitaine Birot hors de vue, tous les masques tombèrent. Boislieu se sentait vanné. Il jouait la comédie depuis midi.
— Enfin l'entracte, dit-il. Où est Tony ?
— Je vais vous conduire, dit la jeune femme. Il vous attend avec impatience. Il est très anxieux...

Tony s'était réfugié dans une chambre d'ami tout au bout du couloir en équerre qui commandait le premier étage. C'était une pièce à double issue, une porte sur le couloir et une autre sur un escalier intérieur mitoyen des chambres de service et qui descendait aux garages. Il marchait de long en large, il avait beaucoup fumé, mal dormi et quelque peu abusé de son vieux Jameson irlandais pour tuer l'angoisse qui montait en lui. Lorsqu'il s'analysait, il n'en trouvait pas la raison. Tout semblait s'organiser parfaitement et ce n'était pas la première fois qu'il prenait des risques dans sa vie. Au demeurant, il jouait gagnant. Il possédait tous les atouts et il avait la conviction que son frère ne se déroberait plus. Sinon l'annonce de son voyage eût été annulée. A cette heure, le président Antoine Bunus savait depuis quinze jours déjà que le chef-lieu de district où il allait atterrir le 15 mars portait ce nom bizarre de *Coronel-Cornichon* qui signait la résurrection de son frère. Il aurait donc eu tout le loisir de faire marche arrière ou de dépêcher des tueurs. Au lieu de quoi c'était la mission préparatoire française qui débarquait au jour dit. Le nom jeté en défi il y a vingt ans avait fonctionné comme un piège, plutôt comme un appeau. Cela, Tony ne l'avait confié à personne et continuerait de le taire. C'était affaire entre jumeaux. L'œuf se reformait. L'attirance gémellaire jouait à plein, d'une mécanique aussi implacable que celle qui régit le mouvement des astres et les éclipses de lune. Que son jumeau s'y exposât relevait de l'ordre des choses. Mais qu'il s'y exposât en vaincu, cela, Tony ne le comprenait pas. D'où son angoisse, sans doute.

Tout s'effaça devant le bonheur. C'est du bonheur qu'il éprouva en retrouvant Boislieu. Sa jeunesse, ses élans, sa foi, toutes les blessures refermées dans l'instant et toutes les cicatrices cessant d'être douloureuses et de tirer la peau de l'âme... De la même façon que Boislieu recevant rue Fortuny la lettre de Tony, il sentit brusquement la chaleur de ses vingt ans réchauffer son cœur et son sang. Après s'être embrassés comme des frères, ils parlèrent longtemps : Londres, le général de Gaulle, les camps d'entraînement de commandos, Cookie et le capitaine Cook, les parachutages, toute la pelote des souvenirs, la trame de l'amitié... Puis la maison dans la forêt du Mans, Alexandre, Elvire...

— Tout procède de cette nuit-là, dit Tony. J'ai tourné quarante ans autour de ce cauchemar. D'abord j'ai cru qu'Elvire avait été tout simplement abusée, qu'elle le prenait pour moi. Cela m'apaisait de le croire mais ça n'a pas tenu. J'étais forcé d'ouvrir les yeux. Cela ne m'a pas fait plaisir. Alexandre, avec les filles, c'était un vrai cochon. Toutes sortes de saloperies mais jamais rien de beau ni de vrai. A vingt ans, c'est quand même un peu tôt. Qu'elle ait pu s'y tromper me semblait incroyable. Il y a des choses que je ne peux dire, mais ce n'étaient pas là nos façons. Il a donc bien fallu que j'y arrive. Elle n'a pas dû hésiter longtemps pour reconnaître à qui elle se soumettait. Cela ne l'a pas fait fuir. Je me suis souvenu de détails, de coups d'œil échangés par-dessus mon dos cette nuit-là pendant que je pérorais. A un moment, ils se sont absentés de la cuisine où nous nous tenions pour visiter la maison. Ils sont partis dans l'obscurité à la lueur d'une bougie. Je les ai entendus monter au premier puis je les ai oubliés. Je parlais à ma mère. J'aimais passionnément ma mère... Quand ils sont redescendus tous les deux, je n'ai eu aucun soupçon sur le moment, pas la moindre idée du temps qui s'était écoulé. Un quart d'heure peut-être, vingt minutes. Ils ont repris chacun leur place et Elvire est venue me déposer un petit baiser dans le cou. Le baiser de Judas. Dès le lendemain de mon arrestation, elle n'a pas eu à hésiter. Elle a aussitôt reconnu Alexandre à certains signes particuliers pour la raison navrante qu'elle en avait fait la connaissance cette nuit-là. Voilà où j'en suis aujourd'hui, P.A...

— Et tu ne t'es pas trompé.

A son tour, Boislieu raconta. La balade en bateau, le dîner à Saint-Malo et l'adhésion de la présidente au complot...

— Elle te croyait mort, Tony. Et pour ta mère, elle ignorait...

Le visage enfoui entre les mains, Tony murmura : « Elvire... » Puis se redressant, sur un ton presque gai :

— Voilà un problème de réglé ! A moi de t'étonner, à présent. Nous avons reçu du renfort.

— Je n'aime pas beaucoup cela, Tony. Nous sommes déjà nombreux. Aurais-tu oublié les vieilles règles de sécurité ?

— Ne t'affole pas. Il s'agit de quelqu'un que tu connais. Attends ici. Je vais le chercher.

Il revint une minute plus tard.

— Je ne te présente pas le colonel Lévin, dit Tony. Ici il s'appelle Samuel Lev, courtier en laine de New York, en vacances pour trois semaines.

— Pour trois semaines, en effet, enchaîna l'Israélien comme s'il prenait en passant le relais de la conversation. J'ai préféré venir en avance. Toutes les entrées dans le district sont contrôlées à partir d'aujourd'hui.

L'accueil de Boislieu fut glacial.

— Qu'êtes-vous venu trafiquer, Lévin ? demanda-t-il sèchement.

— Vous aider, évidemment. Et exercer mon droit de préemption.

— Expliquez-vous.

Ce fut Tony qui répondit, racontant la première visite, il y a vingt ans, du lieutenant Shimon Lévin, et comment il avait appris que les services secrets israéliens connaissaient la vérité sur les jumeaux Bunus.

Boislieu s'adoucit un peu.

— Mais pourquoi vous réveiller aujourd'hui ?

— Les bons secrets vieillissent comme les bonnes bouteilles. Nous allons être payés au centuple. Le premier ministre israélien a décidé de faire sauter ce président.

— Juste au moment où il amorce une nouvelle politique au Proche-Orient ?

Lévin hocha la tête.

— Vous êtes bien mal renseigné, Monsieur le Secrétaire général adjoint. Cela ne me surprend pas. Les présidents de votre V$^{e}$ République ont pris de mauvaises habitudes. Ce ne sont plus des chefs d'Etat, ce sont des joueurs de poker. Ils s'accrochent à la partie de n'importe quelle façon de peur qu'elle ne se joue sans eux. Celui-là est pire que ses prédécesseurs. C'est un tricheur. Ce numéro sur le Liban chrétien, lors de la conférence de presse, ce n'était que rideau de fumée, petite annonce de principe pour endormir les partenaires et cacher la grosse mise. Savez-vous ce qui se prépare, en réalité ? Le réarmement massif de la Syrie par la France ! Les matériels les plus performants. Votre sympathique général Malnu a rencontré à Chypre l'émissaire du président Assad. But de l'opération : la fin de l'indépendance libanaise et l'établissement de la Grande Syrie incluant le Liban, où la France retrouverait un rôle qu'elle y a perdu depuis longtemps. Illusion, évidemment. Votre joueur de poker sera roulé. Mais le processus est engagé. Les mesures annoncées l'autre jour de déploiement d'un bouclier français à Djouniyé ne sont faites que pour accélérer le regroupement des chrétiens dans un territoire peau de chagrin à seule fin de les marginaliser. L'affaire réglée, le bouclier sera retiré et remplacé par des garanties toutes verbales. Vous imaginez la suite... Inutile de vous dire qu'Israël, pour sa sécurité, ne tolérera jamais cela.

Boislieu réfléchissait. Tout cela semblait crédible.

Le lobby syrien était puissant à l'Elysée. Renucci, le secrétaire général, avait été ambassadeur à Damas.

— Quelque chose m'intrigue, reprit-il. Quand vous êtes venu me voir l'autre jour, à mon bureau, vous aviez déjà téléphoné à Tony. Pourquoi ne pas me l'avoir dit ?

— De but en blanc, vous voulez rire ! Je ne vous connaissais pas. Il me fallait au moins vous juger.

— En dix minutes ?

— J'ai trente ans de métier. Je me trompe rarement. Se tromper ne pardonne pas.

— Le résultat ?

— Vous êtes un type bien, monsieur le Secrétaire général adjoint, incapable d'une vilaine action. Tout comme M. Rosette.

Voilà deux fois en vingt-quatre heures qu'on lui disait qu'il était « un type bien »...

— Un peu bête, quoi, remarqua-t-il.

— Non. Plutôt naïf, ou démodé, comme vous voudrez. Le temps des maquis est loin. Les méthodes ont changé. Vous êtes un peu rouillés tous les deux. C'est pourquoi vous avez besoin de moi.

— C'est possible, admit Boislieu. Encore un mot : quand vous êtes sorti de mon bureau ce jour-là, vous avez été reçu par le président. Quel était l'objet de l'entretien ?

— Le réarmement syrien, évidemment, répondit Lévin. Nous savons tout là-dessus depuis deux mois. Je serai franc avec vous. J'étais chargé de sonder le président, avec toute latitude d'abattre mon atout le jour même si je le jugeais utile, donnant, donnant (du geste il désignait Tony). Mais vous savez ce qu'il en est de ces affaires d'échange. C'est comme pour les rançons. Trop de précautions à prendre, de relais, de coupe-circuits. Une chance sur deux de griller ou de perdre mon atout devenu trop vulnérable (il désignait toujours Tony) sans toucher le moindre dividende. J'ai donc choisi l'autre méthode retenue, anéantir politiquement le président selon le plan de M. Rosette. C'est plus spectaculaire, plus voyant, plus difficile à réussir parfaitement, mais pour le moins définitif...

Tout cela exposé d'un ton froid, neutre, professionnel. La machine Lévin tournait rond. Trente ans de métier...

— Je n'aime pas beaucoup cela, dit Boislieu pour la seconde fois. Nous jouions pour l'honneur... Voilà que nous ne sommes plus que des pions dans un jeu qui n'est pas le nôtre.

— Ne le prenez pas mal, répondit l'Israélien. Nous faisons seulement coup double.

Son visage s'éclaira. Il leva ses deux mains ouvertes paume en avant, comme quelqu'un qui veut protester de la pureté de ses intentions.

— Et puis ça me plaît, à moi aussi, affirma-t-il avec chaleur, de régler son compte à un salaud !

Oubliant sa propre « naïveté », Boislieu le jugea sincère.

— J'y ai réfléchi, dit Tony. Nous en avons parlé. Niven et mes amis sont d'accord. Le colonel Lévin est des nôtres. C'est lui qui s'occupera d'Alexandre une fois passé la frontière. Pour cela, c'est vrai, nous sommes peut-être un peu rouillés.

— Je me ferai aider, dit Lévin. Vous n'aurez pas à intervenir.

Boislieu sursauta.

— Qui encore ? Vous n'avez pas à présumer notre accord !

— Je l'ignorais aussi, reconnut Tony. Expliquez-vous.

L'Israélien les regardait avec une indulgence amusée. Mais c'était cordial, amical...

— Ecoutez-moi tous les deux au lieu de me soupçonner. Pourquoi m'accorder votre confiance si vous me la retirez l'instant d'après ? Votre plan est impeccable sur le papier, mais sans parler du docteur Weber que nous éloignerons facilement, et de Dumas, le téléphoniste, qui ne s'occupe pas de sécurité rapprochée, il suppose le problème du capitaine Birot réglé. Croyez-vous sérieusement qu'on puisse tenter l'impasse sur un type comme Birot ? Moi je réponds que non. Ces gens-là ont un sixième sens, sans compter le septième, hautement technique. Comment vous y prendrez-vous pour pratiquer l'échange ? La porte et les fenêtres de la chambre du président seront équipées de tas de petits radars reliés en permanence à notre supergendarme. Alors ? Endormir Birot ? C'est une hypothèse de votre plan. Seulement Birot ne boit que de l'eau en voyage officiel, tout comme le président dès que la sécurité absolue n'est plus totalement assurée. Les bouteilles sont apportées de France, surveillées et convoyées par le G.S.P.R., en verre, non en plastique, le plastique étant vulnérable à des injections par seringue. Ce ne sera pas possible non plus lors du dîner du 15 au soir, ici. Le G.S.P.R. a tout prévu. Chacun devra être servi à partir de plats communs pour éviter les risques et votre supergendarme ne quittera pas des yeux la cuisine. Vrai, monsieur le Secrétaire général adjoint ?

— Vous êtes exactement renseigné, colonel. Et par qui ?

— Je vous le dirai. Le problème majeur, c'est Birot.

— J'avais une autre idée, dit Boislieu. J'interviendrai personnellement. Je trouverai un prétexte pour l'éloigner le temps qu'il faut. En voyage officiel, il m'est subordonné. La présidente m'aidera. Il ne se méfiera pas.

Lévin haussa les épaules.

— Birot ? Il soupçonnerait sa mère. Cependant, monsieur le Secrétaire général adjoint, tout en étant mauvais psychologue vous approchez de la solution. Birot ne se méfiera pas. Birot nous est acquis.

Les vieux réflexes de sauvegarde... La présidente, Lévin, et maintenant Zorro : trois nouveaux venus dans le complot, comme si la maîtrise des opérations, peu à peu, échappait aux premiers conjurés... Boislieu réfléchissait. Il y a quarante ans, en pareil cas — infiltration suspecte d'un maquis, par exemple —, il ne lui aurait pas fallu cinq minutes pour prendre une décision, une *bonne* décision. Aujourd'hui, rien ne s'ordonnait clairement. Sa pensée cheminait lentement, hésitant à tous les carrefours. Certains recoupements élémentaires restaient bloqués dans sa mémoire. Les rouages grippaient. La présidente ? Ne lui avait-il pas tout dévoilé, en confiance ? Et d'où venait cette confiance ? Qui l'avait provoquée ? Elvire, à l'évidence. Mais n'était-ce pas normal entre eux deux, même après quarante ans de silence ? Les soupapes de sécurité rouillées de son raisonnement demeurèrent obstinément fermées. Va pour Elvire... Et Lévin ? Rien à redire non plus. Simple échange de loyaux services. Tony semblait apprécier le colonel Lévin et

Tony n'était pas un enfant de chœur, autrefois. Rouillé, peut-être, mais pas au point de remettre sa vie entre les mains du premier venu. Va pour Lévin... Restait Zorro. Par voie de conséquence, si Lévin s'en portait garant, pourquoi ne pas se fier à ce double report de confiance ? Dans les maquis, en cas d'urgence, on en passait parfois par là. La confiance se cooptait, une fois certaines questions posées et certaines réponses claires obtenues... Boislieu hésitait encore. Un petit voyant rouge presque imperceptible clignota quelque part dans un bief abandonné de son cerveau.

— Quand êtes-vous arrivé ici, colonel ?

— Ce matin. J'ai flâné. Je joue les riches courtiers en vacances.

— Et quand avez-vous quitté Paris ?

— Il y a une semaine.

— Vous avez donc pris sur vous de prévenir Birot à ce moment-là, peut-être même avant. Et maintenant vous nous l'imposez...

Le voyant rouge s'animait. Un vague courant se mettait en route dans les profondeurs figées du bief mort. Mais les détecteurs intuitifs de l'Israélien fonctionnaient.

— Vous ne connaissez pas le capitaine Birot, monsieur le Secrétaire général adjoint. Moi si, depuis dix ans. C'est un type propre. Nous nous sommes connus au Sud-Liban. Nous avons délivré ensemble un village qui n'était plus qu'un étal de boucher. Des cadavres partout. Des fillettes égorgées parce qu'elles portaient la croix de leur baptême au cou. A Paris, il m'a parlé de son dégoût, de son mépris pour le président et pour la politique qu'il conduit. Les massacres reprennent. Il parlait de tout planter là, d'aller se faire tuer dans les derniers réduits chrétiens du Chouf. Alors je lui ai expliqué qu'il y avait mieux à faire et j'ai cassé le morceau. Puis je lui ai demandé d'essayer de vous prévenir. Au moins de vous préparer. Je vois qu'il ne l'a pas fait.

— Si. A deux reprises, dit Boislieu. Je n'ai pas compris.

Le clignotant rouge s'éteignit. Sous l'impulsion de son ultime reflet, Boislieu se tourna vers Tony.

— A toi de décider, à présent. Tu joues la carte Birot ?

— Je la joue. Rien d'autre dans votre chapeau, colonel ?

Lévin agita les mains en riant.

— Cette fois vous ne marcheriez pas...

Le sort en est jeté.

Tous les éléments de la journée du 15 mars (le président Bunus à l'estancia Rosette) et de son dénouement du lendemain (retour du président à Paris) sont en place. Les volontés sont affirmées, les destins engagés. Rien ne saurait inverser leur cours.

En cette fin d'après-midi du 21 février, quelques coups de projecteur suffiront pour éclairer certains détails.

Dans l'hélicoptère des F.A.S. qui survole justement en ce moment les alentours de l'estancia, le général de carabiniers Castellano donne ses dernières instructions au lieutenant Costoni. Un large dispositif est prévu. Là, un peloton motorisé, là un autre, ici une batterie légère de missiles antiaériens, puis l'hélicoptère sanitaire, l'antenne de secours des transmissions présidentielles, là, enfin, l'hélicoptère du P.C. opérationnel des carabiniers... « Quand je pense, soupire le général, que je vais y moisir un jour et une nuit ! » Soudain le voilà qui désigne une trace sinueuse dans la plaine à travers la bulle translucide de l'appareil. « Qu'est-ce que c'est que ça ? » demande-t-il. La trace se dirige plein ouest, vers les Andes. On aperçoit au loin une barrière neigeuse et dentelée. Costoni lui montre la carte : « Une piste impraticable. Côté chilien, le col est fermé. » Le lieutenant a menti. La route est entretenue. Tony a fait construire des ponts et aménager les gués les plus profonds. C'est par là que ses camions rapportent régulièrement du bois des premières pentes de la montagne. « Ah oui, dit le général. Le jeune roquet français (il parle de Zorro) en a fait tout un foin ce matin. Il voulait la miner... » Il hausse les épaules : « La miner ! Quoi encore ! J'ai promis des patrouilles de nuit. Vous connaissez cette piste ? Bon. Vous y patrouillerez. Et maintenant je vais vous ramener. Vous présenterez mes compliments au señor Rosette. Il habite un endroit épatant ! Moi je rentre chez moi... » A vingt kilomètres de l'estancia, l'hélicoptère survole une Range-Rover rouge qui revient de l'ouest en zigzaguant à travers les dunes. Le général fait atterrir. Un homme sort de la voiture. C'est Birot. « Alors ? lui lance le général (car Zorro l'horripile) vous les avez posées, vos mines ? Décidément vous êtes têtu... » Le supergendarme salue. « Inutile, dit-il. A une heure d'ici on ne passe pas. » Lui aussi a menti. Costoni l'a écouté, sidéré. Dans vingt minutes, il aura compris. Et c'est ainsi, par double complicité, que la voiture emportant le président Bunus ficelé comme un paquet vers le Chili trouvera le passage libre dans la nuit du 15 au 16 mars...

Zorro n'est pas mécontent de sa journée. La guerre des polices, il connaît. A force d'aboyer aux oreilles des officiers de carabiniers à propos de cette piste des Andes, il a obtenu le résultat escompté : par esprit de contradiction, toutes ces ridicules casquettes ont porté leur attention ailleurs. Sinon, simple routine, la piste eût été bloquée comme les autres. Il y a roulé quatre heures, aller retour, jusqu'à mi-chemin du col, noté tous les détours et balisé les gués. Il a interrogé minutieusement Rafaél qui conduit chaque mois des camions de bois sur cette route. Enfin il a trouvé ce qu'il cherchait, un ravin à pic en bordure de la route dominant un torrent presque à sec. « S'il pleut, a dit Rafaél, il y a trois mètres d'eau d'un coup. Le lendemain, un pipi. *Son causas del Sur...* »

« Tu vas m'essayer ça » dit Boislieu à Tony. « Ça », c'est un élégant costume d'été trois pièces, gris fer à fines rayures, d'une sobriété étudiée. L'ensemble est accompagné d'une chemise bleu roi de soie et d'une paire de chaussures noires. Tout est neuf. Boislieu explique : « Le président déteste les essayages. Il a donc un mannequin à ses mesures chez différents tailleurs, un autre chez son chemisier et les moules de ses pieds chez le bottier. Le valet de chambre ou l'aide de camp commandent par téléphone. Quelquefois la présidente. C'est par elle que j'ai eu ces modèles. Imagine que tu n'entres pas dedans et tout serait par terre. Tu devras échanger ici même tes vêtements avec les siens, et le lendemain, à Pedroquarto, tu retrouveras toute sa garde-robe. Qu'un seul pli soit de travers, c'est fichu... » Tony passe dans la salle de bains et revient. « Monsieur le Président... » dit Boislieu en se levant. A la boutonnière du veston, la rosette rouge à canapé d'or de la Légion d'honneur. Cherchant le défaut, George Niven tourne autour de Tony. A la fin il lui dit : « Prodigieux ! Même le soupçon de ventre, là, au cinquième bouton du gilet... Mais tâchez de ne pas grossir d'ici là. » A quoi Tony répond : « Je maigrirais plutôt... » L'échéance se rapproche. Sa volonté ne cède pas. C'est le vertige qui le tenaille. Deux frères jumeaux sont penchés sur le vide. Là-bas, au fond d'un puits sans fin, un seul visage se reflète...

Devant ses amis, il se reprend. Il marche à travers la pièce puis s'assied à une table et entame son discours, celui du 16 mars au soir à Paris : « Je m'appelle Antoine Bunus, compagnon de la Libération. Cela, vous le saviez, mais je ne suis pas votre président. La ressemblance est trompeuse et l'on vous a trompés. J'avais un frère jumeau. C'est lui que vous avez élu. Sur mon honneur je vais vous expliquer pourquoi, et comment, et pourquoi et comment je me présente ici devant vous, à des milliers de kilomètres de chez moi, pour dénoncer une trahison. Le 1er août 1944, huit jours avant la libération du Mans, je me trouvais avec mes camarades combattants du réseau Honneur et Jeunesse... » Pas une note. Pas un papier. Pas la moindre hésitation. Une fulgurante justesse de ton. En dix minutes il a tout dit et convaincu jusqu'au dernier cinquante millions de Français. Les cameramen sont figés. La régie est pétrifiée. Dans le petit studio de l'Elysée, les rares témoins sont cloués au sol. Du haut en bas de la hiérarchie, tous les plombs ont sauté. Personne n'a eu l'idée de s'opposer au cheminement inexorable des mots que des milliers de rotatives et d'antennes reprennent à travers le monde aussitôt... Il en a terminé. Il regarde ses amis. Par contenance, Boislieu essuie ses lunettes tout en portant furtivement son mouchoir à ses yeux. Niven toussote avec distinction. Chez lui c'est une preuve d'émotion. Tony a un petit sourire triste qui pourrait signifier : « Ce n'est jamais la vérité qui gagne. Qui sait si je prononcerai ce discours... » Il se lève : « Et maintenant, qu'est-ce que je fais ? » Boislieu enchaîne. Lui aussi rêve : « En sortant du studio, dans le jardin d'hiver de l'Elysée, tu te diriges vers la grande porte immédiatement à gauche et tu t'en vas tout droit, sans hésiter, jusqu'à la cour intérieure donnant sur l'avenue de Marigny où ma voiture nous attendra. Je t'accompagnerai. Je ne te quitte pas. Personne ne t'arrêtera. Les moins doués te regarderont passer comme un spectre ou un convoi funéraire. Pour les autres, ceux qui réfléchissent vite, ils regagneront leur bureau en courant et se pendront à leur téléphone pour appeler le président du Sénat. Comme à la mort de Louis XIV on entendra dans les couloirs le piétinement éperdu des courtisans pressés de se présenter les premiers devant le Régent. Les plus futés s'y précipiteront en voiture. Le Régent, ce sera Poher, président du Sénat. Son standard assiégé, son antichambre comble, il commencera par consulter. Il consultera longuement, avec pour premier souci de sortir indemne du cyclone et de ne pas se faire pincer même le petit doigt dans l'engrenage. Nous aurons tout le temps de filer. L'Angleterre n'est pas loin. Tu seras bientôt chez toi... » Tony baisse la tête et contemple son admirable costume présidentiel gris. Il administre une chiquenaude à la rosette sur canapé comme si c'était un grain de poussière. Il fait la grimace. Il demande : « Ce costume, l'a-t-il déjà porté ? » Boislieu répond que non. « J'aime autant, dit Tony. Je vais l'enlever. » Dans la salle de bains, en se changeant, il a l'impression de s'arracher la peau de l'âme...

Cette fois ils sont tous réunis.

Costoni confirme : la piste des Andes ne sera surveillée que par lui. Il a bien accueilli Zorro. L'engagement du célèbre supergendarme auprès du secrétaire général adjoint de l'Elysée le rassure. En cas de pépin, il n'aura pas à porter le chapeau. Il se sera contenté de fermer les yeux sur une affaire d'honneur. L'honneur, il y croit encore... On passe aux détails d'exécution. Don Juan marquera le docteur Weber et Boislieu le téléphoniste Dumas. L'expédition dans la nuit, vers le Chili, avec la Range-Rover de l'Israélien, sera confiée à Birot et à Lévin, des professionnels du coup de main. Le capitaine Birot devra avoir regagné l'estancia avant l'aube. Il sera le seul à prendre des risques. On discute un moment : une voiture ? deux voitures ? Si la première tombe en panne, il faut qu'une seconde prenne le relais. Et qui la conduira ? Hohenlo ? Almagro ? Pas possible. Ils font partie pour vingt-quatre heures, jusqu'au départ de l'hélicoptère du retour, de la suite privée du président. Qu'ils aient du retard ou qu'ils soient absents au moment de l'embarquement sous les yeux de Castellano, le général de carabiniers, risquerait de les compromettre si l'affaire n'était pas étouffée.

Alors qui ? Une voix se lève, timide, hésitante, presque gênée : « Moi, je n'ai pas l'importance de ces messieurs. Qui prêterait attention à moi ? » C'est Garcia, le petit instituteur. Comme toujours il a été maladroit. Il se prend pour un ver de terre. Il ne peut prononcer un mot sans creuser à plaisir le fossé des différences sociales. Il met tout le monde mal à l'aise et cependant il est sincère. Il a découvert le dévouement. Servir une noble cause en compagnie de *caballeros* le hausse. Mais comment leur expliquer cela ? Ils le dévisagent tous de cet air supérieur qui le fait rentrer sous terre. Lévin a réfléchi. Trente ans de métier. Un jugement prompt. Le petit homme ne pèse pas lourd… « Garcia a raison » dit-il. Tony s'avance. Il dit : « Alberto, je vous remercie. » Il lui donne l'*abrasso*. Aucun de ces messieurs ne l'a jamais appelé Alberto. Il rougit de fierté. Le supergendarme réprime une moue de dépit : il se méfie comme de la peste du dévouement des humbles…

D'autres détails encore.

On rappelle à Tony que le président ne parle pas l'espagnol. « Mets-toi ça dans la tête, dit Boislieu. Reste de marbre. Attends la traduction de l'interprète pour répondre. Il y a aussi tous ces gens que tu retrouveras à Pedroquarto, toute la suite du président, ton aide de camp, ton valet de chambre, ta secrétaire particulière, ton historien maison, ta maîtresse du moment (ils rient)… Tu peux les prendre de haut, ne leur adresser que trois mots, les envoyer coucher, tout glisse, ce sont des toiles cirées, ils croiront que tu es de mauvais poil. Je te laisserai leurs fiches en partant. Apprends tout ça par cœur. Grave les photos dans ta mémoire… » A présent ils s'amusent. Ils se sont pris au jeu. Maria fait circuler les verres. Le feu crépite dans la cheminée. Boislieu attire Tony à part : « Tout peut s'accomplir sans toi si tu ne veux pas rencontrer ton frère. Le désires-tu ? Mais on pourrait, comment dirais-je, te ménager un entretien... » Il y a pensé, Tony, à cette confrontation. Voilà des nuits qu'il l'imagine en cherchant vainement le sommeil. Il la souhaite. Il la redoute. Il en a tant sur le cœur...

— Je ne sais pas, dit-il. Je ne sais plus...

Il lève les yeux et regarde Maria. La jeune femme lui sourit. Pourquoi faut-il que ce sourire soit triste...

# TREIZE MARS

En rentrant à Paris, Boislieu fut saisi dans un tourbillon. Le voyage présidentiel au Saraguay montait comme une mayonnaise. Comme quoi de rien on peut faire beaucoup, c'est-à-dire rien avec de la mousse.

Les « politiques » de l'Élysée s'agitaient comme des puces. Dessaisi de la maîtrise du voyage, Renucci, le secrétaire général, avait opéré un retour en force, proposant un discours solennel dans la capitale du Saraguay sur la mission humaniste de la France face aux deux blocs antagonistes. Laxois, le premier ministre, avait pris lestement le train en marche. Déjà, il matraquait les media. L'Appel de Pedroquarto... Ainsi prendrait rang, sous ce nom, pour la postérité, ce grandissime message éculé. L'idée avait emballé le président et vingt cerveaux s'y attelèrent. Les services de *Goebbels* pesaient chaque mot et comptaient les points de sondage. Depuis le *Discours de Phnom Penh* du général de Gaulle, où l'on sait pourtant combien le cher grand homme se goura, chaque président de la République française rêve de marquer le monde du sceau baveux des mots. Certains ne dépassent pas verbalement Carpentras, d'autres se plantent à Versailles devant vingt chefs d'Etat, mais le pli est pris. C'est une manie. Le Bouffon ne se tenait plus. On lui avait demandé de veiller aux subjonctifs qui sont le génie de notre langue et ne cessent d'étonner le monde.

Du coup fut rajouté au programme du séjour une réunion à Pedroquarto de tous les ambassadeurs de France en poste dans les trois Amériques, histoire de dramatiser un peu. On étoffa la suite présidentielle, la suite technique, la suite privée. Le nombre des journalistes fut doublé, de même que celui des invités au banquet du 14 mars à l'ambassade de France. Boislieu frôla la catastrophe plusieurs fois. La réunion des ambassadeurs, par exemple. Weitzel, le ministre des Relations extérieures, la prévoyait on ne sait pourquoi le 16 mars entre le retour du président de son séjour dans le Sud et son embarquement pour Paris. On faisait sauter à cet effet la réception à l'aéroport de la colonie française, remplacée par un hâtif serrement de mains. Or le 16 mars, le président, eh bien, ce serait Tony ! Si forte que fût sa ressemblance et en dépit de toutes les fiches qu'il pourrait encore ingurgiter au cours de la nuit précédente, dans une séance de travail de ce genre, il ne tiendrait pas la distance. Ses propos, ou plutôt ses absences de propos le trahiraient. Boislieu bataille ferme et tout rentra dans l'ordre. On renvoya les ambassadeurs au petit déjeuner de la veille, avant le départ pour le Sud.

En revanche il ne fut pas un instant question de toucher au voyage privé du 15 mars que le président avait une fois pour toutes déclaré incompressible.

Bien au contraire, au lendemain d'un si retentissant discours, ce séjour dans le Sud désertique apparaîtrait comme une sage retraite, un retour à l'humilité, une pause après le grand élan, une méditation transcendante... *Goebbels* et le service de presse tartinaient à qui mieux mieux là-dessus. Le président avait exigé qu'aucun nom de lieu ne soit cité, ni avant ni après. La plupart d'ailleurs l'ignoraient. Toute fuite eût été sévèrement sanctionnée. Contrairement à l'un de ses prédécesseurs qui se promenait le plus simplement du monde sur les sentiers de la préhistoire, coiffé d'une casquette de pêcheur, un bâton de pèlerin à la main, au milieu d'une nuée de photographes et d'une foule de disciples pieusement suspendus à ses lèvres, le président Bunus, pour sa part, avait toujours médité seul. Il disait intelligemment : « Au siècle des media, le vrai théâtre, c'est le secret... »

Pendant ces vingt jours à Paris, Boislieu ne vit le président qu'à cinq ou six reprises et jamais seul à seul, rapidement, pour préciser certaines notes qu'il avait établies sur divers aspects du voyage. La note sur l'estancia Rosette fut accueillie sans commentaire. Quant au discours de Pedroquarto, il ne lui passa même pas dans les mains, omission signée Renucci qui avait un avant-goût de placard et qu'il traita par le mépris. Pourquoi jouer les jeux du sérail quand le sérail va s'écrouler et qu'on le sait. Même à cela, précisément, il n'avait pas eu le temps de penser. Son équilibre nerveux s'en trouvait préservé. Il était absorbé par des problèmes techniques, des heures de conférence avec le chef du protocole ou l'intendant de l'Elysée.

Le 5 mars, un premier avion du G.L.A.M. décolla,

les soutes chargées de vin, de champagne, de matériel de transmission et de télévision, de cadeaux en tout genre, de motos de cross pour les petits-fils du général Grosswerner, de croix de la Légion d'honneur, de briquets d'argent ou de presse-papiers en cristal à la marque du président. Vingt caisses d'un poids de huit cents kilos contenaient la vaisselle, le linge de table, la verrerie, l'argenterie prêtés par le Quai d'Orsay. Tout un bazar de luxe et de faux luxe farouchement surveillé par les supergendarmes. A l'étage des passagers, un autre bric-à-brac : quelques supergendarmes, justement, de l'espèce la plus teigneuse, l'intendant de l'Elysée, le sommelier, le chef et quelques aides, un pâtissier, trois maîtres d'hôtel, un fleuriste, deux brochettes de techniciens des PTT et de la télévision, trois palefreniers du haras du Pin chargés au retour des poneys de polo, des policiers des V.O., deux médecins aspirants convoyant le matériel mobile de perfusion, le masque à oxygène, l'électrocardiographe ultra-miniaturisé et tout un stock de drogues à réveiller ou à calmer un cheval, à l'endormir, à le doper, à l'empêcher de tousser, d'éternuer, de péter ou d'être pris de diarrhée...

Le 12 au matin, ce fut le tour de l'avion de la presse, une soixantaine de journalistes parmi lesquels nos vieilles connaissances Ducorchet et Pontot, dit le Baron. Il y avait belle lurette que l'Elysée avait renoncé à affecter à chacun de ces gentlemen de plume une place particulière dans l'avion. Ils n'étaient jamais satisfaits, d'une susceptibilité pointilleuse, louchaient sur les confrères mieux placés, se jugeaient brimés, relégués, insultés pour peu que certains d'entre eux, d'un âge ou d'un poste plus élevés, eussent droit à des fauteuils de première classe. Désormais on les laissait embarquer en troupeau, comme du bétail d'agence. Ceux qui couraient le plus vite dans les tunnels d'embarquement gagnaient le cocotier. Quelques-uns d'entre eux, les vrais privilégiés, invités personnels du président, ne partiraient que le lendemain et voyageraient dans son avion. C'était le cas de Mlle Françoise Ferny, autrement appelée la Belle Féfé.

La lotte braisée aux langoustines embarqua la première, à l'aube du 13 mars, trois heures avant la Belle Féfé, sur l'aire de haute sécurité d'Orly, bien au frais, dans son jus, en récipients hermétiquement fermés convoyés par les supergendarmes. Suivirent la croustade de cailles farcies périgourdine, le flan de pommes aux morilles, la selle d'agneau rôtie Argenteuil, un plat de secours qui ne trahit jamais et qu'il suffira de mettre au four, tout cela déjà préparé par les cuisines de l'Elysée, précuit ou à réchauffer, pour un banquet de cent cinquante couverts, sans oublier les incomparables fromages de nos campagnes, le bon beurre normand, les sorbets ou les glaces qui voyagent mieux que les gâteaux, et le pain qui sera décongelé. On évite les salades qui se flétrissent. Ce n'est plus un avion, c'est un garde-manger. Le président de la République française, une main sur la boîte noire qui le relie au P.C. Jupiter, l'autre sur le menu du banquet, tel une figure allégorique, pourra se présenter à ses hôtes étrangers en toute majesté, nimbé de milliers de fleurs coupées emballées dans la nuit et qui l'accompagnent aussi, langées comme des bébés.

Puis vinrent les malles, les cartons à chapeau, les

porte-manteaux, un amoncellement de bagages. De l'habit de soirée à la veste de trappeur, le président se changera au moins quinze fois en trois jours. La présidente, autant. Boislieu, pour sa part, a emporté dix costumes et vingt chemises. L'aide de camp, le même nombre d'uniformes blancs. Et ils seront cent passagers dans l'avion, dont un tiers d'officiels priés pendant trois jours d'être tirés à quatre épingles face aux Saraguayens réputés pour leur élégance, la hauteur de leurs casquettes et le miroir de leurs escarpins vernis où se reflète toute la fierté d'un peuple.

Embarquèrent un peu plus tard ceux que l'on appelait la suite technique : d'autres supergendarmes de la sécurité rapprochée, les deux « téléphonistes », dont Dumas, le maître d'hôtel du président, son valet de chambre, sa secrétaire, la vraie, d'âge canonique, la femme de chambre de la présidente, le photographe officiel qui était un garde républicain, ainsi qu'un certain nombre d'employés subalternes de l'Elysée assortis de compétences diverses dont l'un avait pour unique mission de calligraphier les plans de table. Le prolétariat présidentiel... Il était installé dans la queue de l'appareil, séparé par un rideau de la deuxième catégorie de passagers : les invités personnels du président.

Difficile de porter un jugement sur ceux-là, d'autant plus — reconnaissons-le — que cela n'apporte rien au récit, hormis la difficulté que Tony aurait à les duper tous en bloc dès le voyage de retour. Ils formaient cependant un décor voulu par le président. Ils étaient la cour. Ils le savaient. Transportés dans de mauvaises conditions, ils ne verraient quasiment rien du pays visité, se retrouveraient à deux par chambre entassés à l'hôtel *Vice Rey*, relégués aux centièmes places du banquet et tenus à des propos insipides dans la cohue moite des cocktails. Mais comme à Austerlitz ils pourraient dire : « J'y étais ! », invités pour manger dans la main pour peu que l'auguste main se tendît, ce qui n'était pas une certitude, seulement un espoir éperdu. A l'exception de quelques spécialistes et hommes d'affaires motivés, quoique de mauvaise humeur, qui avaient accepté à contrecœur de voyager dans les fourgons du souverain, aucun n'avait plus de raison de se trouver là qu'un autre, sinon la vanité d'avoir été choisi et peut-être — les élus seraient rares — d'être appelé quelques instants dans le salon du président, à l'avant de l'avion. Un protocole impitoyable les avait alignés dans les travées de l'appareil exactement comme des asperges selon leur degré de maturité, les plus mûrs devant, tout de suite derrière les officiels, à trois rangées de fauteuils de l'iconostase, c'est-à-dire de la cloison mobile qui séparait le vulgaire de l'appartement du président. Parmi eux, naturellement, le Bouffon, bardé de stylos, de carnets de notes, de magnétophones à cassette, et non loin de lui la Belle Féfé, à portée de sonnette, ses longues jambes de nymphe déployées.

Un quart d'heure avant le départ, selon le protocole les autres places en avant étaient encore inoccupées celles de la suite officielle présentement plantée dans le salon d'honneur d'Orly pour la grand-messe républicaine, ainsi que le gouvernement au complet.

Impossible d'y couper, tous étaient là. On avait embouteillé tout Paris à une heure de grande circulation, engorgé le périphérique qui ne s'en remettrait qu'à la nuit, bloqué les Champs-Elysées, les Invalides, l'avenue du Maine et la porte d'Orléans, neutralisé l'autoroute du Sud, mobilisé deux mille gardiens de la paix, dix hélicoptères de gendarmerie, plus de cent cinquante motards et autant de voitures de police toutes sirènes déchaînées pour que ne manquât point au départ du président le plus inutile secrétaire d'Etat. En y ajoutant le gouverneur militaire de Paris, le préfet, le préfet de police, le secrétaire général du gouvernement, celui de l'Elysée et vingt autres dignitaires du régime, on aura le compte des poignées de main que le président Antoine Bunus, apparemment d'excellente humeur, décerna ce matin-là comme autant de brevets de confiance. Ces réunions de famille ne sont jamais télévisées. C'est dommage. On y verrait la seule vérité vraie du pouvoir, cette promiscuité complice de toutes les ambitions savourée sans vergogne à huis clos. Laxois, le premier ministre, n'était pas du voyage. Il eut droit à un long aparté. On le disait chancelant. La durée inusitée de l'entretien fit remonter sa cote. Le ministre des Relations extérieures, Weitzel, faisait partie de la suite officielle. Décidée au dernier moment, sa présence embarrassait Boislieu, car Weitzel était un fidèle du président, un ami des mauvais jours, de ceux qui savent se placer dans le temps de l'adversité et patienter ensuite vingt ans, d'autant plus méfiants et avides qu'ils ont attendu longtemps.

Quant à la présidente, elle affichait à son habitude un air indifférent et hautain. Boislieu, la saluant, reçut le même sourire glacial qu'elle adressait à tous, mais il la devinait aussi impatiente et tendue que lui-même. Ils s'étaient très peu vus depuis le retour de Boislieu. La première fois, dans son bureau, avant qu'il eût ouvert la bouche, elle avait posé son index sur ses lèvres puis avait aussitôt enchaîné sur des propos strictement professionnels tout en lui tendant un papier où elle avait écrit une date, une heure et un numéro de téléphone. C'était celui d'une de ses amies chez qui elle se réfugiait de temps en temps lorsqu'elle était clouée à Paris, excédée par la vie de l'Elysée, pour boire une tasse de thé en paix, c'est-à-dire un scotch bien tassé. De cette façon seulement Boislieu avait pu lui raconter son voyage, lui parler de Tony et des derniers développements de leur plan avec la participation inespérée de Zorro. Elle avait dit : « Nous devons être très prudents tous les trois, et c'est en ma présence que vous devez prendre des précautions. Je me sens guettée en ce moment. Je n'aime pas cela. Le président ne se doute de rien, évidemment, j'en suis certaine, mais ce qu'il a deviné, c'est que je m'éloigne de lui. Pour cela il a des antennes. Dès qu'un complice politique est sur le point de le lâcher, il le sait. Venant de moi, cela l'étonne. Alors il me fait surveiller. Ah ! P.A., vivement qu'on en finisse... »

Dehors, sur l'aire d'embarquement, le bataillon de la garde républicaine en shakos d'apparat s'était déployé le long du tapis rouge, avec drapeau, clique et fanfare. Les commandements réglementaires des officiers n'étaient qu'un décor sonore. Leurs hommes n'en avaient nul besoin et connaissaient par cœur, au centimètre près, leur place dans ce ballet militaire parfaitement rôdé. Pour des soldats de parade, la routine. Ils eussent présenté les armes à un singe si on le leur avait ordonné. Le président marchait mécaniquement, accompagné de son aide de camp qui était lui aussi du voyage. Devant le drapeau, il s'immobilisa, tandis que la Marseillaise éclatait. La République est un régime provisoire et antinaturel qui ne dure qu'à coups de clairon : à défaut de ces onctions répétées, personne n'y croirait plus. Au même instant, à l'Elysée, on abaissait le pavillon national. Le président quittait la France, drapé de légitimité. Dans trois jours, à son retour, se répéterait le même protocole et pour les mêmes raisons. Il ne manquerait au chargement de départ du D.C.8 présidentiel du G.L.A.M. que les lottes et langoustines, cailles farcies et selles d'agneau. A son bord, une bombe : Antoine Bunus, le vrai, alias Tony Rosette.

Rien de notable à signaler pendant le voyage d'aller. Ah si : le capitaine Birot n'était plus le capitaine Birot, mais le chef d'escadron Birot, une promotion qui datait de la veille et anticipait de deux ans sur le tableau régulier d'avancement. Cela avait fait grincer bien des dents. Zorro était assis au second rang de la suite officielle parmi les hauts fonctionnaires des V.O. et du Quai. On trouvait au premier rang le ministre Weitzel, le chef du protocole, le secrétaire général adjoint de l'Elysée, et, tout de suite à côté de Boislieu, un homme qui lui posait des problèmes et qui serait tout aussi difficile à neutraliser au retour que Weitzel. C'était aussi un militaire, le colonel de Bonnechose, aide de camp du président.

Dans un voyage officiel, l'aide de camp est omniprésent. Logé tout près du président, il est le seul avec le maître d'hôtel à pouvoir entrer dans la chambre présidentielle sans avoir été convoqué. Le matin, au petit déjeuner, il lui communique les messages arrivés dans la nuit, lit la presse à haute voix, présente quelques demandes d'audience, trie ce qui est urgent et ce qui peut attendre. Il est le seul à passer les troupes en revue avec le président, le seul à lui glisser à l'oreille le nom de la personne qu'il rencontre, à lui tendre le cadeau qui vient de lui être offert. Il prévient le médecin, convie des invités, prévoit l'imperméable en cas de pluie et tire de sa poche, sans se tromper, le discours qui doit être prononcé. Les dossiers indispensables et secrets, c'est encore lui qui les trimballe dans une mallette à bout de bras. Dans l'avion, dès le décollage, il s'était mis à travailler, repassant toutes les phases du voyage. Sur l'accoudoir de son fauteuil, un voyant lumineux doublé d'une sonnerie le reliait au président. Un pro, avec les étoiles de général au bout de la corvée. On sait que le président Bunus, amateur de solitude, avait décidé de s'en passer durant son séjour dans le Sud. Mais après ? Boislieu tournait et retournait ce problème dans sa tête. Imaginait-on Bonnechose lisant au président, c'est-à-dire à Tony, dans l'avion du retour, des dépêches secrètes traitant d'affaires en cours auxquelles il ne comprendrait rien ? A la niche, lui aussi ! Il faudrait enfermer Bonnechose dans sa niche, le temps de durer jusqu'au discours télévisé. Là, au moins, Boislieu tenait le bon bout. Il avait prévenu en partant le directeur des informations de TF1 de tenir prêts ses techniciens pour le 16 mars à 22 h 00. « Cher ami, je vous livre un scoop, mais surtout, pas un mot, à personne m'entendez-vous ! Le président recherche l'effet de surprise, en marge de son entourage habituel, à une heure inaccoutumée, un grand moment de politique étrangère... » L'autre ne s'était même pas étonné, jurant de se faire couper la langue s'il parlait. Rien de surprenant dans cette attitude. L'homme de télévision faisait coup double : il passait sur le ventre des copains tout en se plaçant à l'Elysée. Beaucoup s'étaient déshonorés pour bien moins...

La présidente s'était presque aussitôt retranchée dans son petit salon privé. Allongée sur sa couchette, les rideaux des hublots tirés, Elvire dévidait ses souvenirs. Boislieu lui avait remis une photographie de Tony. Elle la contempla pendant un long moment, attendant un souffle d'émotion tout en sachant que de son cœur sec rien de semblable ne pouvait plus jaillir. Déçue ? Même pas. Elle haussa les épaules et s'endormit.

Weitzel passa une heure avec le président. Il en revint tout gonflé, se rasseyant à sa place avec une modestie étudiée. Puis ce fut le tour de Zorro : un quart d'heure, du Bouffon : dix minutes, du président Leborgne (Moulinette) : cinq minutes, de Jean Daniel : cinq minutes (un retour en grâce), de Paul Guimard : trois minutes (une résurrection), etc. Dans tout l'avion, furtivement, chacun regardait sa montre et pesait la faveur du prince en minutes. Les oubliés se tassaient dans leur fauteuil et baissaient les yeux sur leur journal comme s'ils craignaient de croiser quelque regard narquois. Quand le fidèle Bonnechose se levait au commandement du voyant rouge et descendait l'une ou l'autre travée à la recherche d'un invité, le cœur de chacun de ces malheureux battait. A mi-parcours, Boislieu fut appelé. « Eh bien, bonne chance » lui souffla une voix derrière lui. C'était Zorro.

— Asseyez-vous, monsieur le Secrétaire général

adjoint, et parlez-moi de ce Tony Rosette. Nous n'en avons guère eu le temps jusque-là.

C'était l'épreuve. Il s'en tira, brossant carrière et caractère à grands traits. Pour l'allure générale du personnage il eut plus de mal. Il lui fallait décrire George Niven. Il avait peur de se couper. Mentir lui mettait le rouge au front. Tout au moins se l'imaginait-il. Est-ce qu'une goutte de sueur ne coulait pas le long de son nez ?

— Tout cela est parfait, dit le président. Un type bien, un vrai résistant. Nous serons en bonne compagnie. Ah ! Boislieu, comme tout était clair en ce temps-là...

Leurs regards se croisèrent. Dans celui du président, Boislieu ne lut que de l'amitié. Et dans la voix, la voix de Tony ! — enfin, dans celle d'Antoine — rien d'autre qu'une vraie sincérité. Cela dura peu. Boislieu en fut soulagé. Cinq minutes de plus sur ce ton et il aurait fini par douter.

— Quoi d'autre ? demanda sèchement le président, coutumier de ces retours d'humeur par lesquels il reprenait d'une main ce qu'il venait de donner de l'autre.

— Je ne sais si c'est bien sérieux, dit Boislieu, mais enfin on m'a prié de la part du général Grosswerner de vous remettre ceci.

C'était le catalogue du *Mouton à cinq pattes*.

Le président siffla entre ses dents.

— Incroyable ! Et vous me dites que je dois choisir pour ne pas fâcher le bonhomme ?

Il eut un sourire méchant.

— Appelez-moi Mlle Ferny. Elle choisira mieux que moi.

La Belle Féfé traversa l'avion tête haute, sans ciller. Minuscule et anecdotique point d'histoire : la plupart des autres passagères invitées l'enviaient...

# QUINZE MARS

Un autre avion.

Cette fois le Mystère 20 personnel du général Grosswerner mis à la disposition du président Bunus. Huit places.

Ils étaient huit à bord : le président, son épouse, Zorro, Boislieu, le docteur Weber, Dumas le « téléphoniste », Linda de Hohenlo et le général Castellano, des carabiniers du Saraguay, seul officiel quarténien. L'ambiance était détendue. Un steward offrait du champagne. Le président dissertait en contemplant les sommets des Andes. Il racontait comment quinze ans plus tôt il avait « trecké » au Népal et retrouvé un sens à la vie. C'était beau, c'était sublime, et combien l'exercice du pouvoir paraissait dérisoire face au déferlement blanc des plus hautes montagnes du monde... Ce qu'il ne disait pas, c'est que c'était à la mode de ce temps-là et que son petit *Goebbels* privé le lui avait fortement conseillé pour inaugurer sa longue marche à l'assaut de l'opinion vers le seul sommet qui comptât, celui qui culmine à l'Elysée... Le général Castellano replaça son Roger Caillois, la croix sur le volcan Praxi et la cabane de l'archiduc. Les deux dames étaient assises côte à côte à l'avant. Elles parlaient de leurs jardins, l'un sur la Rance, l'autre à Pedroquarto, évitant tout ce qui risquerait de se rapporter aux événements qu'elles s'apprêtaient à vivre. Toutes deux complices, elles le savaient, bien qu'aucun aparté jusque-là ne leur eût permis de s'en assurer. Linda ne pouvait s'empêcher par moment d'interroger sa voisine du regard mais le Sphinx restait de marbre. Quelle femme romanesque ! Quelle maîtrise ! Pour le second jugement au moins, Linda ne se trompait pas.

L'avion survolait un désert. Sur les pistes, aucun véhicule. Interdiction de circuler, de s'éloigner des estancias, de quitter les rares agglomérations. A cent kilomètres au nord du district *Coronel-Cornichon*, l'armée avait coupé toutes les routes depuis huit jours, et à deux mille mètres au-dessus du Mystère 20, la chasse saraguayenne déployait son bouclier, prête à fondre du ciel sur tout objet en déplacement. Ah ! que c'est inestimable, que c'est précieux, un président de la République française ! On ne croirait pas, vraiment, qu'ils sont plus de cent à piétiner et à ronger leur frein en se disant : « Pourquoi pas moi ? », avec tout autant de bonnes ou de mauvaises raisons...

Nous avons gommé la partie officielle du voyage, les 13 et 14 mars. Qu'il suffise de savoir que tout s'était bien passé. Trois journalistes français s'étaient fait matraquer par les carabiniers lors du dépôt de gerbe *Plazza de los Libertadores*. Prévenu par son aide de camp, le président avait laissé tomber, impassible :

« Allons ! Bonnechose, c'est une profession qui a besoin de héros. Elle adore crier qu'on l'égorge. Nous aurons droit à leur communiqué sur la liberté de la presse bafouée. C'était un service à leur rendre... »

Le général Grosswerner et le président Bunus s'étaient trouvés dès la première minute réciproquement antipathiques, c'est-à-dire qu'ils avaient multiplié les démonstrations et déclarations publiques d'amitié : identité de vue complète, fraternité indéfectible... exactement ce que se disent le Monomotapa et le Burkina-Fasso en visite officielle l'un chez l'autre. Linda, qui connaissait son général sur le bout des doigts et assistait aux deux dîners, celui du *Palacio azul* et celui de l'ambassade de France, avait fait part de ses impressions à Boislieu : « Le courant ne passe pas. C'est bon pour nous. Quand il saura la vérité, il se dira qu'il avait bien jugé et ne prendra aucune sanction... » Lors de « l'Appel de Pedroquarto », devant les Cortès réunis, le général avait carrément fait la gueule. Il regrettait presque ses poneys et déclarait à qui voulait l'entendre que les motos françaises offertes à ses petits-fils faisaient un boucan pas possible. Weitzel s'arrachait les cheveux. On avait trouvé la parade, cinq pour cent de plus sur le marché d'uranium au holding que contrôlait entièrement le général et tout était rentré dans l'ordre, au moins pour la galerie. Le général Grosswerner avait même consenti de bonne grâce à déclarer "initiative historique" l'appel présidentiel lancé au monde entier depuis sa capitale. Cela ne l'engageait à rien et n'entraînait nulle conséquence. Le « monde », évidemment, ce n'était que les électeurs français conditionnés par les media français relayés par les instituts de sondage français : consommation strictement intérieure. Au moins fournit-il au Bouffon le titre du nouveau chapitre auquel celui-ci travaillait fébrilement dans sa chambre du *Vice Rey* en l'absence de sa divinité partie méditer dans le Sud : *Une initiative historique...*

En bref et à tous égards, le modèle le plus courant de voyage officiel classique.

Peu avant l'arrivée, le Mystère 20 fut pris dans un grain. La grêle martelait la carlingue et s'écrasait sur les hublots. Jusqu'à présent il avait fait beau.

— Cela m'étonnait aussi, constata philosophiquement le général de carabiniers, assis auprès du président.

Il se lança ensuite dans un cours désabusé de météorologie australe avec énoncé des caprices auxquels on s'exposait dans ce fichu pays, démonstration illustrée dix minutes plus tard et de façon éclatante par un brusque déchirement des nuages livrant d'un coup l'immensité. Le président ne l'écoutait plus. Le visage collé au hublot, il ne quittait pas des yeux le paysage. Comme l'avion effectuait un virage juste au-dessus du terrain, le toit du petit aérogare s'encadra exactement dans son champ de vision, avec en lettres rouges sur fond blanc une inscription qui le couvrait entièrement : *CORONEL-CORNICHON*. Pour découvrir à travers le hublot l'expression de son regard, il eût fallu se trouver dehors, à l'extérieur de l'avion, ce qui était évidemment impossible. De dos on pouvait seulement voir sa tête pivoter sur son cou de telle sorte qu'il ne lâchait pas des yeux les seize lettres rouges fatidiques. Lorsqu'elles eurent disparu il se retourna et dit à son voisin :

— Drôle de nom. Et qui était ce brave colonel ?

« Le brave colonel Cornichon... » Ainsi commençait invariablement chaque histoire qu'un père racontait autrefois à deux petits garçons juchés sur ses genoux...

— Je l'ignore, Excellence, répondit le général Castellano. Le señor Rosette vous renseignera sans doute.

Le président eut un geste qui pouvait signifier qu'il avait parlé pour parler et que cela n'avait aucune importance, tout en offrant à son voisin un air indifférent tandis que l'avion atterrissait. Il aurait fallu un joueur de poker rudement expérimenté pour déceler en arrière de ce regard celui qu'affecte un adversaire qui vient de lever un jeu de plomb, jubile intérieurement, et donne à croire qu'il n'a qu'une paire de sept avec tant de déception contenue qu'on finit par s'y laisser prendre.

— Bigre ! dit le président. Au moins ça fouette le sang !

— Et c'est encore l'été, remarqua le général.

L'air glacé du cap Horn venait de s'engouffrer par la porte ouverte de l'avion. L'herbe autour de la piste était plaquée au sol. La manche à air claquait furieusement tandis qu'on entendait plus loin un train qui n'en finissait pas de dérailler avec d'horribles bruits de ferraille : c'était la roue de l'éolienne emballée. Zorro aida le président à enfiler sa pelisse de loup. Au pied de l'échelle roulante, tous ceux que nous connaissons déjà. George Niven s'avança. C'était à lui, Tony Rosette pour ce séjour privé, qu'il appartenait d'accueillir son hôte en premier.

— Ah ! Monsieur Rosette, s'écria le président sous les rafales du vent. Que je suis content de vous voir ! Nous avons tant de choses en commun. Je salue le grand résistant. Mais il faudra que vous me disiez (il désignait la plaine sans fin, sinistre, presque lunaire d'aspect) ce qui vous a conduit jusqu'ici. Nous avons à peu près le même âge, participé aux mêmes combats. Je voudrais comprendre. Et qui sait si l'ayant compris ne me viendront pas des regrets. Vous avez choisi la bonne part.

— Mais vous y êtes vous aussi, monsieur le Président ! Pour vingt-quatre heures nous partagerons. Soyez le bienvenu.

Ils rirent tous deux, enchantés l'un de l'autre. La partie commençait. Niven maîtrisait son rôle parfaitement, stimulé par la pensée que son vis-à-vis en faisait autant, au moins lorsqu'il parlait de résistance et de combats. Le salopard ne manquait pas d'aplomb...

Niven-Tony présenta ses amis, Hohenlo, Almagro et le petit Garcia qui, raide comme un piquet, gardait les yeux baissés. Linda se jeta dans les bras de son mari que tant d'effusions ne surprirent pas, compte tenu des circonstances. Le général Castellano prit congé jusqu'au lendemain, puis jetant un regard dégoûté au minable village de tôle où il allait passer la nuit à l'écoute de ses patrouilles et sans pouvoir fermer l'œil, il pesta une dernière fois contre la lubie de ce Français. Heureusement, tout baignait dans l'huile, tout roulait impeccablement selon le plan prévu. Rien ne manquait au dispositif : près du poste de carabiniers, avec deux autres techniciens français, le camion des transmissions servant de relais permanent entre le « téléphoniste » Dumas et Paris ; le docteur Weber et Don Juan, le jeune médecin lieutenant, dans l'hélicoptère sanitaire qui déjà survolait le terrain en attendant de s'élancer vers l'estancia Rosette sur les traces du petit convoi ; le lieutenant Costoni à bord d'une Alouette de surveillance qui naviguerait à vue des Range-Rover ; une grosse banane à deux rotors également prête près des hangars pour ramener le président et sa suite à l'aube du lendemain ; et tous les autres appareils bourrés de tireurs d'élite dissimulés le long du parcours... Jamais désert n'avait été plus peuplé. Que viennent les assassins, ils seraient gentiment reçus. Et d'où diable pourraient-ils bien venir ? pensa le général en haussant les épaules. Il regarda sa montre. Il était midi. Il avait recommandé : « Surtout, tenez l'horaire ! Il n'y a pas de sécurité sans horaire. » Et à midi, l'une derrière l'autre, démarrèrent les deux Range-Rover. Le président se trouvait dans la seconde. Bon débarras et à demain...

Dans son bureau, à l'estancia, Tony tira une dernière fois du coffre le classeur noir étiqueté *Antoine Bunus 1944-1945*. Le feu brûlait dans la cheminée. Une par une il y jeta toutes les pièces du dossier, les coupures de presse, les photos. S'il ne revenait pas vivant de Paris, inutile de les conserver. Elles se bornaient à témoigner de l'irrésistible ascension du capitaine Antoine Bunus, compagnon de la Libération. Il n'y avait pas la moindre preuve de l'imposture dans tout cela. Lui seul en tenait lieu. Son seul atout, c'était sa présence, le simple fait qu'il existât, miroir parfait de son jumeau. Le dossier secret de l'Israélien Lévin ne tenait pas davantage debout sans lui.

Se consuma lentement la dernière photo, celle du 9 août 1944, jour de la libération du Mans. Le jeune capitaine Bunus, l'archange, sur le perron de la

*Dépêche du Mans* dont il vient de s'emparer à la tête de ses hommes de main, a pris possession aussi d'une jeune et jolie fille. Son bras est passé sur les épaules d'Elvire. Ils sont beaux, triomphants. Visiblement ils s'aiment... Les coins de la photo jaunirent, se racornirent, jusqu'au moment où le visage d'Elvire s'embrasa et tomba en poussière tandis que Tony se disait : « Ce regard d'Alexandre, c'était aussi le mien... » Lorsqu'il observait son frère, autrefois, son reflet lui renvoyait ce qu'il lisait lui-même au fond de son propre cœur, le bien, le mal, le vrai, le faux, dans leur âme de cinq ans tout était mélangé, échangé, partagé, puis d'un coup séparé. L'un s'en tirait, heureux. L'autre sombrait dans une rancœur mortelle. Alors l'ange blanc, pris de pitié, tendait la main à l'ange noir : « Tout ce qui est à moi est à toi. Rien ne nous séparera... »

Rien d'autre que cette lettre, dernière pièce du dossier qu'il ne se résolvait pas à brûler. Il la relut : « Antoine ! Antoine ! Hier nous nous sommes aimés de façon presque divine... Si l'amour existe sur cette terre, c'est celui que tu m'as donné et que je t'ai donné. Quelque chose d'indissoluble marqué là-haut, dans le ciel, d'un signe d'éternité. Je compte les minutes qui nous séparent... Je t'aime à jamais. Elvire. » L'ange noir disait à l'ange blanc : « Tout ce qui t'appartenait, je l'ai sali. »

Tony plia la lettre et la rangea dans sa poche. Puis choisissant un livre dans sa bibliothèque, il monta s'enfermer au premier étage de la maison dans la chambre à double issue où il devait se tenir caché jusqu'au moment de la substitution.

Déjà, il guettait le bruit des voitures dans la cour.

Pendant tout le trajet, Niven parla beaucoup, racontant la vie du pays, comment il s'y était installé et pourquoi il avait quitté la France quand les nains s'étaient mis à grouiller sur la victoire volée. Il transposait à peine. C'était aussi sa propre histoire dans l'Angleterre brisée d'après guerre. Le président écoutait gravement, parlait peu, visiblement intéressé, et dès que la conversation tombait, il la relançait par des questions. Ainsi Niven occupait le terrain, presque étonné que cela fût si facile. Il ne doutait plus à présent de tenir son rôle jusqu'à la nuit.

Au rio Chico les attendaient trois moutons à la broche qui rôtissaient à l'abri d'un muret au milieu d'un concours de cavaliers. Il y avait là des *péones* de Niven, d'Hohenlo, d'Almagro, de Tony, triés sur le volet, fidèles entre les fidèles, prêts à l'enfer. On les avait prévenus de ne pas s'étonner devant le sosie du señor Rosette, au moins de ne pas le manifester sous son nez. Ils ne s'étonnaient pas. *Son cosas del Sur...* L'hélicoptère de Costoni ainsi que l'appareil sanitaire s'étaient posés non loin de là. Le vent ne mordait plus mais il avait nettoyé le ciel. Tous mangèrent avec leurs doigts une viande merveilleusement fondante que des *péones* leur présentaient à la pointe du couteau. On se lava sans façon les mains à la rivière. Le président, ramassant un galet, risqua quelques ricochets. D'autres l'imitèrent. Tout le monde riait. Atmosphère surréaliste si l'on songe qu'avec Costoni, Garcia, Niven, Almagro, Hohenlo, Don Juan, Linda, Elvire, Zorro ainsi que Maria qui les avait rejoints au volant de sa Jeep, cela faisait dix personnes qui savaient que le destin de cet homme était déjà scellé. Rassurés par la crédulité de leur victime, eux aussi occupaient le terrain en confiance et le président les y aidait.

Au moment de regagner les voitures, la présidente avait déclaré :

— Je monte dans la Jeep de Mme Rosette. Nous ferons le reste de la route ensemble.

Pendant tout le déjeuner, Maria n'avait pas prononcé trois mots. Pour reprendre la même expression, elle ne donnait pas du tout l'impression d'occuper le terrain en confiance ni de tenir son rôle fermement. Le président avait remarqué, s'adressant à Niven : « Votre femme paraît assez sauvage. Peut-être l'ennuyons-nous ? Dites-lui que je la comprends... » A quoi l'Anglais avait répondu : « Il faut lui pardonner. Elle est intimidée et ne parle pas le français. » Intimidée n'était pas le mot. La ressemblance la terrifiait. Elle ne l'avait pas imaginée si totale. Le président avait appelé son épouse : « Vous qui parlez espagnol, Elvire, tenez compagnie à Mme Rosette, qu'elle garde une bonne impression de nous... »

Alors le Sphinx avait souri.

A l'arrivée à l'estancia, Maria paraissait rassurée. Imperturbable et avec grâce, elle fit les honneurs de la maison, conduisant le président et chacun de ses hôtes jusqu'à leur chambre, puis les recevant au salon devant un buffet de rafraîchissements. Elvire apprécia le mobilier, caressa du doigt les peaux de guanaco déployées sur les fauteuils, parla des fleurs avec émotion dans ce pays où le vent ne les tolérait pas et combien il était doux de reposer son regard sur les natures mortes accrochées aux murs du salon et devenues soudain vivantes par contraste avec la désolation extérieure. Maria se sentait enveloppée, protégée.

Hier encore, tard dans la nuit, elle avait tenté une dernière fois de dissuader Tony de risquer l'aventure. A présent, elle s'était ralliée. Convaincue ? Pas tout à fait. Plutôt anesthésiée...

Le président fit ensuite le tour des bâtiments de l'estancia à pied, interrogeant du regard les hauts murs de cette forteresse aveugle.

— Mais pourquoi vous enfermez-vous comme cela ? demanda-t-il. Nul ennemi ne vous menace. Vous pourriez percer des fenêtres.

Tacitement les conjurés se relayaient. Chacun donnait le meilleur de soi-même : derniers égards dus au condamné. Ce fut Hohenlo qui répondit.

— Alors la folie nous guetterait. Pendant le jour, passe encore. Nous sommes dehors toute la journée. C'est nous qui donnons vie à ce pays. Une fois rentrés, tout devient mort. Ce désert-là n'est pas l'océan. Rien ni personne ne peuvent en surgir. Ce serait une mortelle fascination. Les crépuscules n'en finissent pas. Le front collé à la vitre nous passerions des heures à contempler le néant.

— Je peux le comprendre, dit le président. Mais moi je percerais quand même des fenêtres. On étouffe toujours à l'intérieur de sa propre vie...

Il parla du *Désert des Tartares*, l'inoubliable roman de Buzatti. Cet ennemi qui n'arrivait jamais et qui n'était en réalité que l'autre part secrète de soi-même... Qu'auraient-ils pu comprendre à cela ? Il leur manquait Tony pour en expliquer le sens caché. Encore ne l'aurait-il pas fait. La gémellité n'obéit pas aux règles du commun. Ses codes sont indéchiffrables.

Cette fois Almagro prit le relais. Puisqu'il s'agissait

de livres il évoqua sa bibliothèque, ses centaines d'ouvrages rares sur le Sud, le Horn, le détroit de Magellan. Selon lui, on pouvait donner tout Darwin pour un seul tome d'Alcide d'Orbigny, le grand explorateur français de ces régions, deux ans avant l'Anglais. Il parlait, il parlait... Il fallait meubler le temps. La tension montait peu à peu, imperceptiblement. Il sentait les nerfs de ses amis tendus.

A cinq heures ils se séparèrent. C'était le moment du pèlerinage, de la visite du président à l'ossuaire de la Cavalerie, accompagné seulement de Niven, de Maria et du tandem Zorro/Dumas. Déjà on entendait le bourdonnement des hélicoptères de surveillance qui faisaient mouvement vers la grande dune.

— Venez-vous, Elvire ? demanda le président.

— Assez de Jeep pour aujourd'hui.

Costoni proposa son Alouette.

— Ah non ! dit le président. On ne tombe pas de cette façon dans le sacré. Ce serait grotesque. Restez donc là, ma chère. Et vous, Boislieu ?

— Comme vous voudrez, monsieur le Président.

— Je crois que je me passerai de vous. J'ai déjà Dumas et Birot. Comment voulez-vous que je change de planète, vous me rappelez trop mes fonctions. Et puis vous ne cessez de regarder votre montre depuis ce matin. C'est énervant.

Le temps, le temps ne passait pas assez vite...

Lorsque les Jeep eurent disparu, Elvire dit à Boislieu.

— Conduisez-moi, P.A., je veux le voir.

Elle ne fut pas surprise. Le jeune homme qu'elle avait quitté, quarante années plus tôt, en réalité ne l'avait-elle pas vu vieillir lentement à ses côtés ? Le phénomène ne l'étonnait plus. Le seul choc qu'elle avait ressenti autrefois, dans la maison de la forêt, ce n'était pas la découverte du frère jumeau d'Antoine, mais la prescience de son contraire sous des apparences identiques. Un abîme fascinant où elle s'était jetée. Les apparences n'avaient pas changé. Les âmes non plus, à l'évidence. Le bon petit jeune homme aussi généreux et bébête qu'ennuyeux et conventionnel se prenait aujourd'hui pour saint Georges. Quarante ans pour reprendre ses billes ! Et encore fallait-il l'aider... Et qu'il était donc godiche à ne savoir que dire ! En pareil cas il faut amorcer par une banalité. Elle commença :

— J'ai changé, n'est-ce pas ?

— Je ne t'aurais pas reconnue.

A pieds joints ! Et ce tutoiement qui ne signifiait plus rien...

— Si nous ne voulons pas nous couper durant la journée de demain, mieux vaut prendre de bonnes habitudes tout de suite. Le président me vouvoie.

— Comme vous voudrez, dit-il. Pourquoi faites-vous cela ?

— Parce que vous êtes vivant. Mort, je n'aurais eu aucun remords. Maintenant j'en ai. Cela me gêne. Comprenez si vous le pouvez. Je pourrais vous poser la même question.

— Et moi vous répondre par une autre. M'aimiez-vous, Elvire ?

Le pathos à présent ! Y patauger après quarante ans... Tout ce qu'elle avait en horreur. Et que répondre à cela ? Oui ? Non ? Est-ce que cela avait la moindre importance ?

— Que souhaitez-vous entendre ? demanda-t-elle.

— La vérité.

Elle haussa les épaules.

— Vous étiez mort. Je vous avais oublié. Croyez-vous que je me sois attardée à des examens de conscience...

— Et cela ?

Il lui tendit la lettre qui se trouvait dans sa poche.

« Mon Dieu ! pensa Elvire, et pourquoi pas une mèche de cheveux ? Une photo dans un médaillon ? Un mouchoir à mes initiales sur lequel il aurait tant pleuré ? Mais quel âge mental a-t-il donc ? Vingt ans ? Que tout cela est bête... »

Elle chaussa ses lunettes.

— C'est bien mon écriture, mais elle est devenue illisible.

— La lettre a fait le grand voyage, dit-il. Je la cachais. Le plus souvent, elle était roulée en boule. Voulez-vous que je vous aide ?

Il récita : « Antoine ! Antoine ! Hier nous nous sommes aimés de façon presque divine. J'ai pleuré de bonheur et d'exultation. Ce que j'ai découvert dans tes bras, c'est l'image même de la perfection qui était la nôtre en ces moments... »

« Mais il la sait par cœur ! se dit Elvire. Il me fait le coup du balcon ! Cyrano, dans l'obscurité, feignant de relire à Roxane les lettres de Christian... Est-ce qu'il fallait pleurer, laisser couler une jolie larme pour qu'il puisse s'exclamer à son tour : vous pleurez ! »

— Cela suffit ! coupa-t-elle. Oui, j'ai écrit cela, et alors ? Vous étiez un niais. J'étais niaise. J'ai écrit tout simplement ce que les jeunes filles de bonne famille qui se faisaient sauter en ce temps-là écrivaient pour rester bon genre. Ce qu'il fallait dire en pareil cas, non ? Vous étiez pétri de bons sentiments. Je me haussais à votre diapason. De la littérature !

— Vous êtes retombée bien vite. Vous ne m'aimiez pas.

Elle baissa les yeux, hésita.

— Peut-être que si. N'en parlons plus, voulez-vous.

L'avait-elle bien jouée, cette scène inévitable ? Refusant d'évoquer le passé, puis brusquant par pudeur et à la fin avouer... Saint Georges s'en irait au combat apaisé, en confiance. Il ne manquerait pas un bouton de guêtre à son âme. Son cœur ne ferait pas de faux pli. Il monterait à l'assaut en gants blancs.

— Et maintenant, reprit-elle, ne pensons qu'à demain. Je vous aiderai. Vous ne risquez rien. Oubliez Elvire Malentraide. Je suis Elvire Bunus. Vous serez le président. Pénétrez-vous de cette idée. Puisque tout le monde vous est acquis, ici, et que le docteur Weber et Dumas sont logés dans les communs, avez-vous l'intention de sortir de votre cachette et de vous montrer à votre frère ?

— Qu'en pensez-vous ? Ce serait tentant. Lui n'a pas hésité autrefois.

Elle tiqua. L'idée ne lui plaisait pas du tout. Cela pouvait brouiller toutes les cartes et entraîner une nouvelle donne plus difficile à maîtriser.

— Du vrai Shakespeare ! dit-elle. Soyons sérieux. Le président n'est pas un enfant de chœur. Il comprendra immédiatement ce qui l'attend. Vous avez oublié de quoi il est capable. Acculé il devient génial. Il retournera Zorro comme une crêpe, Lévin vous lâchera aussitôt car lui aussi sait juger vite et vos amis ne feront pas le poids. Ensuite, soyez-en sûr, il ne vous ratera pas. Voulez-vous que nous en parlions à Boislieu ? A vos amis aussi ?

Ils se retrouvèrent tous dans la chambre, pendant que Rafaél se chargeait de guetter le retour du président. Lévin était là aussi, habillé en *péon*, barbu, méconnaissable. Maintenant qu'ils n'avaient plus à feindre, les trois Saraguayens présents, Almagro, Hohenlo et Garcia, étaient plus intimidés devant Elvire en conjurée que devant Elvire présidente. Cette femme demeurait pour eux un mystère. Après quarante ans de vie commune publique et privée, la voilà qui s'apprêtait en toute maîtrise d'elle-même à trahir son mari. Ils la considéraient avec crainte et respect. Respect pour la noblesse et la tragique grandeur du geste effaçant quarante années de forfaiture, mais crainte aussi devant ce bourreau qui était l'épouse du condamné et ne s'était pas récusée pour autant. Garcia, surtout, parce qu'il avait l'esprit tordu, tournait et retournait cette équation ambiguë dans sa tête. A son habitude il se tenait en retrait, exagérant son insignifiance, mais rien n'échappait à son regard. Ne quittant pas Elvire des yeux, il ne la trouvait pas *vraie*. Imperceptiblement, elle avait pris le commandement. Garcia était le seul à penser que peut-être elle en faisait trop...

On convint que Tony ne rencontrerait pas le président et que la substitution s'effectuerait en deux temps lorsque tout le monde serait couché. Chacun resterait dans sa chambre. Pas un bruit. Rien qui pût compromettre le calme indispensable au succès. Zorro se chargerait du travail : un somnifère puissant dans une bouteille d'eau minérale, de celles-là précisément que les supergendarmes convoyaient précautionneusement jusqu'à la table de nuit du président. Embarqué comme un paquet dans la Range-Rover de Lévin, avec Garcia dans l'autre voiture, le président se réveillerait au Chili, à l'entrée d'un hameau perdu, un passeport dans sa poche au nom d'Alex Boisvin, représentant de commerce. Aucun risque d'être repéré au départ par les carabiniers de la *Securidad*.

— J'en ai fait l'expérience chaque nuit depuis huit jours, assura Lévin. Costoni a bien manœuvré. Même par vent portant en direction de leur camp, de l'endroit où se trouvent les carabiniers et leurs hélicoptères à un kilomètre d'ici, on n'entend pas le bruit d'une voiture qui s'en irait vers l'ouest. A condition de s'en tenir à des coups d'accélérateur discrets pendant les cinq premières minutes. Après quoi ce sera à vous de jouer, monsieur le Secrétaire général adjoint.

Boislieu enchaîna, s'adressant à Tony.

— Il sera environ minuit. J'espère que tu auras dormi un peu, car ensuite le temps te manquera. Nous n'aurons pas trop du reste de la nuit pour te changer en président, Elvire et moi. D'abord tu devras oublier l'espagnol et t'entraîner immédiatement à ne plus prononcer ni surtout en comprendre un seul mot. Puis te mettre dans la tête le protocole et le programme, et tous les gens que tu rencontreras, à commencer par tes propres collaborateurs. Tu as appris par cœur mes fiches ?

— Oui. Ça ira.

— Eh bien, nous les réviserons et nous les réviserons sans cesse. Rien que pour Bonnechose, l'aide de camp, qui connaît à fond le président, il nous faudra bien une bonne heure. Zorro et Garcia seront revenus vers six heures, juste avant l'aube. Et à sept heures ce sera le premier test, quand tu monteras dans ton hélicoptère en compagnie de Castellano.

— Ça ira, répéta Tony.

— Et maintenant, dit Elvire, je crois qu'il serait préférable qu'Antoine — je vous appelle Antoine, je dois aussi m'entraîner, et après tout c'est votre vrai nom — il est donc préférable qu'Antoine retourne s'enfermer dans sa chambre et que nous rejoignions les nôtres ou le salon. Ne risquons pas d'être surpris ici.

— C'est moi qui viendrai te réveiller si tu dors, conclut Boislieu. Je frapperai à ta porte en disant : C'est l'heure, monsieur le Président...

Dans sa chambre il y avait un en-cas préparé sur la table, une bouteille de vin, de l'eau plate, des cigares et son Jameson favori. Vers huit heures les voitures revinrent de leur excursion à la Cavalerie. Il risqua un coup d'œil dans la cour en écartant légèrement le rideau. Niven et le président bavardaient avec animation. Dumas, le « téléphoniste », conduit par Rafaél, s'en alla vers les communs où se trouvait sa chambre, après avoir échangé quelques mots avec Zorro, sans doute à propos des dispositions de départ du lendemain. Quant à Maria, elle ne leva pas le nez vers la fenêtre. A l'évidence elle s'y forçait. Quand la reverrait-il ? Après minuit, assurément. Puis encore une fois, au matin, mais seulement pour la remercier en s'inclinant légèrement au seuil de sa propre maison comme l'aurait fait le président.

Un peu plus tard il entendit des bruits de porte, de nombreux pas dans le couloir. Tous se changeaient pour le dîner. Puis quand la porte du salon s'ouvrait au rez-de-chaussée, lui parvenaient des éclats de voix étouffés par la distance. La soirée présidentielle commençait. Pourquoi ne pas la commencer lui aussi. Il se servit à boire, picora des sandwiches. Il imaginait Niven en smoking, jouant au maître de maison, Maria en tunique indienne, son collier de pesos d'or au cou qu'elle avait tenu à conserver même après son mariage... Il se sentait recru de fatigue, épuisé d'émotions. La tension continue de la journée... L'expectative du lendemain... Mieux valait dormir en effet. Il s'étendit, cherchant le sommeil, comme autrefois, dans les maquis, lorsqu'il s'obligeait à dormir à la veille d'une action dangereuse. Et le sommeil vint vite, en effet...

# QUINZE-SEIZE MARS

Ils ne s'étaient pas couchés tard. Le président lui-même avait donné le signal du repos, évoquant le grand air vivifiant de la journée et les fatigues du lendemain. Une fois la porte du président refermée, Zorro avait branché tous ses petits radars de couloir en avertissant à haute voix : « Et maintenant, je vous prie de m'excuser : chacun chez soi jusqu'à demain. » Puis regagnant sa propre chambre contiguë de celle du président, il avait laissé la porte entrouverte. Boislieu avait somnolé, regardant sa montre tous les quarts d'heure. Légèrement passé minuit, il perçut un léger mouvement dans la cour. Par l'entrebaîllement du volet il distingua deux ombres qui chargeaient une forme allongée dans la Range-Rover bleue de Lévin. Un troisième homme les suivait. Puis une fois le hayon de la voiture refermé, l'un des porteurs rebroussa chemin et rentra dans la maison. Vingt secondes plus tard on grattait à la porte de Boislieu. C'était Zorro.

— Voilà qui est fait. Aucun problème. Il dort à poings fermés et se réveillera en route, très surpris.

Nous filons. Par précaution, cependant, attendez encore cinq minutes pour vous agiter, le temps que nous soyons hors de portée du champ d'écoute des carabiniers. N'oubliez pas que Dumas n'est pas loin et qu'il peut se pointer avec un message. Tenez-vous prêts. A tout à l'heure...

A petite vitesse, moteur à bas régime, phares éteints, les deux voitures franchirent le double portail et disparurent dans la nuit. Ouvrant sa fenêtre en grand en dépit d'un froid pénétrant, Boislieu tendit l'oreille. Ce qu'il guettait, c'était un bruit de camion, le réveil brutal de la *Securidad* alertée. Mais pourquoi s'inquiéter ? Là-bas le lieutenant Costoni veillait.

Les cinq minutes écoulées, il sortit de sa chambre et remonta le couloir où les radars avaient été débranchés, jusqu'à la dernière porte au fond. Là il frappa.

— C'est l'heure, monsieur le Président.

La porte s'ouvrit. Tony était tout habillé, vêtu du costume « sport » que le président portait la veille à son arrivée. Boislieu dit en espagnol :

— Eh bien, je vois que tu as pu entrer dedans.

Tony ouvrit la bouche pour répondre, hésita et sourit.

— Tu ne m'auras pas, dit-il en français.

Puis affectant la gravité :

— Monsieur le Secrétaire général adjoint, je crois que nous avons à travailler. Que tout le monde se retrouve au salon. Mais laissez dormir Maria, je vous prie. Ce n'est plus le moment de s'attendrir.

— Tu as bouffé du lion à ce que je vois, dit Boislieu.

— Certes. Mais à toi aussi, un conseil, sinon tu finiras par te couper devant Bonnechose ou le Bouffon. Est-

ce que tu tutoyais le président en l'appelant par son prénom ?
— Jamais depuis qu'il est élu.
— Et lui-même ?
— Extrêmement rarement. Il n'avait pas la fidélité du souvenir, et pour cause...
— Alors il faut que tu me dises vous dès maintenant et que tu me donnes du « monsieur le Président ».
Boislieu sourit à son tour.
— En effet, monsieur le Président.
Elvire se trouvait déjà au salon, plus sphinx que jamais. Elle dit seulement :
— Bravo ! Antoine.
Les autres descendirent aussitôt, Niven, Almagro, Hohenlo, Linda en robe de chambre de soie, impatients d'avoir des nouvelles.
— George, déclara Tony en français, ne désarme pas encore. Tu es Tony Rosette jusqu'à demain. Quant à vous, mes amis, Diego, Ugo, ma chère Linda...
Il s'interrompit, s'excusa.
— Je ne parle pas l'espagnol. Il faut que je me mette ça dans la tête... Eh bien, si vous désirez assister à un joli numéro de recyclage, vous pouvez rester parmi nous, vous l'aurez bien mérité. George vous traduira.
George affecta une voix de théâtre.
— Tous pour un ! dit-il en levant un verre imaginaire.
Tony se dirigea vers le bar, ouvrit le frigidaire, fouilla le placard à la recherche de coupes, puis déboucha le champagne et répondit sur le même ton, levant son verre :
— Un pour tous, naturellement... Ah, Angelo !
Le lieutenant Costoni venait d'entrer.
— Tout va bien. Nous ne risquons plus rien. C'est

moi qui étais de garde au radar et il n'y a plus d'écho. Ils sont loin maintenant, derrière les premières collines. Je vous reverrai demain matin au départ. Je dois retourner à mon poste. Le général Castellano ne dort pas. Il appelle toutes les demi-heures.

— Et maintenant, commençons, dit Tony. Monsieur le Secrétaire général adjoint, à vous.

— D'abord la note que j'avais préparée sous la dictée du président concernant les deux entretiens qu'il a eus avec le général Grosswerner. Cela vous servira, monsieur le Président, pour votre dernière entrevue de demain. Il n'y aura rien à ajouter, quelques commentaires satisfaits. Vous n'aurez qu'à vous répéter et passer la parole à Weitzel qui s'arrangera pour les derniers détails avec son homologue quarténien. Vous vous étendrez de votre côté dans le giron du général sur les délices de votre visite et le plaisir que vous en avez retiré. N'oubliez pas les poneys. Il faudra y revenir aussi... Passons maintenant au colonel de Bonnechose.

— J'ai lu votre fiche, dit Tony. C'est un con.

— De la plus dangereuse espèce. Rien ne le distrait. Il n'oublie rien. D'une méticulosité maladive. Vous n'aurez rien à lui demander, rien à lui ordonner. Tout vous arrivera à la seconde même où vous en aurez besoin, un parapluie, le discours du moment, un mouchoir, une cravate de rechange... En revanche si vous ne vous comportez pas avec lui exactement comme le président le faisait, l'ordinateur simpliste qui lui sert de cervelle se mettra à avoir des ratés. Trop stupide pour soupçonner quoi que ce soit, il ira chercher des garanties ailleurs, chez Weitzel par exemple, disant qu'il ne sait pas ce qu'a le président ce matin mais que ça lui pose des problèmes. Alors nous risquons le pépin. Voyons donc les détails. Jamais de remerciements de votre part, c'est un robot. Laissez-lui ouvrir toutes les portes devant vous, y compris celles des toilettes, il aime cela. Comme il se tient toujours derrière vous, ne vous retournez pas pour l'écouter s'il vous parle. Ne regardez jamais votre montre, il serait vexé, c'est lui qui veille sur votre emploi du temps et il a avalé une pendule. S'il vous annonce quelqu'un, sachez que..

Voilà deux heures déjà qu'ils roulaient, phares allumés, sans se gêner, assurés de ne pas être surveillés. Deux autres heures encore et ce serait le hameau chilien, tout de suite après le col. C'était Zorro qui conduisait. De temps en temps Lévin se retournait vers la banquette arrière où allongé et attaché le prisonnier dormait. La Range-Rover de Garcia suivait à une centaine de mètres et dans le rétroviseur se reflétait le pinceau de ses phares. Depuis quelques minutes Zorro scrutait attentivement le bas-côté à la recherche d'un rocher solitaire qui ressemblait à un cul-de-jatte qui aurait été affligé d'un long nez. C'était à cet endroit précis que la route surplombait le torrent qui coulait au fond d'un ravin, repéré trois semaines auparavant. Quand le rocher apparut, il freina et s'arrêta.

— J'ai envie de pisser, dit-il à l'Israélien.

Garcia s'arrêta à son tour, passant sa tête par la portière. Il avait le regard inquiet.

— Que se passe-t-il ?

— Je pisse, répéta Zorro. Et puis ça détend les

jambes. Vous devriez en faire autant. Quand on conduit sur de telles routes, c'est bon pour les réflexes.

Tranquillement, jambes écartées, tournant le dos aux deux voitures, il pissa en effet longuement, tenant sa verge d'une main et de l'autre sortant discrètement de son harnais le pistolet d'assaut qui ne le quittait jamais. En même temps il écoutait. Garcia était descendu de sa voiture, avait rejoint Lévin et lui avait demandé : « Comment va le paquet ? On peut le voir ? » Le ton sonnait faux. Il avait ajouté : « C'est fou ce qu'il lui ressemble, en effet... » Sa voix tremblait. « S'il est armé, pensa Zorro, il tremblera aussi, le petit con. Pauvre instit' de mes deux ! C'est trop tard... »

La pluie se mit à tomber et déjà, au fond du ravin, le torrent grossissait.

*Son cosas del Sur...*

Vers les trois heures du matin, ce fut le tour d'Elvire d'apporter sa contribution au « cours de recyclage ». Valet de chambre, maître d'hôtel, femme de chambre : comment s'adresser à eux, quelles indications leur donner ? L'appartement présidentiel au *Palacio azul* où Tony aurait une dernière fois à se changer, le protocole d'adieu, qui remercier et en quels termes, à qui serrer la main ? L'élève assimilait facilement et semblait beaucoup s'amuser en dépit de la tension et des fatigues d'une nuit blanche. Elvire imaginait des schémas, des scénarios auxquels il devait faire face. Elle lui indiqua quelques tics discrets qui étaient propres au président, comme celui de scander certains mots par de légers coups de menton. Tony levait le menton puis demandait : « C'est ça ? » C'était ça.

Plus vrai que nature ! Boislieu n'en revenait pas. La touche finale. L'achèvement de la perfection.

C'est alors que Maria entra. Regardant son mari, elle paraissait surprise. Plus que cela : intriguée, inquiète.

— N'est-ce pas qu'il est parfait ? remarqua Boislieu, ravi. Même en présence de sa propre femme, le test est concluant.

— Je préférerais qu'il redevienne lui-même, dit-elle en souriant tristement.

Elle expliqua qu'elle était éveillée depuis une heure sans parvenir à retrouver le sommeil et que dans ces moments-là elle voyait tout en noir. Tony ne prononça pas un mot. Ce fut Elvire qui répondit.

— Vous devez patienter trois jours, Maria. Dans trois jours il sera de retour.

— Demain ce sera plus facile, dit Maria. Il me suffira d'espérer et d'attendre. Mais c'est en ce moment que je broie du noir. A la fois il s'éloigne de moi et à la fois il est toujours là. Laissez-moi terminer la nuit avec vous. Je m'installerai dans un coin. Je ne lui parlerai pas puisqu'il ne comprend plus l'espagnol. Je me ferai toute petite.

Elvire consulta Tony du regard.

— Il ne faut pas déconcentrer le président, reprit-elle. Tony est déjà le président et doit le rester jusqu'à demain soir. Mais je comprends votre anxiété. Nous allons toutes les deux nous installer dans votre chambre. Je vous tiendrai compagnie. Venez, nous allons nous faire du thé.

— Je vais avec vous, dit Linda. A trois, le temps passera plus vite. Il est déjà plus de quatre heures.

Une fois qu'elles furent sorties, Tony poussa un soupir.

— C'est dur, je sais, dit Boislieu. Et maintenant, reprenons. La réception de la colonie française dans les salons de l'aéroport...

Il tira d'autres fiches de sa poche.

A six heures moins dix du matin, tandis que le soleil faisait vaguement mine de se lever à travers un ciel noir et bas, le supergendarme était de retour au volant de la Range-Rover rouge. Pendant tout le reste de la nuit il avait plu. La voiture était couverte de boue, tandis que son conducteur, l'œil un peu rouge peut-être, les traits un peu tirés, arborait un sourire réjoui. Il se planta au garde-à-vous devant Tony.

— Monsieur le Président, tout va bien.

— Et Garcia ?

— Ah ! On peut dire qu'il vous aime bien. Il fait des heures supplémentaires. Le prisonnier, pour plus de sûreté, ne sera relaché dans la nature qu'à midi, après votre départ pour la France. Garcia a tenu à rester sur place pour aider Lévin à le garder, car l'autre est réveillé et gueule comme un putois. Et maintenant, pardonnez-moi, je vais faire un peu de toilette et rendosser mon uniforme. Les vacances sont terminées.

— Pour moi aussi, dit Tony. Monsieur le Secrétaire général adjoint, je vais me raser et me préparer. Pas de petit déjeuner, non merci. Je crois que je ne pourrai rien avaler.

# SEIZE MARS

Le pouvoir suprême élève un mur invisible autour de celui qui l'exerce. Un mur fait de protocole, de distance instinctive, de précautions de vocabulaire, de respect intuitif ou servile et de toute une série de façons qui retiennent chacun à sa place et tuent dans l'œuf la spontanéité. Au pied de la coupée du Mystère 20, sur l'*aeropuerto Coronel-Cornichon*, Costoni, Don Juan, Almagro, Hohenlo et Niven se tenaient raides comme des piquets. Ils auraient salué le départ du véritable président Bunus en personne qu'ils n'auraient pas été plus empruntés. Boislieu s'en fit la remarque. Autour du pseudo-président le mur avait poussé et lorsque celui-ci remercia de son hospitalité George Niven, qui jouait encore pour la circonstance le rôle de Tony Rosette, la scène sonnait si faux avec sa cordialité affectée et son interminable et ridicule poignée de main qu'elle en devenait criante de vérité.

Dans l'avion, comme à l'aller, le président prit place à côté du général de carabiniers avec lequel il s'entretint le plus naturellement du monde comme s'ils reprenaient tous deux la conversation de la veille.

En revanche la présidente semblait snober Linda qui finit par s'endormir faute de trouver à qui parler tandis qu'Elvire, lèvres serrées, demeurait perdue dans ses pensées. Boislieu dormit aussi jusqu'à Pedroquarto, réveillé avant l'atterrissage par Zorro. Le supergendarme tenait la grande forme.

— Mais pour moi le plus dur reste à faire, dit-il. C'est toujours aux dernières heures d'un voyage officiel, quand l'attention se relâche, qu'on risque un attentat.

A voix basse et tordant la bouche du côté de Boislieu comme un gamin qui bavarde en classe, il ajouta :

— Imaginez qu'on nous le tue maintenant. Ces obsèques grandioses qu'il se taperait, Tony !

Cette plaisanterie douteuse l'avait faire rire aux larmes. Boislieu lui jeta un regard navré.

— On a le droit de se défouler, non ! dit Zorro.

C'était juste. Le chef d'escadron Birot en avait fait plus que sa part.

A Pedroquarto, rangés en rangs d'oignon le long du tapis rouge, ils retrouvèrent toute la smala, Weitzel, très affairé, le Bouffon, extatique, Bonnechose, front bas plissé sous le poids des responsabilités, et tout un flot de tuniques blanches et de casquettes, de carabiniers présentant les armes et de fanfare sonnant « aux champs », la panoplie protocolaire complète avec limousines noires et grande escorte de motards. Descendant l'échelle de coupée juste derrière le président, Boislieu se dit que non, ça n'allait pas marcher, que le petit coup de menton en parlant ne suffirait pas à abuser tout ce monde-là. Quand Weitzel s'avança, le malheureux secrétaire général adjoint n'avait plus un poil de sec. Il fermait les yeux malgré lui. C'était sous-estimer Tony qui prit son ministre des Relations extérieures par le bras et l'entraîna dans un aparté. Zorro souffla à l'oreille de Boislieu :

— Quand même gonflé, le mec !

Le « mec » passa en revue la garde d'honneur. Il avait l'air d'avoir pratiqué cette occupation originale toute sa vie. Boislieu, flanqué du colonel de Bonnechose et de Weitzel, l'accompagna jusqu'à sa voiture où flottait son pavillon personnel, tricolore avec épi de blé enguirlandé de feuilles de chêne. Au moment d'y monter en compagnie d'Elvire, il dit haut et clair à Boislieu :

— Eh bien, vous voyez, monsieur le Secrétaire général adjoint, ça s'est très bien passé, ce petit voyage.

Gonflé, en effet.

Boislieu ne devait plus le revoir avant la réception finale de la colonie française, dernière épreuve avant le grand départ, une heure et demie plus tard, dans les salons d'honneur du même aéroport. Mais Tony était en de bonnes mains. Elvire lui éviterait les pièges et puisqu'il s'était montré capable d'abuser Weitzel haut la main, il ne ferait qu'une bouchée du vieux général Grosswerner pour sa visite d'adieu. Absorbé par des problèmes d'intendance, tenu de remercier cent personnes de tous les services saraguayens qui s'étaient admirablement dépensés, Boislieu n'eut guère de temps à consacrer à l'anxiété. Un petit pincement de cœur lui rappelait qu'il ne rêvait pas.

L'anxiété lui revint dans les salons de l'aéroport, face aux deux cents Français qui défilaient l'un après l'autre pour saluer leur président avant de se ruer sur le buffet. Le président avait chaussé des lunettes, de grands carreaux qu'il portait rarement et le faisaient vaguement ressembler au regretté Marcel Achard. Sans doute une idée d'Elvire. Qu'un seul de ces invités eût plus ou moins croisé Tony Rosette à Pedroquarto autrefois et se mette à ouvrir la bouche pour annoncer bêtement : « Ah ça ! Monsieur le Président, savez-vous que vous avez un sosie dans ce pays... », toute la machinerie aussitôt se gripperait. Mais le risque ne semblait pas grand. Le président était pressé et dès que trois mots avaient été échangés il passait aussitôt à l'invité suivant tandis que Zorro hâtait le mouvement si l'un ou l'autre s'incrustait. L'ambassadeur se multipliait, sa dernière chance avant le placard, présentant M. Louis Dupont, industriel de pointe, M. Gérard Dubois, propriétaire d'une chaîne d'hôtels, M. Joseph Durand, concessionnaire Renault... L'industriel de pointe employait trois personnes, la chaîne d'hôtel avait été renflouée et rachetée par une compagnie américaine et Renault se vendait mal, écrasé par les Japonais. Le président disait : « C'est excellent pour la France, je vous remercie de ce que vous faites. » Ou encore : « Ah ! comme c'est intéressant. Vous aussi vous représentez la France... » Les braves gens le quittaient ravis. Enfin Boislieu respira. Pas un n'avait bronché en dévisageant le président.

Dernière Marseillaise, derniers adieux au pied du D.C.8, puis une cacophonie étrange, mi-cantique, mi-bastringue, l'hymne national du Saraguay. La garde d'honneur présentait les armes, ce qui était faire preuve d'une belle santé car on avait plutôt envie, au son de cette musique, de lâcher son fusil pour se boucher les oreilles. La suite « technique » avait déjà embarqué. Les invités aussi. Le même film se déroulait à l'envers. D'abord les membres de la suite officielle en queue leu leu protocolaire, et en dernier le couple présidentiel sur lequel la porte de l'appareil fut aussitôt refermée.

Se laissant aller dans son fauteuil, Boislieu, les nerfs à vif, accueillit comme une délivrance par toutes les fibres de son corps la course de l'avion sur la piste et son envol vers les nuages dans le sifflement des réacteurs. Le dernier acte commençait. Il était un peu plus de onze heures et dans huit heures tout serait joué.

Dans l'avion, chacun se reposait. Ceux qui connaissaient l'espagnol lisaient la presse quarténienne du matin. L'événement relevait déjà du passé, un cirque après la pluie quand les affiches hautes en couleur pendouillent lamentablement et se décollent des murs. Sur l'accoudoir du fauteuil de l'aide de camp, le petit signal rouge refusait obstinément de clignoter. Le président, dans son salon, avait choisi l'isolement, ce que Boislieu jugea prudent. Lui-même ne s'attendait pas à être convoqué avant le déjeuner, peut-être même au café. Vers midi les hôtesses du G.L.A.M. servirent apéritifs et champagne accompagnés de petits canapés. Le pain était un peu rassis car c'étaient les mêmes qu'à l'aller.

C'est alors que Bonnechose se leva. Le voyant rouge s'était allumé. Il revint quelques secondes plus tard et de son pas compassé de chambellan s'en alla signifier à Mlle Françoise Ferny que le président souhaitait boire une coupe de champagne avec elle et recueillir ses impressions de voyage. La Belle Féfé, deux fois « nominée », au retour comme à l'aller, remonta fièrement la travée centrale sous un feu croisé de regards. Les connaisseurs appréciaient : « beau doublé ! »

Penché sur le dossier du fauteuil de Boislieu, Zorro lui souffla à l'oreille :

— Gonflé quand même, le mec !

Boislieu n'en revenait pas. De la part de Tony, cela le surprenait vraiment. Il lui fallut se forcer pour prendre le parti d'en sourire...

A quoi songeait Zorro, sirotant son double whisky ? Il faisait son bilan, comme tout bon militaire « retour d'opération ».

De ce coup tordu à souhait, il était particulièrement satisfait. Et quel plaisir, aussi, de travailler pour des connaisseurs, pour des salauds intégraux avec lesquels on peut donner sa mesure... En plus la chance l'avait servi. Cette longue et lourde pluie qui s'était mise à tomber au milieu de la nuit, grossissant en une heure le torrent de telle façon qu'il faudrait bien des jours à cet imbécile de Costoni pour retrouver les trois cadavres et la Range-Rover bleue de l'Israélien... Qu'est-ce que de Gaulle avait dit des Juifs ? « Peuple sûr de soi et dominateur... » Tellement sûr de lui, Lévin, l'as des services secrets, qu'il ne s'était même pas méfié ! Voilà ce qui vous arrive quand on sous-estime ses complices. Que s'était-il imaginé ? Qu'au lieu d'abattre le prisonnier selon le plan prévu il se le garderait tranquillement pour lui, bien au chaud, en otage, comme moyen de chantage, à bord de ce cargo israélien qui attendait à Puerto Montt, au Chili... Ah ! Ils devaient avoir une bonne mine, les deux autres agents israéliens, archirepérés depuis quinze jours par les services français et poireautant dans ce hameau de montagne avec personne au rendez-vous, ni prisonnier, ni colonel Lévin... Et cela avait été si facile... Garcia buté, c'était conforme au plan. En plus ce con avait fini par comprendre. Il épaulait ridiculement sa pétoire de chasse en hurlant : « Jetez vos armes ! Jetez vos armes ! » Et dans la foulée, l'Israélien : juste le temps de se retourner vers lui et de tirer une seconde fois. Mais lui n'avait rien compris. Ou compris une seconde trop tard. Coiffé au poteau sur son terrain. Jouant ce joli rôle de cadavre en lieu et place de son copain français. Raté ! Mon colonel. Avec les compliments du chef d'escadron Birot... Quant au prisonnier, réveillé, se tordant sur la banquette en essayant de se détacher, il avait seulement dit : « Comme toujours il a triché... » Balle dans le cœur avec coup de grâce. Les trois cadavres dans la bagnole, la bagnole au fond du torrent... Beau boulot. En souplesse. Et même le temps de se reposer une heure avant de regagner l'estancia... L'autre gugusse allait tomber de haut. Cela ne devrait plus tarder. Un vrai plaisir à déguster. La bombe glacée après le gueuleton...

Le clignotant rouge s'animait. Un coup pour Jean Daniel. Un coup pour Paul Guimard. Un autre pour Dumas. Dumas ? Le téléphoniste ? Boislieu pensait ; « Mais que fait Tony ! A quoi joue-t-il ? Et le message à TF 1 ? Il ne peut pas l'envoyer sans moi. Il faut pourtant que je lui explique... » Le clignotant rouge, à nouveau. Refermant la porte du saint des saints, cette fois Bonnechose ne fit que deux pas.

— Le président vous attend, monsieur le Secrétaire général adjoint, ainsi que le commandant Birot.

Enfin...

Dans le salon, Elvire lisait. Elle ne leva pas les yeux de son livre.

— Asseyez-vous, dit le président. Ne perdons pas de temps.

— Justement, répondit Boislieu, nous en avons déjà trop perdu. TF 1 attend la confirmation.

— Quelle confirmation ? monsieur le Secrétaire général adjoint.

— Mais, Tony...

« La bombe glacée... » se dit Zorro, qui souriait comme un gamin. La présidente lisait toujours. Changé en statue, interdit, Boislieu regardait fixement le président. Cette lippe de mépris... Ce n'était pas Tony !

— Vous êtes un imbécile, Boislieu, laissa tomber le président. Un pauvre type, un niais, un jobard, un boy-scout. Vous l'avez toujours été. A Paris, en août 44, je vous avais déjà jugé : un ancien combattant, à vingt ans ! posant son sac à terre, le cœur pur, quand toutes les places étaient à prendre !

Sonné comme un boxeur, manquant d'air, la tête vide résonnant comme une cathédrale de mots dépourvus de sens et de phrases sans suite, Boislieu était tétanisé.

— Je vais éclairer votre stupidité, reprit le président. Je vous dois au moins cela. Je croyais Antoine mort, c'est vrai. Lévin est venu m'apporter l'affaire un peu avant les élections, sachant que j'avais toutes les chances d'être élu. Sur l'enjeu de la partie, il ne vous avait pas menti. Comme il faisait surveiller Antoine, impossible de s'en débarrasser sans témoins. Je n'en avais d'ailleurs pas les moyens. En pleine campagne électorale, le coup aurait été trop risqué. J'étais à la merci d'une rumeur. J'avais donc les mains liées. Il fallait jouer serré. Donnant, donnant, proposait Lévin, mais je gardais le choix du plan. Je connaissais bien mon frère et les jumeaux ont des antennes que vous ne soupçonnez pas. De le savoir vivant, les miennes se sont réactivées. J'ai pensé à vous et je suis allé vous repêcher à Villejuif au fond de votre obscurité méritée. Vous avez servi d'appeau, de déclencheur. Quand j'ai décidé ce voyage et que je vous en ai confié la charge, j'étais déjà certain qu'Antoine tenterait quelque chose de ce genre pour profiter de votre présence. Il suffisait de l'étoffer, ce que Birot a fait avec talent.

« Birot, Birot », songeait Boislieu, « son sourire enfantin, sa franchise... » Mais il n'éprouvait rien, ni colère, ni révolte, rien qu'un immense accablement.

— Quand nous étions enfants, Antoine et moi, continua tranquillement le président, comme tous les vrais jumeaux qui ont lu Alexandre Dumas, *le Vicomte de Bragelonne* nous avait évidemment ouvert des horizons. On jouait de temps en temps à s'échanger l'un l'autre selon les circonstances et cela prenait toujours. Puis nous avons grandi. Il n'était plus question de jeu. D'ailleurs nous nous détestions. Antoine ne s'est plus souvenu. Il avait d'autres chats à fouetter. Il attaquait des trains. Il devenait un héros. En août 1944, il n'a pas vu venir le coup. Je n'ai eu qu'à saisir l'occasion. Il s'est offert sur un plateau, et puisque Elvire m'encourageait, il n'y avait plus à hésiter...

La présidente avait refermé son livre. Sur la tablette, à côté d'elle, était posé un verre de cognac. Elle en but une large gorgée, posément. Boislieu la regardait, horrifié, sans pouvoir prononcer une parole.

— Eh oui, elle l'a trahi aussi, ajouta le président (il énonçait une évidence, il ne la déplorait nullement). Elle l'aura donc trahi deux fois. Que voulez-vous, elle est mauvaise. Elle est même foncièrement mauvaise. Elle ne le savait pas encore. Elle m'en doit la révélation... Sur ce point nous formons un couple très uni. Quand ce pauvre Antoine, avec quarante ans de retard, a voulu rejouer au Masque de fer et prendre sa revanche, eh bien, nous nous sommes offert ce plaisir. L'utile et l'agréable... Il n'avait aucune chance, bien sûr, mais quelle jolie partie.

— Il est mort, n'est-ce-pas ? finit par bredouiller Boislieu.

— Evidemment. Mais je vais vous dire deux choses pour apaiser votre conscience au cas où vous vous sentiriez coupable de sottise. D'abord, c'est honorablement qu'il est mort, dans une guerre entre jumeaux, aussi inexpiable qu'une guerre civile. J'ai traversé l'Atlantique pour cela, jusqu'à ce pays de quatrième ordre. J'ai fait dépenser des millions aux contribuables français. J'ai perdu trois jours du temps infiniment précieux d'un président de la République française. Je me suis gelé au bout du monde en contemplant des ossements de chevaux, j'ai affiché Mlle Ferny qui n'est qu'une petite pute, convoqué vingt ambassadeurs, signé un contrat d'uranium dont la France n'avait aucun besoin, serré la main de mille imbéciles sans compter ceux qui se trouvent dans cet avion, toute cette mise en scène pour faire tuer mon frère avec les égards qu'il méritait. Voilà ce que c'est, être jumeaux, à la vie et à la mort, depuis l'œuf, monsieur le Secrétaire général adjoint ! Et de cela, justement, mon frère était conscient. Il est mort vaincu et trompé. Trahi jusqu'à l'os. Achevé. C'était d'ailleurs ainsi que se terminaient tous nos jeux. Mais je puis vous l'assurer, il est mort satisfait. Nous n'avions pas déchu... Birot, quelle tête faisait mon frère ?

— Quand je lui ai mis mon flingue sous le nez, il avait l'air apaisé. Cela m'a même étonné.

— Seriez-vous bête, Birot ?

Zorro ne souriait plus.

— Juste un supergendarme, monsieur le Président. Ne m'en demandez pas trop.

— En effet, dit le président. Il faudra que je m'accommode de vous.

Boislieu secoua la tête. Il s'obstinait.

— Mais enfin, la vérité, je la connais ! Il faudrait m'assassiner moi aussi, et vite !

— Quelle vérité ? dit le président. Qui vous croirait ? Ah oui, Beaufort-sur-Dême, votre petite enquête... Il ne reste plus rien. Cette fois la mairie a brûlé. Un regrettable court-circuit. Quant à la croix, au cimetière...

— Elle a disparu, monsieur le Président, dit Zorro. On ne la retrouvera jamais. Pas même vous. Bien malin qui pourrait...

— Bien malin, en effet... Et maintenant, Boislieu, vous allez me signer cette lettre. C'est votre démission. Pour raison de santé. Que diriez-vous d'un cancer ? Ou d'une grave dépression nécessitant des soins ? Vous aurez votre retraite de sous-préfet. Dès ce soir, disparaissez. Vous n'étiez rien. Vous n'êtes rien. Je vous rends à votre vraie nature. Il n'est même pas nécessaire de vous tuer.

— Ce n'est pas nécessaire, en effet, répéta Zorro en écho.

— Et le remords ? dit Boislieu en se levant.

Dieu affectionne les imbéciles. Au moment de quitter la scène, juste pour un instant, il leur accorde un bouquet de grâces afin qu'ils saluent dignement. Pointant son doigt vers le président, Boislieu reprit fièrement :

— Le remords, Alexandre.

On entendait à peine le sifflement des réacteurs. Dans cette partie de l'avion transformée en salon, close, douillette, préservée, confortable, silencieuse, ce prénom jamais exprimé, *Alexandre*, prenait une consistance incongruë. Elvire tourna la tête et regarda Boislieu.

— Le remords... répéta le président. Où avez-vous été pêcher ça ?

— Il m'a semblé, reprit Boislieu. Vous n'êtes peut-être plus si mauvais que cela.

Il n'y a pas de mouche dans les avions. On ne pouvait donc les entendre voler dans le silence qui suivit cette remarque.

— La volonté y suppléera, dit enfin le président Bunus, pensif. Et maintenant, allez vous-en.

En bateau, sur la Rance, qu'avait donc déclaré Elvire ? A moins que ce ne fût au restaurant, dans ce bistro de Saint-Malo ? Qu'elle était fascinée... Son regard n'exprimait rien. Seulement une vague tristesse lointaine et détachée. Avant que la porte se refermât, tandis que Boislieu quittait le salon avec Zorro sur ses talons qui ne le lâcherait plus d'une semelle, elle avait saisi son verre et le vidait...

L'histoire est terminée.

Pierre-Aimé de Boislieu s'est suicidé, rue Fortuny, quinze jours après les faits. Selon l'expression du président, il n'avait pu se pardonner sa sottise. Sa mort ne fit aucune vague. On le soignait pour une dépression.

Dans le cimetière de ce chef-lieu crotté affublé d'un nom ridicule, Tony et Garcia sont enterrés. On avait découvert leurs corps après trois jours de recherches, emportés par le torrent à plusieurs kilomètres de la route. Epouvantés, les conjurés se sont enfermés chez eux, craignant à leur tour pour leur vie. Affaire classée par Costoni : accident. Lorsque George Niven, l'Anglais loyal émergeant le premier de cet accablement, avec pour unique preuve quelques photos de Tony, songera à échafauder les plans d'une vengeance, ce ne sera déjà plus nécessaire. D'autres que lui s'en seront chargés. Nous aurons simplement une pensée pour le petit instituteur tordu qui avait bizarrement choisi de mourir en vassal fidèle. Le corps du colonel Lévin ne fut jamais retrouvé. Les services secrets israéliens étaient passés par là, devançant les carabiniers, évidemment.

Maria a eu un fils. Il ignore tout de son père. Cela n'a pas d'importance. C'est la vie. Marc Ordenez est son parrain. Peut-être ce vieil ami de Tony se résoudra-t-il un jour à « recoller les morceaux » du passé. Mais est-ce bien nécessaire ? Le petit garçon ne sait même plus où c'est, la France...

Devenu lieutenant-colonel, officier de la Légion

d'honneur, grand maître des mystères de l'Elysée, promis à une carrière fulgurante, Zorro n'a pas tenu six mois. En dépit de toutes ses précautions, de sa voiture blindée, de ses gardes du corps surentraînés, il a fini dans le caniveau, coupé en deux par une grenade, bêtement, sortant tout simplement de chez lui, un appartement de l'île Saint-Louis qu'il venait d'acheter cinq millions. Les services secrets israéliens s'étaient rappelés à son souvenir.

Le président Antoine Bunus dura un peu plus longtemps, soit le temps de trahir quelques causes encore propres que ses prédécesseurs avaient négligé de saloper. Malfaisant par vitesse acquise, rien ne l'intéressait plus vraiment. Il n'avait plus rien à prouver. C'était le vide. Lui aussi mourut satisfait, en sautant superbement sur une mine, et avec lui tout un quartier de Paris, à l'occasion de l'inauguration d'une mosquée construite avec de l'argent syrien dans le XII^e^ arrondissement. L'attentat fut « revendiqué ». C'est ainsi que les chrétiens du Liban rappelèrent une dernière fois aux Français qu'ils avaient cessé d'exister, là-bas, dans leurs montagnes.

Du musée des Invalides on ressortit pour le président une antique prolonge d'artillerie. On s'inspira pour ses obsèques nationales de celles du président Kennedy. Moins le cheval, tout de même...

Il fut conduit au Panthéon où l'accueillit l'ombre cireuse de François Mitterrand, une rose fanée à la main.

FIN

*Achevé d'imprimer en septembre 1985*
*sur presse CAMERON*
*dans les ateliers de la S.E.P.C.*
*à Saint-Amand-Montrond (Cher)*

N° d'édition : 7063. N° d'impression : 1639
Dépôt légal : octobre 1985

7063